実体験サバイバーと巻き込まれオブザーバーがジャッジを下す

いじめ現象の全貌と脱却戦略

アンソニーK・高林あやか

日本橋出版

目次

前書き

第一部　三五年間のいじめの軌跡……11

第一章　結婚への序章……11

第二章　騙された結婚……34

第三章　舅・姑の人物像……75

第四章　姑の転落……112

第五章　ボケ老人顛末記……125

自伝を書き終えて……144

日本人に問う（創る共生の仕合せ）……145

第二部　「観察者」の視点から三五年間のいじめを振り返る……148

第三部　いじめ、虐待、ハラスメントにはこうして対処すべし……173
第一章　常識では理解できない人たちにどう対処するか……173
第二章　対策の全体像と対象者別のご提案……193
第三章　すぐに役立つ対策ツール……226
参考文献（註）……262
著者プロフィール……263

主な登場人物紹介（すべて仮名）

※本文中では実名を避け、高林家および小橋家以外の事情は、プライバシー保護の観点から、多少設定を変えてある。

〈高林家（あやかの実家）〉
あやか（著者）
キン（あやかの母）
奈津江（あやかの姉）
タミ子（キンの従姉妹）
ヨネ（あやかの祖母）
スミ（あやかの伯母）

〈小橋家（あやかの婚家）〉
明夫（あやかの舅）
ミヨ（あやかの姑）
富次（ミヨの弟）
明彦（あやかの夫）
和子（あやかの娘）
昭（あやかの息子）
良美（明彦の妹）
秀夫（良美の息子）

善夫（明彦の真ん中の弟）
法子（善夫の妻）
弘（明彦の末の弟）

前書き

第一の著者：母

我が家の親族一同は、平成二十二年から二十三年にかけて、八人の葬儀を執り行った。

そのうちの三人は、私より十五歳から二十歳も若い従兄弟の子であり、その連れ合いであった。

後の五人は八十代後半の従兄弟姉妹であったり、自分の姉であった。

これで従兄弟姉妹は一人もいなくなった。


私自身もいつの間にか八十五歳（執筆当時）になっていた。

「光陰矢の如し」である。

すっかり寂しくなり、自分の人生を振り返ってみると、昭和の前半は戦争の歴史であった。

私は昭和二年生まれだから、戦前、戦中、戦後を生きてきたことになる。そして戦後の復興を担ってきた世代だ。

只々忙しく、しみじみと自分の人生を考える暇もなかった。

妻であり、嫁であり、母であり、教師であった。どれもこれも、手を抜くことのできない役割である。

波瀾万丈の人生だったと、今更の如く自分を哀れむのである。

姉が亡くなった時、姉の人生もやはり私に負けず劣らず、波瀾万丈であったと思った。

結婚もせず、働き続けた人生であった。可哀想だったなと思う。

もっと親切にしてやれば良かったと後悔している。

私たち姉妹は二人共、あまり幸せではなかった。失敗と後悔だらけの人生だった。

一生独身を貫いた人生、結婚による苦労多き人生、どちらが幸せなのだろう。

だから、私たちの歩んだ人生を書き残して、子や孫に伝え、同じような人生にならないことを祈りたい。

第二の著者：息子

今回私は、母の自伝の編集および著者代理人を務めた。

母は、この自伝の執筆を決意した当時、宇都宮の実家で独り暮らしをしていた。

私が月に一回表敬訪問すると、さっそく昔語りが始まる。

母にとっては、「思い出し、噛みしめ、確かめつつ書き綴る」という作業だったのだろう。「話しながら書く」のスタイルで、ものの半年も経たないうちに、この本の中核になる部分は書き上げてしまったと記憶している。驚異的な集中力だ。


母にとって、自分が背負わされた運命は、誰にも語らず、墓場まで持っていく「秘密」のつもりだったようだ。

しかし母は、3．11の災禍を目の当たりにしたとき、人間が人間に対して、あるいは人間が地球に対してやっていることの、代わり映えのしない愚かさに愕然とした。当時、テレビにかじりついて成り行きを見守っていた母は、久しぶりに顔を合わせた私に、しみじみ言ったものだ。

「これは、どう見ても人災じゃないか！　お前、世の中を何とかできないものなのか」

母は、自分でも何事かを成さんとした。

最初は、未婚の孫娘に読ませたい、という思いから書き始めたようだ。それを書籍として出版し、不特定多数の人に読んでいただくことは想定していなかった。あくまで個人的な備忘録のつもりだったが、私からの強い進言もあり、いつしか次世代全体への「申し送り状」を書くという想定へと発展した。

ただしその内容は、「おばあちゃんの知恵袋」的なホンワカしたものではない。

「私たちは、このように生きてきました。それを決して忘れず、反面教師とし、同じ轍を踏まないでください」ということだ。それが、母にとっての「何事か」だった。

自分が勇気をもって自分の経験を語ることで、同じ境遇にある「声なき声」の主たちが次々に声を挙げてくれることを願ったのだ。

一般に、いじめの被害者は、自分が受けたいじめを「恥」と捉える傾向があり、誰にも相談できず、できれば公にせず、隠しておきたいという心理が働くようだ。そのため、いじめの現場で実際には何が起きているのか、当事者の心理とはどういうものなのか、その詳細はなかなか表に出てこない。当事者間に上下関係があると、なおさらだ。

親が子どもを虐待している場合、子どもからはなかなか告発できない。職場で、部下が上司からハラスメントを受けている場合も同様だ。

加害者は常に自分の優位な「立場」を逆手に取る。それが「いじめ」の持つ悲劇性のひとつだろう。

上下関係の壁だけではない。相手が故人の場合、「死者を鞭打つ」ことへのタブーも立ちはだかる。

母にとっても、事態の全貌を明らかにすることは、自分や自分の身内の「恥」をさらすことでもあり、まかり間違えば自分の人生を「栄光の物語」から「挫折の物語」に貶めることにもなりかねない。

母は、勇気をもってその「恥」を乗り越えた。

それればかりではない。母は当事者にもきちんと配慮した。まず少なくとも母は、直接の加害者である姑（私の祖母）が生きている間は、いじめの事実を誰にも漏らさなかった、自分の夫（私の父）にさえ。その理由を母は、「誰しも、自分の母親を悪く言われるのは嫌だろうから」と述べている。

関係者が次々にこの世を去る中で、母にとってのベストなタイミングがようやく訪れたのだろう。

次は私たちの番だ。

母の世代からタスキを渡され、次世代を担う私たちは、同じ轍を踏まないために、轍から目を背けてはならない。轍を避けることは、轍を見ることである。人は、見えているものにはつまずかない。

しかし残念ながら、同じ轍を踏む方がたやすい。批判するより、鵜呑みにする方がたやすい。相変わらず旧態依然とした価値観・世界観が、伝染病のように潜伏し、密かにはびこっている。

母は、本当は離婚したかったようだ。なぜあのとき、子どもたちを連れて、さっさと家を出ていかなかったのか、その理由を母は「自分が意気地なしだったから」と言っている。

しかし、三五年にわたって繰り返された理不尽な扱いに耐え、状況を怜悧に見詰め続け、逃げることなく背負い切ることは、覚悟のいることだ。誰にでもできることではない。母がそうしなければ、事の真相は相変わらず闇の中だった。

私たちは、この貴重な教訓を無駄にするわけにはいかない。

母の自伝を読んでまず驚かされるのは、祖母と母の間に何があったのか、その詳細について、私はほとんどまったく知らなかった、ということだ。祖母は、母と二人きりの場面に限って、何かのスイッチが入ってしまったようだ。

もうひとつの驚き。祖母は、母に見せていた顔と私に見せていた顔がまったく異なっていた、ということ。さらに特筆すべきは、事の真相を知った今の（還暦を過ぎた）私と、当時（たとえば二十歳前後）の私とで、祖母に対する捉え方がだいぶ異なる、という点だ。これが、母の自伝の社会的重要性でもある。「母」「当時の私」「今の私」という三つの視点から事態を眺めていただけたら幸いである。

同じ轍を踏まないために、轍に目を凝らすこと。複数の視点から事態を眺めることで、「個」を「普遍」へと橋渡しすること。それが本書の役割である。

第一部　三五年間のいじめの軌跡

第一章　結婚への序章

思い出の庭木

私の生家は栃木県芳賀郡高橋村の高林家（仮称）で、旧家である。

我が家の守り神である観音像も祀られている。

運悪く火災に見舞われ、財産のあらかたを失ったが、そうでなければ、私は豪農のお嬢様だった。

曾祖母は、東郷家の三女で、お姫様だった。

「この子には農業はさせないこと」という条件付きで、嫁入りしたのである。

見張り役のお女中がついてきた。当時の高林家には、使用人の若衆が四～五人いたので、お嫁さんはいつも長火鉢の前に座って監督するだけで良かったのである。付き人のお女中が、家事一切を受け持っていたそうだ。

まだ火災にあう前、我がふる里の広い屋敷には、色々な庭木があった。

柿の木が三本あった。「みしらず柿」は、四挿門（よざしもん）のすぐ側にあって、いつも四挿門の横木から登り移れるほど大きく門に覆いかぶさっていた。

みしらず柿は「身のほど知らず」と言われる如く、小さな柿の実を、枝が折れんばかりにたわわに実らせるのである。皮をむくのが面倒なので、洗ってかじるしかない。皮が固くて不消化だから、あまり口にはしなかったのだ。だから殆ど雀や目白などの鳥類が食べていた。

あとの二本の柿は、「八や柿」で渋柿であったから、大きくなるまで鳥にもやられず、実るのである。それを祖母が、焼酎をぬって、蔵の二階の筵の上で、一ヵ月ほど熟成させるのである。


皮も柔らかく熟した頃、祖母は私に「あやか、今日はいいものあげるよ」と言うのだ。

私は「あっ、蔵へ行くんでしょ」と言って、蔵の大きな南京錠を持って、いそいそと祖母の後について行くのだ。

祖母は、「ガチャン」と大きな音をたてて錠を外し、重い蔵の戸を、足を踏ん張って開けるのである。

「鼠が入るから、早く入って」と言って、私を引っ張り、力を込めて閉めるのである。だから一時真っ暗になる。

二階の登り口の窓を開けると、急に光が差し込んで明るくなる。二階に行ってみると筵（むしろ）の上に菰（こも）がかぶっている。菰を取り除くと、真紅に熟した美味しそうな八や柿が沢山並んでいるのである。

「一、二、三、四・・・」と数えて、「今年は三十二個だー！」と両手を挙げて喜ぶのだ。

持てるだけザルに入れて抱え、隠居所のテーブルで皮をむいてもらって食べるのが、秋の楽しみであった。

甘くて冷たくて美味しい柿の実は、果物の王様だと思った。


こんな柿の木の他、苗代ぐみ、俵ぐみ、梅の木、それに松の木は沢山あって、松並木になっていた。

他に、形を整えた臥竜の松は、王者の如く、庭を引き立てていた。

柊の古木、柘植の古木、ねむの木、防風のための樫の木や樽の木、杉など、また諺に因んだ南天などの木々に囲まれていた。

一本一本の木に思い出がある。

隣家との境には栗林もあって、栗のイガがパックリと口を開けて実の落ちる頃は、隣家の同い年の義則と早起きをして、栗の実拾いを競い合ったものだ。


我が家が火災にあって、母屋、味噌部屋、納屋、米倉などを焼失して、財産の殆どを失った時、柊の古木や松の木、柘植の古木などが売られた。

姉は短歌に詠んでいる。

柊の古木松の木売られゆき　幼き記憶薄れるこの家
寒き日はこの柊に風除けて　母を待ちたり幼き記憶
我が家に古にし柊　買い取られ　他人の家に根付くが哀れ

姉は柊の古木に深い思い出があったようだ。

私は柿の木とねむの木である。

ねむの木の思い出

我が家の屋敷の南西の角にあった一本のねむの木。

私はこの木が大好きだった。七月～八月にかけて、細い花弁が密集したピンク色の花が咲くのである。葉は、ギザギザの細かい葉が左右対称に並んでいて、夜は扇子のように閉じ、朝太陽が照ると開くのである。葉っぱの一房を取って、手の平の上で「眠れ眠れ」と歌いながら、軽く打ち付けると、しんなりと葉を閉じて眠るのである。

また太陽に向けると徐々に葉を開いて、目覚めたようになるのが面白くて、よく試したものだ。

そして、そのねむの木の花の咲く頃は、母が夏休みになって、家にいてくれるのも嬉しさの一つであった。

我が家が火災にあってから、父も母も都会に憧れ、宇都宮に引っ越してサラリーマン生活をしていた。母も県庁に勤めていて忙しかったので、故郷に足を向けることが稀であった。

或る日、久しぶりで母と共に、かつて大きな家のあった故郷に行ってみた。ねむの木を眺めたかったからだ。あらっ！　ねむの木がない。どうしたのだろう。おや、田んぼの真ん中に立っているではないか！

母に聞いた。

「誰がねむの木をあんなところに植え換えたの？」

母は言った。

「植え換えたんじゃないよ、あそこまでが我が家の屋敷だったんだよ。私の従兄弟が、この屋敷は廃墟だから、削り取って田んぼにしてしまったんだよ」と・・・。

何と図々しい、ずるい人だろう。

私が「そんな行為、許したの？」と聞いたら、母は「黙って勝手にやったんだよ」と言う。

ずる賢い母の従兄弟は、我が家を廃墟と見做し、毎年南側と西側を二メートルくらいずつ崩して田んぼにしてしまったのだ。

また土蔵の裏側がひどく狭くなっているのにも気付いた。十年間に南と西が二十メートル以上も削り取られ、屋敷が小さくなっていたのだ。

私はいくら親戚でも、許せない気持ちになった。今後付き合うのはやめようと思った。誰が廃墟と決めたのか。一言の断りもなしに、勝手なことをする心の貧しい輩だ。油断も隙も見せられない人間共だ。宇都宮と芳賀町は目と鼻の先ではないか。なぜ一言断われなかったのか。

人間の欲望の浅ましさを審さに見せつけられた一件だった。

母は、人がいいゆえに、かつての教え子に地上権で土地を騙し取られる、という経緯もあった。こんな母の失敗を繰り返さないよう、私たちは「親のふり見て我がふり直せ」である。

結局、高林家は、男子の後継者に恵まれなかったことと、お人よしで甘く見られてしまったことで没落したと言えるだろう。

しかし私は、結婚して、もっと酷い人間の浅ましさを毎日見せられることになる。

モンゴルの原野に憧れて

後に私の舅となる小橋家の明夫は、出世欲の強い人であった。

師範学校を出て、小学校の教員になったが、独学で検定を受け、中学校の教師となり、さらに熾烈な競争を制して、検定試験で師範学校の児童心理学の教官になった。それでもまだ満足せず、研鑽を重ね、県の視学官にまで昇り詰めた、意志の強い努力家であった。

昭和十九年、日本は大東亜戦争の真っ只中であったが、或る日突然、文部省からの内示で、明夫にウランバートルの施政官を命ずるとの連絡があった。予期せぬことで、大変驚いた。

当時ウランバートルには大学がなく、モンゴルの人で大学に行きたい人は、北朝鮮の平壌の大学に留学したのだそうだ。

当時、朝鮮半島は日本に併合され、日本が統治国だったので、平壌の大学に留学することは、日本に留学するのと同じ資格だったのだ。だから平壌の大学を卒業すると、モンゴルの施政官になれたという。

そこで日本は、ウランバートルに大学を設立することにしたのだ。明夫は、意志の強さと努力を認められ、大学設立の使命を担って、赴任する内示を受けたのである。大変名誉なことなので喜んだ。

当人よりも喜んだのが、息子の明彦（やがて私の夫となる明夫の長男）であった。当時明彦は、東京の大学に在籍していたが、その大学は滑り止めに受けた大学であったから、満足していなかったし、日本の国内は戦争のため、学問どころか、労務動員とか学徒動員とかに駆り出されていた。その上戦局も厳しく、サイパン玉砕、テニアン玉砕などがあり、特攻隊まで誕生していた。

戦争ばかりしている日本より、平和なモンゴルで広い原野を馬で走りたいと、明彦は雄大な希望に満ち溢れた。十九歳の若さであったから、早速東京の大学から平壌の大学に編入して、「おやじ、二年後にウランバートルで落ち合おう」とばかり、勇んで日本を後にした。明夫おやじさんは、いつ本辞令が出ても良いように、準備を整えて待っていた。

このように、男性二人は希望に燃えていたが、その影で、妻であり母である（後に私の姑となる）ミヨは、どんな気持ちだったのだろう。

ミヨは、かつて次男を幼くして疫痢で亡くした。そして、頼りにしていた長男の明彦が手元を離れ、幼い妹弟三人を残して、遠い海外に行ってしまったのだ。夫もそのうち旅立つだろうと思うと、淋しさ、悲しさ、心細さで、心配のあまり寝込んでしまったそうだ。そのうち自分たち母子も、遠い不便なモンゴルに移住しなければならないことを思うと、不安が募り、涙を流したという。


そんな運命の中で、日本の戦況は日に日に厳しさを増し、国内に二十歳前後の男子はいなくなってしまい、ついに学徒出陣で、大学生まで戦場に送り出す状況になっていた。

昭和十九年十月、政府は兵役法施行規則を改正し、十七歳以上を兵役に編入した。十九歳になんなんとしていた明彦は、当然徴兵される年齢である。海外の大学にいても、赤紙は追いかけて行った。平壌大に移ってまだ一年も経っていない昭和二十年四月、明彦は召集令状を手にした。絶対的命令であるから、帰国しなければならない。最小限の荷物をまとめて、釜山から関釜連絡船に乗った。


徐々に日本に近づき、玄海灘に差し掛かると、海が荒れて船が大きく揺れた。気分が悪くなり、吐き気を催したので、船室で嘔吐しては他の客に迷惑と思い、甲板に出た。しかし、甲板上に吐き出すわけにもいかず、欄干につかまり、海に顔を突き出した。

その時である、どこからともなく二人の憲兵が現れ、挟み込まれ、矢庭に顔をぶん殴られた。咄嗟のことで何が何だかわからなかったが、強い力で殴られたので、甲板の端の方へ体が吹っ飛び、唇が裂けて、血がだらだらと出て、顔全体が痺れていた。

さらに憲兵の一人に胸ぐらをつかまれ、引っ張り起こされ、「お前、スパイだな」と怒鳴られた。思いもかけない言葉だった。

「いや、僕はスパイなんかじゃない」と、痺れる口と流れる血を押さえながら答えた。

「なぜ甲板に出てきたか?」と聞かれ、「船が揺れて吐き気を催したから」と言ったら、「なぜこの船に乗ったか」と次々に詰問された。

そこで召集令状を見せ、「これから日本に帰って入隊するところです」と答えたら、やっと言葉を和らげ、「ああ、そうか」と言ったとか。

「とにかく甲板に出るな。船室に戻れ」と命令口調で言われたので、「ハイ」と言って船室に戻った。

唇の傷は、薬もないので、舐めながら治したという。

船室で、今の出来事をしみじみ考えた。なぜぶん殴る前に理由を聞いてくれないのか。なぜスパイだと決めつけてしまうのか。理由を聞くゆとりもなく、人間を残酷に取り扱う日本の軍隊が嫌になった。これから入隊するにあたって、同じようなことが起こるかもしれないと思うと、心が暗くなってくるのだった。

(後でわかったことだが、玄海灘には日本の潜水艦が沈んでいたのである。そこをまともに覗いてしまったのだ。)


やっと下関に着いて、混んだ汽車に乗り、故郷に向かって走り出した時、父母妹弟に会える一時の嬉しさと同時に、再び平壌の大学には戻れないことや、モンゴルへの憧れが潰えてしまった悔しさが、脳裏をよぎるのであった。

ようやく宇都宮に着き、我が家の門をくぐった時、母と幼い妹弟が走り出て来て、迎えてくれた。嬉しく、懐かしく、この時は平壌に行ったことを後悔した。

母が闇米の銀飯と野菜の煮物を用意してくれていた。母の笑顔、妹弟の笑顔・・・和気藹藹と食事をし、父と酒を酌み交わし、久々の一家団欒である。

しかし、一夜明ければ、茨城の軍隊に入隊しなければならないのだ。束の間の幸せであった。

次の日は、父母妹弟に見送られ、茨城の野砲隊に入隊した。時は昭和二十年四月半ばである。早速、思いもよらぬ新兵への取り扱いを受けた。まず靴がないのである。軍靴は戦場に行くときのためのものなのだ。春といえども、まだ寒い。裸足である。せめて藁草履でもあれば助かるのになあ・・・と思った。野砲隊と名が付いているが、大砲は大昔のリヤカーに砲塔を載せたような武器であった。国内には武器もないことがわかった。裸足で、玩具のような大砲を野原に運んで行って、空砲で撃つ練習を毎日やった。食事も貧しく、大豆交じりの塩粥が、金属のお椀に盛り付けられているのみだ。お腹が空いてたまらない。夜は寝袋にくるまって寒さをしのいだ。軍服も古物で、つんつるてんであった。

その上、危惧していた通り、上等兵達が威張っていて、新兵をこき使い、自分の洗濯までさせるのである。まして、大学生などとわかろうものならなおのこと、厳しい態度で当たり散らすのである。何とさもしい心根なのかと、軽蔑したくなるのであった。

そんな中、戦況は益々危ぶまれる状況になっていた。昭和二十年二月十六日には、関東地方へB二十九が千二百機来襲し空爆。

この時、宇都宮も街の半分が壊滅した。

三月十七日、硫黄島玉砕。

四月一日、米軍沖縄へ上陸。

六月十八日、ひめゆり部隊が集団戦死、などが報じられた。

明彦の部隊も、特攻隊として出撃準備を始めていた。

それから二ヵ月も経たない八月六日、広島に原爆が投下され、死者二十数万人。
八月九日、続いて長崎に原爆が投下され・・・
もうこれ以上戦争は続けられず、八月十四日、御前会議でポツダム宣言受諾を決定した。

明彦は危うく特攻隊として出撃するところだったが、運よく逃れることができた。

しかし、明夫も明彦も、モンゴルへの夢は完全に消え去った。

でも、それで命拾いをしたのだから、幸運であったと言うしかない。

もしモンゴルへ行っていたら・・・

八月十五日、玉音放送があって終戦。

八月三十日、マッカーサーが厚木に到着。

九月二日、ミズーリ号の艦上で、日本が無条件降伏に調印。

その間の十五日ほどの間に、ロシア兵が満州やモンゴル自治区にやってきて、日本人男性を捕虜にした。

その捕虜をシベリアの開発に牛馬の如くこき使い、何千人もの日本人が命を落としたのである。

ひどい話である。


終戦後、明夫は佐野の女学校の校長になり、明彦も栃木の師範学校に改めて入学し、卒業して東京に行き、最終的には小学校の校長になったのだから、一度は運命に翻弄されたが、結果は「めでたし、めでたし」であった。

タミ子おばさんのこと

私は結婚して、姑から酷い「嫁いじめ」を受けることになるが、私自身のことを語る前に、二人の人物の人生を紹介しておきたい。この二人も結婚によって大きく運命を変えたが、最終的にまったく異なる道を選んだ。

私が選んだのは、この二人とも異なる「第三の道」だった。

まずは、タミ子おばさんの話。

タミ子おばさんのお母さんは、私の祖母・ヨネばあちゃんの妹だから、私の母とタミ子おばさんは従姉妹である。従姉妹で女の子は二人だけだったので、とても仲良しだったらしい。家も割に近かったので、よく遊びに行ったり来たりしていたようだ。

タミ子おばさんの家は、真岡市の飯貝という所だったから、バスで十五分ぐらいだった。大きな家で養蚕をやっていた。近所の女の人達がいつも五～六人働きに来ていた。

私の母はこの家から真岡の女学校に、タミ子さんと一緒に自転車で通学していたことがあったのだ。楽しくて夏休みも家に帰らず、タミ子さんと五行川で泳いだり、小魚を網で掬ったり、夜は蛍狩りをしたり、その合間にちょっぴり勉強したりで、自由を満喫していたようだ。

女学校を卒業してから、二人共、小学校の代用教員になった。母はタミ子さんの家の近くの大内小学校に勤務した。タミ子さんは逆に高橋村の水橋小学校に勤務することになった。三年経って、二人共無事、正教員になったそうだ。

日曜日などは、二人で宇都宮に映画を観に行き、メロドラマを観ては「あの場面は素敵だった」とか「男優がハンサムだった」とか話し合って、主題歌を歌ったりして余韻を楽しんでいた。子どもの私も、母達が繰り返し歌うのを聞いて覚えてしまって、「天国に結ぶ恋」の主題歌を歌うのだ。

「今宵名残の三日月も消えて寂しき相模灘　死んで楽しい天国であなたの妻になりますわ」と。

母が「子どもがそんな歌を歌っちゃいけません」と怒るのだ。

私はなぜ悪いのか理解できずに、「どうしてお母さん達が歌っているのに、私が歌っちゃいけないの」と言うと、

「子どもは大人の歌は歌っちゃいけないの」と言うのだ。

「それじゃ、子どもの歌は大人が歌っちゃいけないの」と私が屁理屈を言う。

「あやかちゃんの前で、この歌を歌うのやめよう」とタミ子おばさんが言うと、母は「子どもは風の子だから外で遊びなさい」と言うのだ。

私は「はあーい」と言って、外へ出て庭中駆け回ったり、スキップしたりしながら、「死んで楽しい天国であなたの妻になりますわー」と大声で歌うのである。

二人はホトホト困って、童謡に切り換えて「お手々つないで」なんて歌い始めるのだが、私はそんなのに魅力はなかった。大人の歌の方がいいメロディだと思った。

タミ子おばさんは、私が小学校に入ってから通信簿を見せに行くと、必ずお小遣いをくれるのである。親戚中で唯一、私や姉にお小遣いをくれる人であった。「全甲」の時は五十銭、乙が一つでもついていると三十銭に値下げするのである。だから私は、タミ子おばさんに見せるために、全甲を取ろうと努力したものだ。おかげで度々五十銭にありつけた。

さて、タミ子おばさんは農家の長男である久男さんと結婚をした。教員は続けていた。農家の嫁が教員をして

いて農業をしないのである。日本の慣わしでは、嫁は労働力である。姑は気に入らない。早速嫁いじめが始まった。

朝は早く起こし、出勤する前に畑の草取りをやらせ、御飯炊きをさせる。「学校から早く帰って来なさい」と命令する。

必ず早く帰れるとは限らないのだ。職員会議で遅くなることもあるし、教材研究もしなければならないし、児童達にテストをすれば、採点の仕事もあるし、色々な事務もあるのに・・・。

帰宅すればまた、農作業を言いつけるやら、食事の支度やら、お洗濯やら、風呂炊きやらと、休む暇もなくこき使うのである。

タミ子おばさんはよくよく嫌になり、私の祖母の所へ逃げてきた。「おばちゃん、匿って！！」と言って・・・。自分の母親の所へ帰ると「我慢が足りない」と叱られるからだと言うのだ。祖母は、かつて自分の娘（私の母）を預けて女学校に通わせてもらった前歴があるから、「ああ、いいとも。好きなだけいなさい」と言った。それからタミ子おばさんは、祖母の家から学校に通っていたのである。

一ヵ月も経たない或る日、恋女房に逃げられた久男さんは、長男でありながら農家を捨てて、タミ子さんを追いかけて来た。そして「俺もここに置いて下さい」と祖母にお願いして、夫婦で居候することになったのだ。

久男さんは農業をやめて、タクシーのドライバーになって働き始めた。そのうち男の子が生まれたので、タミ子おばさんは学校を退職して専業主婦になった。二年ほど経ったら、今度は女の子が生まれた。いつまでも祖母の所に世話になれないと思ったのか、営林省の田圃経営の募集があった時、久男さんは農業関係の仕事がしたくて、応募したら合格して、やっと適職に就くことができた。タミ子さんも手伝って共働きである。

その後ご無沙汰していて、久しぶりで母と私が訪問した時は、子どもが五人になっていた。賑やかに広々とした畑の間を駆け回っていた。

タミ子おばさんは五人の子を立派に育てた。長男は成人して中古車販売店を経営していた。長女は中学校の先生になり、同じ学校の先生と結婚した。今は夫婦で年金をもらい、悠々自適である。あとの三人も成人して、近くに世帯を持っているとか。

タミ子おばさんもやっと幸せになれたのである。

今はもう母もタミ子おばさんも故人になってしまったが、忘れられない思い出の人であった。

エリートの悲劇

もう一人の人生を紹介しよう。

当時私が住んでいた宇都宮の借家の近所に、小暮さんという一家が住んでいた。

父親は某有名国立大学法学部出の弁護士さん。母親は某名門女学校出のお嬢様育ちとか。

このご夫婦には、長女と、ちょっと歳が離れた長男がいた。二人とも優秀であったが、特に長女のみどりさんは人も羨む秀才で、幼少の頃から他の子どもたちとは違っていた。外で遊んでいるのを見かけたことがない。本が大好きで、手から本を離さない子だった。

四歳の時、すでに字が読めるようになっていたという。

まだ字の読めない三歳の頃は絵本が大好きで、犬や猫の絵本、木や花の絵本に飽き足らず、小学生の図鑑まで眺めていたのだそうだ。

字が読めるようになってからは、童話や物語、または詩まで読書範囲を広げていた。両親は教養のある人だったから、子どもたちのために本はいくらでも買い与えたのだ。

小学校に上がってからも常にトップで、一年生の時から級友に一目置かれていた。

中学年の頃になると、先生の代わりをして、学級をまとめていたので、先生は出張する時、みどりちゃんに自習計画表を渡して、安心して出張ができたのだ。

補教の先生はただ見ているだけで良かったそうだ。


だからもちろん、中学年から高学年の時は級長になったり、生長（学年全体の生徒の長）になったりで、遠足や運動会の時など、指導力を発揮していたのだそうだ。

このように、学校ではいつもリーダー格で、遊びも活発だったが、家に帰っては外遊びする子ではなかった。机に向かって本を読むのが日課だった。お父さんの影響もあったのかもしれない。学校の宿題などはさっさと片付けて「ファーブル昆虫記」とか「シートン動物記」とか、男の子が読むような物を好んだ。読書だけでなく、興味を持ったこと、疑問に思ったことは、実験したり、観察したりして確かめなければ気が済まない性格だった。


或る時、野良猫を捕えて来て、四つ足の動物は歩く時、前足後ろ足をどのように運ぶのか観察して、自分でも真似をしたりしていたそうだ。歩く時だけではなく、走る時、獲物を追いかける超スピードの時などと、次から次への疑問追究に余念がなかった。やはり他の子とは違っていた。私などはいまだに四つ足の犬や猫の足の運び方など、わからないままだ。


いよいよ女学校に通うようになってからも、抜群の成績で、友人の追随を許さなかったと聞いている。

「小暮みどりさん」と言えば「あー、あの秀才ね」と、近所でも知らない人はいなかった。だから中には嫉妬して

「冷たい子なんだって」と陰口をたたく人もいたのだ。確かにお父さんに似ていて、きりりとした顔立ちであった。弟の坊やも父親似であったから、両親としてはお父さんの跡継ぎになることを期待していたはずだ。どこの家でも、男の子が生まれれば大喜びで、「坊や、坊や」と可愛いがり、大事にする。小暮さんの家でも、いくつになっても「坊やが」とか「坊やは」とか言っていたので、私などは大人になっても本名を知らないのだ。

さて、秀才のみどりさんはストレートで某名門女子大学の法学部に合格した。

両親は名誉なことであり、嬉しいことなのだが、ちょうど戦後の新円切り替えで、お金の価値が定まらない時代であったから、弁護士さんといえども、学費を工面するのが容易ではなかったのだ。できることなら跡継ぎの坊やの方にかけたい気持ちもあったのだ。

しかし、普通の人では望んでも叶えられないエリートの道、ましてや父親と同じ道へ足を踏み入れようとしている秀才の娘に「やめろ」と言うことはどうしてもできない。全財産を投じても入学させてやろうと覚悟したのだそうだ。

その親の様子を見て、坊やは言った。「僕はお姉ちゃんほど秀才ではないから、宇都宮の大学で良いんだよ。宇大を出て県庁に勤めることを目標にしているんだから、お姉ちゃんに掛けてあげて」と。

それを聞いて両親の気持ちは吹っ切れた。嬉しくもあった。確かに坊やの方はのんびりゆったりとしていた。それがまた好感の持てる人格に育っていたので、快く坊やの好意を受け入れたのだ。

みどりさんは、めでたくエリート大学生になった。勿論その女子大でも上位の成績だったようだ。みどりさんは、現役で司法試験の合格を目指すため、某有名法律研究所に入って研究することになった。

この研究所は有名だったし、開放されていたので、他の大学からも研究生を受け入れていた。そこへ某名門私立大学から研究生・服部さんが入所してきた。同じ目的を持って研究し、助け合って研究したり、論文をまとめたりしているうちに、若い男女に愛情が湧き、恋が芽生えるのは当然のことで、特にみどりさんのように女学校から女子大と、女子ばかりの中で勉強一筋でやってきた女の子は、燃え上がるのも早かったのかもしれない。

みどりさんは、見事現役で司法試験に合格し、東京のある法律事務所に見習いとして就職した。司法試験に合格したとはいえ、見習いの身では、日常の雑事を一手に引き受け、先輩たちの資料作りの手伝いもあり、一日の業務日誌や反省も大事だし、残業もあったりで、目まぐるしい日々を過ごしていた。

でも服部さんに対する愛は変わらず、間もなく結婚した。

二人共忙しい身なので、ゆっくり夫の実家を訪ねることもままならず、舅や姑のご機嫌伺いも間遠になってしまうのであった。同じ職業の夫婦である場合、良いところはお互いのわからないことを教え合い、情報を交換し合って、レベルを高め合える点で、効もあるが、女にとっては家事という重荷があるので、罪もあって、メリット、デメリット、相半ばするのである。

その重荷をどう解決していくかが、長続きするかどうかの鍵である。ましてや子持ちになろうとしたら至難の業で、協力者がいなければ不可能である。


結婚三年目、姑の愚痴が始まった。

自分の息子は自慢の息子で、小さい時から頭が良く、某名門私立大学に入学した時など、親戚中から褒めそやされ、ご近所の人からも羨ましがられたのだそうだ。

だから息子が弁護士になったら、資産家の家から美人のお嫁さんを迎え、すぐに可愛い赤ちゃんを産んでもらい、家事はお嫁さんに任せて、孫のお守りをしながら、楽隠居することを夢見ていたのだという。

ところが、忙しい同業者と結婚してしまい、帰宅も遅く、お食事もデパ地下の既製品や外食をしているのを見て、意地悪をするようになった。みどりさんご夫婦は、服部さんの両親の敷地内に別棟を建てて住んでいたのだ。

○仕事が忙しいので、お掃除も行き届かず埃っぽい、とか。
○息子には手料理を食べさせなさい。でないと栄養が偏る。
○「三年子なくば、去る」とか、石女（うまずめ）か、とか。
○息子より早く帰って来なさい。
○お風呂の時間が遅いとゆっくりできないから、夕食前に入れなさい。
○時には、わざわざ調理が難しい大きな魚を一尾まるごと買ってきて、冷蔵庫の中に入れておき、次の日「あの魚をどう料理しましたか」などと質問するのである。

みどりさんだって自慢の娘であった。幼い頃から秀才と言われ、人から誹謗されたことなんかなかったのだ。それに、夫と同じ仕事をして帰宅するのだから、無理なのは誰だってわかるはずだ。これが日本の嫁いじめである。嫁は牛馬の如くとか、嫁はもらったものだからどんな使い方をしても良いとか、心の狭い姑の発する言葉をよく聞く。

「息子にはずいぶん教育費をかけたのだから、親に感謝して、給料の一・二割は渡すべきだ」などと、挙げつらえばいくらでも出てくる。

これらの文句を、そのままそっくり嫁の親に置き換えることだってできるのだということに気付かないのだろうか。

姑という立場を利用して、言いたい放題に、思いやりのない言葉を吐きかけてくる毎日に、もうみどりさんは堪えられなくなってきた。弁護士としての責任だけは何が何でも果たさなければならない。何を取って何を捨てるべきなのか、ストレスも極限に達していた。

その夜のことであった。

みどりさんは、今自分が何をしようとしているのか、頭の中は真っ白で、何も考えていなかったのに、車に乗り、猛スピードで突っ走った。方向はどちらに向かってもかまわなかった。天空に向かっているような気分だった。このまま死んだら、すべての悩みから解放されるのだ。東京の空は明るかった。ネオンが輝いていた。益々スピードを上げた。

「ド、ドーン」工場の壁に激突。それっきりだった。車も体もめちゃめちゃ。即死である。

真夜中に宇都宮の小暮さん宅に電話があった。警察からだ。「交通事故です。すぐ来て下さい」と言う。場所は東京の某所だと言うし、事故の様子も話してくれない。「早く来て下さい」と言うだけなのだ。「早く来て下さい」と言われても、行けるわけがない。

お父さんもお母さんも、茫然として声も出ない。お母さんは立っていられず、畳の上に蹲ってしまった。腰が抜けてしまったのである。

その時「僕が行く」と言ったのは、弟の坊やだった。両親のただならぬ様子を見て電話を換わり、場所を確かめ、普段着のまま、旅費だけ持って飛び出して行った。

列車に乗ってもすぐ着くわけではない。焦る心を抑えながら、お姉さんがどんな状態であれ、取り乱すまい。俺は男だ。気をしっかり持たなきゃ・・・と自分を励ましていたという。

上野に着いた時、もうこれ以上ぐずぐずしていられないとタクシーに乗り、現場に急行してもらった。警察の人が大勢いて、婿さんの服部さんもいたが、婿殿は茫然として、なすすべを知らぬが如く、ただ突っ立っているだけだった。

坊やは姉に駆け寄り、変わり果てた体を抱きしめた。すでに冷たくなっていた。周囲には血が飛び散っていた。

顔も頭もめちゃめちゃだった。死亡した人体は救急車には載せないのだそうだが、「そんなこと言っている場合かー！！」と怒鳴ったという。坊やも興奮していたのである。救急車の人も同情して、救急車で病院に運び、もう一度死亡を確認し、このままでは後から駆けつけてくるかもしれない両親に見せるわけにはいかないので、形を整えてもらい、ひどい部分は包帯で隠してもらったとか・・・。

でも、両親は行かなかった。行けなかったのである。

坊やは姉の気持ちを考え、婚家には戻さず、すぐ斎場に運び、荼毘に付して、お骨だけを持ち帰って両親に報告したのである。両親は悲しさのあまり上京せず、坊やに任せてしまったのだ。婚家と顔を合わせるのがどうしても嫌だったのだろう。

嫁いじめは姑の気晴らしなのだ。それでも姑は罪にもならず済むのである。何とも理不尽な話だ。娘を嫁に出した親は心配が絶えないわけだ。

それから三ヵ月以上経っても、母親の小暮さんは、娘がかつて勉強していた机にかじりついて泣き続けた。夜も眠れず食も進まず、痩せ衰えていくばかりだった。父親でさえも、娘の思い出の残る家には辛くて住んでいられなくなり、郊外の方へ越して行くことになった。

引っ越す前に、お母さんが我が家に挨拶に見えて、涙ながらに語った。

「弁護士になっても優秀だと言われていたのだから、死ぬなんて考えないで、開き直って離婚して帰って来てくれれば良かったのに・・・一生弁護士として人助けをしたら、恥ずかしいことなんてないし、何不自由することもなかったのに・・・悔しくてたまらないのよ」と泣き崩れた。いくら悔やんでも悔やみ切れない様子だった。

何と悲しい出来事かと今でも忘れられない。まさにエリートの悲劇である。

婚家の姑は反省しただろうか。気になるところである。

教師としての出発

昭和二十三年四月、私は栃木師範学校を卒業し、栃木県川内郡の古里中学校に赴任した。我が家は宇都宮市内にあったから、宇都宮駅から東北線に乗って一駅北の岡本駅で降りるのだが、その頃は新制中学が発足したばかりで、校舎も間に合わず、小学校の体育館を借りて、ベニヤ板で四つに仕切り、四クラスの中学一年生を収容していた。一クラス六十名である。小学校の理科室や音楽室の椅子・テーブルを借りて、肩身の狭い学習環境だった。

机間巡視もできず、まるで大学の講義のように、吾々教師は前日に原稿を作り、それを読み上げて、一方的な耳学問だったり、または小学校のように漢字の書き取りやプリント学習だった。

学習に身の入らぬ腕白どもは、ただ意味もなくそこに座して、隣席の子と私語しているだけである。男の先生で投球の上手なN先生は、ざわついている生徒目がけてチョークを弾き飛ばし、額に命中させて、おしゃべりをやめさせるのだが、女教師の私にはそんな技巧もなく、ざわついた教室の雰囲気に苦慮していた。次の年、やっと中学の校舎ができ、引っ越しをして、落ち着けたのだが、岡本の駅から遠くなり、通勤の不便さに悩んだ。

その当時、高崎製紙工場が岡本にあり、紙の原料であるコウゾ、ミツマタを工場に運び入れたり、工場の製品を岡本駅に運び、貨物列車で東京方面に輸送するのに、トロッコ鉄道が通っていた。ゴットンゴットン、のんびりと往復していた。このトロッコが中学校の近くを通るのである。

或る日、女教師三人、岡本駅で列車を降り、あたふたと急ぎ足で学校に向かう姿を見ていたのだろう、トロッコの運転士さんが、荷物を下ろして空になったトロッコに「乗って行きなよ」と声をかけてくれた。

私たち三人は、ちょっと戸惑ったが、すぐに「お願いします」とニコニコ顔になり、トロッコに乗せてもらい、早々と学校に到着したのである。これが、社会に出て最初に受けた人の好意・親切心であった。嬉しかった。

次の日から、そのトロッコの五十がらみの運転士さんは、私たちの列車が岡本駅に着くのを待っていて下さるようになった。

私は一年間お世話になり、次の年、宇都宮の旭中学校に転勤したのである。さんざんお世話になりながら、一言のお礼も言わずに別れてしまった。ご無礼を今でも悔やんでいる。

若い時代の気の利かない田舎娘であった。

いざ東京へ!

昭和二十五年、私は二十三歳になんなんとしていた。

二年勤めた古里中学校から宇都宮の旭中学校に転勤した。今度はバスや汽車の時刻に煩わされない徒歩通勤なので楽になった。

旭中には師範学校の同期生もいたので、すぐ馴染むことができた。二十代・三十代の教師が多かった。

新制中学校が発足してまだ五年目。民主主義とは何ぞや?　男女同権とは?　自治とは?　教師自身も未経験の分野を生徒に指導するのである。学級会、生徒会のテーマに苦慮していた。研究会も盛んに行われていた。

文部省のお膝元の東京では、もっと進歩した教育が行われているに違いない。

「東京へ行きたい」

若い仲間は浮足立っていた。

ついに仲間の一人が都の試験を受けて上京した。

先を越され、次の年は芋蔓式である。大挙して宇都宮から東京へ出奔した。

この際、自分の本当にやりたいことに夢をかけて、高橋哲さんは教員を辞めて、某大手出版社のS社へ、村山さんは元々医学部出身の医者なので、都内某区の保健所の所長に、あとの私たち女三人、男二人は、教員免許しか持っていなかったので、都の教員資格試験を受けた。

当時は、身長が百五十センチ以上ないと失格だった。私は百五十二センチだったので、ギリギリ合格だった。次の年度からは百五十五センチになったので、私はやっと間に合ったのである。

こんな雰囲気の中で、私たちは夫々の道を選択して勇躍として上京したのだ。

この仲間たちの中に、明彦もいた。

明彦は終戦の年に入隊し、茨城の訓練所で終戦を迎え、改めて師範学校に編入したため、一年遅れの卒業だった。私より一年年長だった。真面目な人だと思った。私は明彦と意気投合し、恋に落ちて結婚した。大家族の長男であることはわかっていたが、とにかく東京へ出て二人で研究し合えるメリットの方が大きく、後は何とかなるさ・・・とタカを括り、前途に夢ふくらませていたのである。その時は舅に大きな借金があることも知らず・・・。

恋は盲目である。私は大きな苦労を背負い込む結果になってしまった。

第二章　騙された結婚

「飛んで火にいる夏の虫」

私の結婚は失敗だった。

明彦は真面目な教員だったが、長男で、両親と妹一人、弟二人の六人家族だった。封建的な家風で、まさに「嫁は牛馬の如く」である。

「ほーら、嫁が来た。兄弟の面倒を看させろ。働かせろ。両親に孝行させろ」と待ち構えていたのだ。

舅は栃木の師範学校の児童心理学の教官をしたり、県内の女学校の校長をしたり、県の教育視学官をしたりと、社会的には立派な仕事をしていたので、温情のある人物だと思っていたが、家庭では酷いワンマンだった。理論家であって実践家ではなかったのだ。

私が結婚した時はすでに定年退職して、年金生活に入っていた。でも下三人の子どもの教育が終わっていなかった。家族計画としては少々おかしいのではないかと私は思った。

明彦のすぐ下にもう一人弟がいたようだが、五歳の時、疫痢で亡くなったとか。子沢山だったのだ。子どもを疫痢で死なすなどとは、母親の衛生観念が低いからだと、或る医者は言っていた。そんな節も覗える暮らしぶりであった。

当時すぐ下の妹・良美は宇都宮大学の二年生。真ん中の弟・善夫は浪人中。下の弟・弘は高校一年生だった。社会人として働いていたのは長男の明彦だけ。だからどうしても働く女性と結婚しなければ、親妹弟が養えなかったのだ。

私は「飛んで火にいる夏の虫」である。

明彦は「両親とは同居しないで、東京に出て二人で働こうね」と上手いことを言って私を安心させた。ところが結婚式が終わった途端、舅が私たちに申すには「長男であるお前たちを東京へ出すのは、妹弟の足場である」と。私はびっくりした。騙されたことに気付いた。

前途多難な結婚をしてしまったことで、私の心は揺れた。今この瞬間が運命の別れ途なのだ。どうしよう、東京に行くことをやめようか、家に逃げて帰ろうか、心は千々に乱れた。でもその時はすでに、墨田区の〇〇小学校に赴任することが決まっていた。

私を採用してくれた校長との約束がある。

「あなたには五年生を担任してもらいます。五年生を受け持つということは、五、六と持ち上がって、卒業させなければならないのですよ。責任が重いですよ」と言われた。

私は「はい、わかりました。努力いたします」と誓ったのだ。

社会的責任は果たさなければならない。私の一生の信用にかかわる問題だ。今ここでどんなに悩んでも、迷っても、一夜明ければ私は〇〇小に赴任しなければならない。上京せざるを得なかった。

楽しかるべき新婚の夫婦が、一言の言葉も交わさず、宇都宮から上野までの車中、ずっと下を向いて過ごした。明彦は私が途中下車をしてしまうのではないかと、列車が駅に停車する毎に、私の顔をじっと見ていた。

昭和二十七年春、これが私たちの結婚生活の第一歩だった。嫌な予感がした。

平井の安アパートに到着するなり、明日の準備をしなければならない。まずは心を落ち着かせ、先生方へのご挨拶、全校生徒への挨拶、担任する児童たちとの顔合わせと、忙しい一日が始まるのだ。自分個人の事情など考えている場合ではない。その上、女には主婦としての雑多な家事が覆いかぶさってくるのだ。

次の日、五年生に進級して目を輝かせている児童たちとの学校生活を始めた。五年生といえば小学校では高学年だが、今まで自分よりも背の高い中学生相手だったので、とても可愛く感じられた。この子たちと楽しい学校生活をしよう。職業だけは大事にしよう。漕ぎ出した舟は最後まで漕ぐことが成功への道だと思った。昨日までの憂鬱な気分を一掃しようと努めた。何とかなるだろうと楽天的に考えることにした。夫の妹弟は夫が面倒を看ればいいじゃないか、勝手にしろ、と思った。

借金なんて聞いてない！

或る日、舅と姑がやって来た。

舅が私に演説口調で申すには、「ここに一切れの魚がある。これを一人で食べようと思えば、一人で食べてしまうこともできる。これを二人で食べようと思ったら、半分こっこして、味噌汁があり、漬物があり、煮物がちょっぴりあれば、一食十分なんだよ。これが家庭経済というものなんだよ。そうすれば一人分の給料で暮らせるんだよ」と・・・。

だから「一人分送金しろ」というわけだ。私は驚いた。私たちは二十代の体だ。遊んでいるわけではない。舅や姑は六十代の体で、家でのんびりしているのだ。

私の母は火災で殆どの財産を失ったが、一切れの魚は食の細い祖母にさえ付けた。「余ったらまた明日食べればいいでしょう」と言っていた。

社会的に出世していた舅がなぜこんなに貧しかったのか。それには理由があった。

結婚してから夫が私に話したのだ、舅には莫大な借金があることを！（ずるい、本当に酷い、私を馬鹿にしている）

明彦の話によると・・・

舅は定年になっても三人の子どもの教育が終わっていなかったので、退職金を注ぎ込んで、教材のレンタル会社を設立した。社員には教え子を採用した。教え子を信用して殿様社長で杜撰な経営をしていたので、社員に騙され、売上金を半年分も持ち逃げされ、忽ち経営破綻に追い込まれてしまったのだそうだ。仕入れた教材の代金、借りた事務所の家賃、社員が出張する時の車二台分、社員の給料など、とても払い切れるものではない。話を聞いて、最初からプランが甘かったと私は思った。

逃げた社員は千葉の人で、千葉の実家に潜んでいたところを連れ戻し、裁判にかけたのだが、恩師である社長を騙すような若者は、事務能力に長けていて、書類上スキのない事務処理をしていたのだ。どの領収書にも社長印が押してあったし、会社日記にも何月何日何時何分に社長に渡したと記録していたのだ。舅は報告された覚えもないし、押印した覚えもないのだが、ちゃんと社長印が押されていた。

それは、舅が社長印を入れておく机の引き出しに鍵を掛けておかなかったからだ。判子の重みを疎かにしていた、というわけだ。

その社員は裁判の時、「私は絶対社長に報告し、印を押してもらいました」と言い張って譲らなかったので、罪は社長の杜撰な経営のためだという判決が下り、舅は裁判の費用まで支払わなければならない羽目に陥ったというわけだ。

レンタル会社は倒産し、莫大な借金だけが残ったのだ。それを長男夫婦に払わせようというのだ。

酷い親だ。なぜ夫は結婚前に言ってくれなかったのか。私を馬鹿にするのもいい加減にしてもらいたい。

「小橋基金」(「僕は校長の犬」)

昭和二十七年当時、夫の給料は八千六百円、私は八千円だった。二人合わせても一万六千六百円である。それなのに、舅の借金返済のため、「三万円送れ」「四万円送れ」という手紙がくるのだ。

夫が家庭教師のアルバイトを三件やっても、私の一人分の給料を捧げても「焼け石に水」だった。質屋に時計とかカメラを持って行っても、二千円か三千円しか貸してくれない。万策尽きた。

思い余った夫は、校長に相談した。校長は教頭と相談して、学校内に「生活基金」というのを作ってくれた。校長と教頭が一万円ずつ醵出し、あと余裕のある先輩の先生方が五千円とか三千円とか、若い先生たちは千円とかを醵出して下さって、困っている方に貸し与える制度だ。

夫はそこからお金を借りて、父親に送っていた。

その時、校長に言われた。

「奥さんも働いているんだろう。大丈夫だよな」と釘を刺されたのだ。

「大丈夫です、必ずお返しします」と約束して、夫は日曜日もアルバイトをしていた。

アルバイト代やボーナスの時、一人分返済したりして、毎月きちんと必ず返金するようにしていた。

この生活基金から借金する人は夫だけだったから、いつの間にか「小橋基金」と言われるようになった。実に恥ずかしかった。

私は言った。

「あなた、先生方全員からお金を借りていて、職員会議で物が言えるの」と。

夫は黙って下を向いていたが、やや暫くして「親妹弟のためじゃ仕方がない。僕は『校長の犬』と言われているんだよ。早く借金を返して、どこかへ転勤したい」と言った。

そんなにしてまで親妹弟の犠牲にならなければいけないのだろうか。ああ、こんな親になりたくない、と思った。

親はどう思っているのだろう。夫は一言も親妹弟に言わず、じっと耐えている。偉いと言えば確かに偉い。姑曰く、「明彦が送ってくれたものは確かなものだから、安心して使える」と。

実に曖昧である。どこからどのように工面したかを知ろうとしない。頼り切っている。楽天家と言おうか、依存症と言おうか、酷い親である。

四畳半のアパートに大人四人

昭和二十八年四月、姑は義妹と上の義弟の二人を、たった四畳半のアパートに送り込んできた。

妹の良美は宇大の英文科に在学していたのに、J女子大学の家政学部にわざわざ編入試験を受けて上京してきた。

姑曰く、「東京の女子大を出て箔をつけなと、良縁に恵まれないから」と言うのだ。

弟の善夫は浪人中だったから「予備校に通わせたい」と言うのだ。

四畳半の部屋に大人四人が暮らせるだろうか。私のタンスがあり、食器棚があり、明彦の机があり、食卓（机兼用）があるので、実質使えるスペースは三畳だけだ。夜は、押し入れの戸を外し、衣装ケースをテーブルの上に乗せ、上の段に弟を、下の段に妹を寝かせた。


その頃の東京は「東京砂漠」と言われ、水不足で水道の蛇口からほんのちょろちょろしか出なかった。ガスも無かった。石油コンロ一台で、ご飯も味噌汁もおかずも作らなければならない。四人分の炊事は専業主婦でさえ容易ではなかった。朝食を作るには、夜中の一時から三時頃、他の部屋の人たちが寝静まった頃、お鍋やヤカンにお水を汲んだり、お米を研いだり、野菜を洗ったり、時にはお洗濯もしなければならないのだ。寝る時間がない。私は二週間でヘトヘトになってしまった。それでも、仮眠をしては家事をやり、仮眠をしては家事をやり、を繰り返していた。

早く夏休みが来ないかな、夏休みになったら、宇都宮に帰ってゆっくり休みたい、と夏休みばかり考えるようになっていた。


そこへ姑がやってきては言うのだ。

「お兄ちゃんの世話になれ。欲しいものは何でも買ってもらえ」と・・・。

妹は給料日が来る毎に「お兄ちゃん、靴買って」「お兄ちゃん、スーツ買って」「お兄ちゃん、時計買って」と言うのだ。

J女子大はお嬢様学校なのだろうか。周りの友だちを見ては物ねだりをするのだ。靴ぐらいは買ってやれるが、時計やスーツをねだられても、すぐというわけにはいかない。その頃、時計はまだ高級品で、質草にもできたのだ。私はたった一枚、英国製のチェックの半ゴートを持っていた。それを妹にあげた。私の一張羅だ。

さすがに明彦は言った。

「あの一張羅、あげちゃっていいの」・・・と。

仕方がない、自分のものでさえ買えないのだから・・・。

そんな状態なのに、「二人分送れ」「一人分送れ」と、親から仕送りの催促状が来るのだ。

とにかく私はヘトヘトで、経済どころではない。お金で解決できることなら、私の給料で妹と弟を別のアパートに移したかった。

そんな或る日、何の用事で見えたのか忘れたが、受け持ちの子のお母さんに会った。そのOKさんは、頭の回転の速い人であった。私はつい自分の立場の辛さを漏らしてしまった。

そしたら「あら、先生がそんな苦労をなさっていらっしゃるなんて、毎日の教育に支障をきたしますから、私が解決して差し上げます」と即座に言った。

私は自分の意気地なさでOKさんに迷惑かけるようなことを口走ってしまって失敗したなと思ったが、教室の窓から見ていたら、小走りに走って帰られるOKさんの後ろ姿に、何か心当たりがあるらしい様子が窺えて、頼もしさを感じた。

そして次の日のことだ。授業も終わってお掃除も終えた頃、OKさんが見えて「先生、見つかりました。SMさんというお宅がアパートを新築中で、まだ二部屋ほど入居者が決まっていないそうです。三畳と六畳だそうです」とおっしゃった。私は嬉しかった。早速アパートに帰って、妹と弟に伝えた。

「私の学校の近くだから、何か不自由なことがあれば、何時でも相談に乗るからね。こんな狭い所で、押し入れに寝ているより良いでしょう」と言ったら、承知してくれたのでホッとした。

ＳＭさんの建築が終わるのを待って、すぐ引っ越した。「お家賃が安いから、三畳の間でいいわ」と妹が言ってくれたので助かった。

ところが姑が来て怒った。

「お兄ちゃんの所に妹や弟が来てなぜ悪い。ここにいれば部屋代かからない。食事だって二人分作るのも四人分作るのもそんなに変わらないでしょ。炊事を嫁がやるのは当たり前。あんたが追い出したのね」と言うのだ。

明彦が私の苦労を横目で見ながら、何の行動も起こさなかった理由がやっとわかった。酷い、ホントに酷い。私を奴隷扱いにしている。

それ以来私は離婚のことばかり考えるようになった。家庭生活を諦めよう。姑が何を言おうが、舅が何を要求しようが、いざとなったら離婚すればいいのだ、簡単だ、と思いながら毎日を過ごしていた。

明彦は何とか私を宥め賺して働かせようと機嫌を取ったりした。

「二人で教育問題を研究しようね」とか「学級経営で困っていることない？」とか言って、親妹弟のことから目を逸らすよう仕向けていた。

暴風雨の中、銚子の宿

昭和二十八年の夏休み、嫁いじめの重圧に耐えかねて、私は実家に逃げ帰ってきた。

一ヵ月間、夫のアパートには帰らなかった。離婚するつもりだった。

八月二十九日、夏休みも終わろうという日に、夫から分厚い手紙が届いた。封筒の住所には、ただ「灯台の見える宿にて」とだけ書いてあった。でも、消印が銚子になっていた。手紙には「死にたい」と書いてあった。死なれては困るのだ。私のせいになってしまう。


私は急遽母と上京した。さてどうしたものか。

思案していたら、母が連絡したらしく、姑もあたふたとやってきた。

私を見るなり、悪口三昧、口走っている。

「あんたが悪い」「どうして夫に従わないのか」「明彦が死んだら、どうしてくれる」「家風に合わない」などと繰り返し息巻いている。

私は黙って聞いていた。今ここで何をすれば良いのかわかっていないらしい。

息子が「死にたい」と言って、銚子の海へ突っ走っているのに、何の策も見出さず、文句たらたら並べているだけの姑・・・。


その時、私の母がスーッと立ち上がり、どこかへ出かけて行った。十分ほどで帰ってきた。

「今、高橋哲ちゃんが来てくれるから、あやか、哲ちゃんと一緒に銚子に行きなさい」と言った。

住所もわからないのだから、私一人で行っても見つからないだろうからと、母は助っ人を頼んだのだ。

高橋さんは明彦の友人であり、私の元同僚でもあった。実家は私の家の近所で、両親が紳士服の仕立て屋さんをしていた。

哲ちゃんは当時、大手出版社のS社に勤めていたのを、母は知っていた。

哲ちゃんは会社を早退して来てくれた。ありがたいと思った。

その日は、台風が関東地方に上陸していて、酷い嵐の日だった。

フード付きの雨ゴートに身を固めて、総武線に飛び乗り、銚子に向かった。

哲ちゃんは何も聞かなかった。すべて理解してくれているのだ。親妹弟のことで苦労していることも、舅の借金で悩んでいることも・・・。


列車の窓から見える景色は、横殴りの雨と風で、大樹も揺れていた。

やっと銚子の駅に到着した。

「さて、どうしよう」と相談した。

まず、駅の案内所で、灯台の見える宿はどのあたりかを聞くことにした。二つの旅館名と民宿一軒の名を聞いて、嵐の中を歩いて行った。

民宿が一番近かったので「ここで一応尋ねてみよう」と言って、玄関に入れてもらった。

泊り客は一人もいなかった。

女将さんが出て来て、「酷い吹き降りですから、雨やみをお待ちになったらいかがですか。お茶でも差し上げますよ」と親切に言ってくれた。

が、「人探しをしているので急ぎます。ありがとうございました」と深々と頭を下げてお礼を言い、嵐の中に出た。女将さんの「雨やみ」という言葉の響きが美しく耳に残った。

次は旅館だ。

「灯台の見える旅館」「灯台の見える旅館」と頭の中で繰り返しながら歩いた。

哲ちゃんが「ここで尋ねてみよう」と、あまり大きくない旅館に入って行った。

仲居さんのような人が出て来たので、「お宅に、小橋という者が宿泊していませんか」と尋ねたら、「いらっしゃいますよ」と言ってくれた。図星だった。

「ああ、良かった。割に早く見つかった」と思った。

案内された客室に行ってみると、薄暗い明りの中で、じっと考え込んでいる明彦が見えた。哲ちゃんはできるだけ明るく「おお、明さん」と声をかけ、「あやかさん、連れてきたよ」と言って、座卓を前にして座り、ニコニコ微笑んだ。

明彦も、哲ちゃんの顔を見て、ほっとしたように笑顔になった。

「どうしたんだよ。まあ、あやかさんと話してみるんだね。無事で安心したよ」などと言いながら、「僕はすぐ帰って、二人のおふくろさんに報告しなければならないから、失礼するよ」と、哲ちゃんは急いで帰ってしまった。

私たちは、何となく気まずい雰囲気になり、暫く黙っていたが、明彦が突然「灯台を見に行こう」と言った。

私は、心中する覚悟だったから、「そうしよう」と立ち上がった。

宿のフロントで、先ほどの仲居さんに断わって、洋傘を借りて出かけようとした。

仲居さんは、明彦が自殺するのではないかとマークしていたらしい。今度は二人で出かけるというので、心中するのではないかと思ったらしく、「こんな吹き降りですよ。おやめになったらいかがですか」と言った。

「でも、折角銚子に来たことですから、記念に見に行きます」と、私は無理に笑顔を作って答えた。

「そうですか、お気をつけて行っていらっしゃい」と言ってくれた。

私たちは出かけた。

嵐は先ほどより収まっていたが、街の家々は雨戸を閉め、深閑として静まり返っていた。

黙って歩いた。

灯台に着いた。

灯台は唸りをたてて回転していた。光の移動が海上の明暗を映し出している。

海は荒れていた。

足元の海を覗くと、三角波の打ち寄せる所は、白波が渦を巻いていた。

かつてノイローゼになった東大生が飛び込んで自殺した所だ。その後も何人かここで死んだので、自殺の名所とされている。ここで死ぬと、渦に巻き込まれて、死体が浮き上がらないのだそうだ。

暫く眺めていた。

「死にたいんでしょ」と私は言いながら、明彦の顔を見た。

「うん」と言った。

「あなたが死にたいなら、私も一緒に死んであげるわ」と言った。

この場の雰囲気にピッタリの会話だった。

「楽に簡単に死にたいわね。手首を切るか、頸動脈を切って、失血死をするのが一番楽だと思うわ。剃刀を買いに行きましょう」と誘って、私はさっさと歩き出した。

明彦はまだ灯台を仰ぎ見ていて、なかなかついてこない。

果たして死にたいと思っているのだろうか。私の愛情を試しているのではないのか、と疑った。

夜も更けて、人影などない。灯台の唸りだけが、恐ろしい竜の叫び声のように聞こえていた。

彼はやっと歩き出して、私の後ろをゆっくりとついてきた。

私はどんどん死出の旅に引きずり込みたかった。彼の親妹弟に悲しみを与え、反省させたい気持ちの方が強かった。姑が私に浴びせかけた悪口三昧を思い出して悔しかった。

「剃刀はどこに売っているのか、探そうね」と言った。

彼は何も言わず黙っている。

お店のあるような方向へ歩いて行ったが、開店している店が見当たらない。


いつの間にか旅館の前まで戻ってしまった。宿の仲居さんが心配して、夜遅くまで待っていて下さったらしい。心中しなかった私たちを見て、「お帰りなさい」と言ってくれた。

部屋にはお茶の用意がしてあった。

何やら茶番劇を演じたような結果になってしまったことに気付いた。

それから一睡もせず、夜を明かした。


宿の朝食を断って、一番電車で平井のアパートに帰ってきた。二人の母親はいなかった。哲ちゃんの報告を受け、安心して帰ったのだろうか。


八月三十一日の夜明けを、複雑な気持ちで迎えた。明日から学校が始まり、また忙しい生活に戻るのである。

離婚したい気持ちはまだ消えていない。二人共、無言で明日の準備をし、無言で簡単な食事をしたのかもしれない。全く覚えていない。

一夜明けたらまた元の木阿弥、ずるずると味気ない夫婦生活に戻ってしまうのであろうか。

別居したくても、お金もない。適当なアパートも、すぐには見つからない。自分の不甲斐なさを痛感した。

ゆっくり考え、ゆっくり決断しよう。母や姉にもう一度相談しよう、と思った。

最初の子の流産

舅の借金は、私の薄給を捧げても捧げても「焼け石に水」だった。こんなことがいつまで続くのだろう。もう我慢も限界だ。離婚の時期を考えていたが、そのうちやっと妹が卒業して、中学の家庭科の教師になって、中央大に入った弟の面倒を二年間看てくれるようになったので助かった。

三年目、妹は宇都宮に帰り、父親の手蔓で高校の先生になって、良縁を待つことになったが、今度は下の弟が東大を受けて失敗し、浪人生活に入ったので、舅も結局は宇都宮の家を売ろうと決心したようだ。でも妹が結婚するまでは売りたくないと頑張っていた。娘だけは自分の生まれた家から嫁に出してやりたかったのだろう。これは、親の感情として当然かもしれない。

妹は良縁を待って、間もなく資産家の次男坊に嫁いだので、両親は満足して、暫くは機嫌よくしていた。

昭和二十九年、二十七歳のとき、私は妊娠した。

普段でさえ便秘がちな私は、なおさら便秘をして苦しかった。下剤は飲めないし、何とか自然便を出したかった。軽くお腹をマッサージしていた。

その時、なぜ姑がアパートに来ていたのか記憶にないが、「どれ！！　私がさすってやる」と言うので、私は腹ばいになって背中を出した。

そしたら「そんなもんじゃダメだ。仰向けになれ」と言う。

「えっ？」と思ったが、仰向けになった。

姑はあの大きなグローブのような手で、私のお腹をぐいぐい揉み始めた。私はびっくりした。こんなことしていいのだろうか。私は初めての経験でよくわからなかった。姑は五人もの子を産んだ経験者だ。妊婦のお腹をどう扱えば良いかぐらいはわかっているはずだ。どう考えても、さするのではなく、こんなに力を入れて揉んだら良いはずはない。

私は「もう結構です」と言って、トイレに行くふりをしてやめてもらった。

姑は「随分早く効果が出たね」などと言っている。

この日は日曜日だった。何事もなく過ぎた。


次の日である。私は学校に行って運動会の練習をした。即ち体操の時間である。生徒を四列に並ばせ、徒競走の練習だ。自分が走ったわけではない。

その時、急に雨が降って来た。空も曇って来て、止みそうもないので、練習を中止し、教室に引き上げた。生徒と一緒に小走りで昇降口まで行き、上履きに履き替えようとしたら、何か変な感じがしたので、トイレに行ったら、不正出血をしていた。

「どうしよう、まだ誰にも言っていないし、我慢して下校まで様子を見よう」と思ったが、次々と出血してくるので、経験のある先輩の先生に相談したら、「あら、大変よ！　早く帰って、医者に行きなさいよ」と言われたので、クラスの子に自習を言いつけ、後で教頭先生に報告してもらうことにして、急いで帰宅した。

ＮＭ産婦人科に行ったら、先生は学会のため留守だという。でも「四時頃にはお帰りになるから、お待ち下さい」と看護婦さんが言って下さったので、待合室で待たせてもらうことにした。

その時、昨日のことを思い出した。私は医者ではないから、姑のせいだと断定はできないが、疑問は残った。何が原因なのか。体育の時間にストレッチ体操をしたからなのか。雨が降ってきた時、小走りで走ったからなのか。お腹を揉んだのがいけなかったのか。

待合室で色々考えているうちに、どんどんお腹が痛くなり、トイレに行きたくなったので、トイレに行ったら、ゴロッとしたものが出て、痛みが治まった。

その頃のトイレは、医院でさえまだ水洗ではなかった。ボットントイレであったから、どんなものが落ちたのかわからない。真っ赤に血に染まった肉の塊のようだった。

先生に診察してもらわないうちに、流産してしまったようだ。体のいい流産をさせられたような気がしてならなかった。


午後四時半頃、先生がお帰りになった。

その時期、保険証の書き換え期間だったので、「保険証は書き換えが済んだら持って来ます」と言ったら、「何！　保険証がないって。どこに勤めているんだ」と言う。

「小学校です」と言ったら、先生は「この前、小学校の先生で、掻把して、金も払わないで逃げたヤツがいた。あんたもその組か？」と威丈高に言った。

その時、夫も駆けつけてくれた。

「いや、僕たちはそんなことはしません」と夫が言ったら、「どこに住んでんだ」と聞かれたから、「すぐ近くの〇〇荘というアパートです」と答えたら、「何？　アパートだって？！」と、いかにも軽蔑したように言った。

この時ほど、小学校の教員というものは、身分の低いものなのだと痛感させられたことはない。またアパートに住んでいることの惨めさも痛感させられた。何と言う横暴な医者だろうと思った。

「ほら、早く診察台に乗れ」と命令口調で言った。

この病院に来てしまったのだから仕方がない。とにかく嫌でも医者と名の付く人に診てもらわなければ、この場が収まらないのである。私は診察してもらった。

局部麻酔もしないで、ガリガリかきむしっている。地獄のような痛さを味わった。殺されるかと思った。

「先ほどトイレでゴロッとしたものが落ちました」と言ったら、「そうか、もう出てしまったんだ」と言って、消毒のような水で洗って終わった。

本当に女は辛いと思った。もう子どもなんか要らないと思った。酷い医者もいるもんだと思った。もうこの病院には来ないようにしようと思った。

最後にその医者は、「金払えよ」と夫に言い渡した。

夫は紙に住所、氏名、勤務先を書いて渡した。

実に後味の悪い思いをした。


流産の後、私は姑の言動を観察していた。

姑曰く、「まあ、妊娠することがわかったから、いいんじゃないの。子どもなんかいくらでもできるから・・・」

結婚してから三年目のことだったたから、石女じゃないことがわかったから、いいんじゃないの、と言うのだ。

でも、次に発した言葉・・・

「まだ善夫と弘の教育が終わってないんだから」と言った。

弟二人の教育が終わっていないから、孫なんか要らないというのだ。

これではっきりした。

何食わぬ顔をして、私は姑から故意に流産させられたのだ。

娘の誕生と盗みをする女中

昭和三十年四月、和子が生まれた。とても難産だった。

妊娠中、不正出血をして、黄体ホルモンを打ち続けたせいで、胎児が大きくなり過ぎたらしく、三千八百グラムもあった。でも無事生まれた。二十二時間もかかった。苦痛の後の喜びは大きかった。

舅や姑は「おめでとう」も言わなかった。

まだアパート暮らしだった私たちに、舅曰く、「子どもが生まれても辞めるな。女中を遣わす。気の利く子だから」と言う。私は信用した。自分の初孫を面倒看てくれるお手伝いさんなのだから、悪い人間を向けてよこすとは思わなかった。

夫が迎えに行って、連れて来た女を見て「エーッ」と思った。見るからにずる賢そうな女の子だった。でも舅が選んでくれたのだから信用した。

雇い入れて一ヵ月も経たないのに、狐に騙されたようなことが次々に起きた。

私はたまたま早く帰宅したので、和子をおんぶして買い物に行こうと思い、バッグの中の財布にお金を入れて、まずオムツを取り換えようとして、バッグを後ろに置いて、オムツを換えていた。

その時、お姉ちゃん（彼女をそう呼んでいた）は、何となく私にすり寄ってきて、「和子ちゃん」などと和子をあやしていた。

さて、お店に行って色々夕食の物を取り揃え、いざ支払いをしようとしたら、五千円札が無いのである。「おかしいな、確かに入れたはずなのに・・・」と、いくら考えても不思議としか言いようがない。

幸い、買ったものは小銭を集めてやっと支払えた。

家に帰って自分の行動を順々に思い出してみても心当たりがない。


その後は注意して観察していた。

次に起こったこと。

私はカメラで一ヵ月毎に成長記録を撮って、和子のアルバムを作ろうとしていた。

或る日、カメラが無いことに気付いて、お姉ちゃんに聞いてみたが、「知らぬ、存ぜぬ」だった。三ヵ月間の可愛い姿を写したはずだったのに、残念でたまらない、二度と写すことができないのだから。仕方なく和子を写真屋に連れて行って撮ってもらった。


次は、明彦が朝慌てて腕時計を机の上に忘れて出かけてしまった。

その日は早めに帰って来て、机の上を見たが無いので、お姉ちゃんに聞いたが、「知りません」と言うのだ。机の上に置いたことは確かなのだが、どうしたのだろう、と只々不思議だった。

そしたら、お姉ちゃんが、「あーそうだ、昼頃この出入り口の戸が開いてました。泥棒が入ったみたい」などと言うのである。

手元を見ていないのだから、お姉ちゃんを疑うわけにもいかず、これも迷宮入りだった。

和子もそろそろジュースを飲ませる時期が来たので、私はできるだけ酸味の少ない完熟したリンゴを、高いけれども三個ずつ買って、お姉ちゃんによく説明し、摺り下ろしてから良く絞って飲ませるよう頼んだ。リンゴはどんどん減っているので、飲ませているものと信じていた。

お姉ちゃんはみるみる顔色が良くなり、ツヤツヤになって太ってきた。「鬼も十八、番茶も出花」で、この娘もキレイになったな、と思っていた。

或る日、和子のベッドの下を覗いて、びっくりした。ミルクを飲んだらしいコーヒーカップやら、リンゴをむいて食べたらしい皮や屑が、捨てずにそのまま放り込んであるではないか。どう見ても赤子に飲ませたとは思えぬ有り様だ。

和子はちっとも太らない、顔色も良くならない、風邪ばかり引いて鼻水を垂らしているので、小児科医に連れて行くように、お姉ちゃんに頼んだ。お金もちゃんと持たせた。それでも私は学校を休むわけにはいかなかった。医者に連れて行って、お薬はもらってくるようだが、飲ませているかどうかはわからない。それに伝票も領収書もないのである。渡されるお釣りは僅かである。

おかしいと思って、土曜日に早めに帰って来て、自分で医者に連れて行った。受診料は保険証があるからごく僅かだった。お釣りをごまかしていることがわかった。

時々、私の化粧品が無くなったり、きれいな模様のハンカチーフが見当たらなくなったりした。

その頃、近所の人から洗濯物が無くなることを聞かされた。Wさんという方が、何か意味ありげに「お宅はお洗濯物無くなりませんか」などと言って、部屋の中をじろじろと覗いたりされた。

「うちは別に無くなりません」と言ったら、「おかしいですね、お宅だけ無くならないのは」と言うのである。

それから二、三日した或る日、「今日はお宅のお姉さん、八百屋さんでお沢庵を盗んで、お店の人に窘められていましたよ」と言われ、びっくりした。

ついに他人の物やお店の物まで盗むようになったのだ。もうだめだ、返すより仕方がない。

そんな時、ちょうど私の母が心配して見に来てくれた。和子は腹ばいになって人参をかじっていたという。「何と可哀想なことをしているの」と母に叱られた。

それに「大変だよ、和子は栄養失調だよ。この腿を見てごらん。赤ちゃんの腿はパチパチしていなければいけないのに、ブヨブヨだよ」と言われた。

やはり和子に飲ませないで、ミルクもリンゴも女中が飲んだり食べたりしていることがわかった。

やっと近所の人も本当のことを教えてくれるようになった。

「一週間ほど前、お宅のお手伝いさんは、赤ちゃんをおんぶして、四時間もかかる三本立ての映画を見に行ったんですよ。ミルクは一回分しか持って行かなかったから、足りなかったんじゃないかしら」とか、また、「映画が終わって出てくる時、混んでいたので、押されて出口のドアが跳ね返り、赤ちゃんの頭にぶつかりそうになったんですよ」と教えてくれた。

私はもう我慢ができなくなった。

盗みはするし、やることはめちゃくちゃで、ずる賢く、人が見ていなければ、何をするかわからない鬼のような性格の女だった。第一印象の通りだった。

「何事もないうちに、早く返して来て」と夫に言って、宇都宮の舅のところに送り届けることにした。お姉ちゃんは、「帰りたくない」と駄々をこねていた。自由に甘い汁を吸って、こんな良い働き口はまたとないだろうが、こちらにとっては子どもの命にかかわることだ。妥協はできない。是が非でも帰ってもらわなければならなかった。

やっと帰ってもらった。

舅は「アハハハハ」と笑って、曰く、「お前たちにも使いこなせなかったかい」と。

酷い！！　そんな危険人物を初孫の子守役に向けてよこした舅が憎かった。

ところが夫は、「使いこなせなかったのか」と言われたことを不名誉に思ったのか、「お前、何とかならなかったのか」と私を責めた。

馬鹿！！　子どもの命に代えられるか！！と、怒鳴りたかった。

私が家にいて監督できるわけでもないのに。自分だって時計は盗まれるし、近所には迷惑かけるし、店の物まで盗むような女をいつまでも雇えと言うのか！？

何と物わかりの悪い夫だろうと思った。

夫曰く、「赤ん坊はお前に任せた」

私は一瞬耳を疑った。私は専業主婦でもないのに、どうしろと言うのだろう。暫く頭の中が真っ白になって立ち尽くしていた。

やっとわかった。「好きな所に預けろ」ということなのだと。

即ち「自分の親に預けろ」ということなのだ。私もそれが一番安心だ。和子が生まれた時からそうしたかった。都合よく母が居合わせてくれている。


その晩、和子は高熱を出した。脱水症だ。私はまず白湯を飲ませ、そして一晩中おっぱいを飲ませていた。和子はチュッチュと飲んでは眠り、またチュッチュと飲んでは眠った。この子はよほど疲れているようだ。本当に危ないところだった。こんなにしてまで私を働かせたいのか。私は小橋家の奴隷でしかない。とんでもない結婚をしてしまった、と後悔した。

後で知ったことだが、あの女は捨て子で、公園のベンチに捨てられていたのだそうだ。夜中に赤ん坊の泣き声がするので、近所の人が見に行ったら、周りには誰もいなくて、風呂敷包みにオムツが入っていたので、警察に届け、ＳＲ園という孤児院で育てたが、どこへ里子に出しても、「性格が悪くて、ダメだ」と返されたそうだ。その後、お蕎麦屋さんに住み込みで雇ってもらったが、「手癖が悪くて、ダメだ」と返されたので、仕方なく孤児院でキッチンの仕事をさせたり、孤児院の子どもたちの世話をさせていた女だったのである。

舅も姑も、孫なんかいらなかったのだ。孫なんか死のうが生きようが、知ったこっちゃない、という態度である。

次の日、母がいてくれてありがたかった。赤ん坊を安心して預け、私は休まず勤めに出かけた。

帰ってみたら、和子の熱も下がっていた。

「リンゴジュースも少し湯冷ましで薄めたら、喜んで飲んだよ」と母が言った。

やっぱり自分の親じゃないとだめだな、とつくづく思った。

この時も離婚したかった。

私はこの子がいれば生きていられると思った。

束の間の幸せ

アパートに赤痢が流行したり、南京虫が発生していた。南京虫は、赤子の柔らかい皮膚から血を吸い取る吸血鬼のような虫だ。韓国人が持ってきたとか。

昭和三十年から三十一年頃の貧しい環境の中での共働き、そして子育てが、いかに女にとって大変か、夫はわかっているのだろうか。何のための結婚だったのか。誰のために働かされているのか。疑問だらけだった。


私は、自分が寂しくても、和子を宇都宮の母と姉に預けようと決心した。

土曜日が来るたびに、私は和子に会いたくて、授業が終わり、クラスの児童達を校門まで送り出すと同時に、上野駅へ突っ走った。お昼ご飯も食べずに列車に飛び乗って、宇都宮に向かうのだった。

和子はどうしているだろう。泣いていないだろうか。自分の母と姉に預けたのだから、その点は安心していられた。本当の愛情は舅や姑にはないことが、結婚によってわかった。嫁の子どもは可愛くないのである。長男の子であるはずなのに・・・。


やっと宇都宮の家に着いた。

和子は元気だった。私の顔を見て「ピーピーちゃん、ピーピーちゃん」と言って、姉に買ってもらったキューピーちゃんを私に見せて、急にはしゃいでいるように見えた。

ああ、やっと会えた。一週間ぶりだ。

夜は興奮してなかなか寝てくれない。

母や姉も喜んでくれて、宇都宮餃子で楽しい夕飯と団欒の時を過ごすことができた。

次の日曜日の朝は、「和子ちゃん、ママと散歩に行ってらっしゃい。その間に朝ご飯を作っておくからね」と姉が優しい言葉をかけてくれるのである。

私は、和子を乳母車に乗せて、朝の街を一巡して来るのだ。

「ああ、何と爽やかなのだろう。昔私はこの道を通って学校に通ったなあ」などと思いながら、裁判所の庭の形よく剪定された樹木の前で深呼吸をした。

「おや？」

気がつくと、乳母車の中の和子はスヤスヤと眠っている、安心したように。

私は和子の寝顔を見ながら、「ああ、あと何時間かでまた別れて東京へ帰らなければならないのだ。ほんの束の間の幸せだ」と思った。

切ない気持ちは拭い切れない。離婚したい気持ちがムラムラと湧き上がる。


午後四時、和子は下駄箱の中の靴や草履を出したり入れたりするのが面白いらしく、一人遊びをしている。昼寝をしてくれたら、その間に帰ろうと思うのだが、時間がない。

「サヨウナラ」と声をかけた。

和子はじっと不思議そうに私の顔を見ている。「これが母親なのだろうか」と疑いの目で、ただじっと・・・。

私は後ろ髪を引かれ、涙を抑えて、逃げるように姿を消すのだ。


こんな親子の切ない寂しさを、夫は理解しているのだろうか。

只々妻を働かせたいのである、自分の親妹弟を養うために・・・。

キョトキョト

私は、宇都宮の実家に幼い和子を預けてまで、働かねばならなかった。

土曜日毎に帰省して、束の間の逢瀬を大事にしていた。

二歳の和子が、「キョトキョトちょうだい」と言う。

キョトキョトって何だろう。姉に聞いてもわからない。母に聞いたら、「戸祭（夫の実家）で食べていた物のようだ」と言う。暫く何のことかわからないまま過ぎた。

或る土曜日、息せき切って実家に帰った。和子はいなかった。

「どうしたの？」と母に聞いたら、今しがた姑が来て、「和子が嫌がるのに無理やり連れて行ったよ」と言う。私はがっかりした。

でも一刻も早く連れ戻したくて、靴も脱がずにバスに飛び乗り、夫の実家に向かった。

余計なことしてくれなくていいのに、と苛立つ気持ちを抑えながら、どんな嘘をついて、すぐ連れ戻すかを考えていた。

いかにも今まで毎日面倒看ていたかのように、私が到着する寸前に無理矢理連れて行くなんて、見え透いている、と悔しかった。

夫の家に行ってみたら、和子は夕飯を食べていた、キョトキョトで・・・。

やっとわかった。キョトキョトはお爺ちゃんの魚を煮た汁が、宇都宮は寒冷地なので、煮こごりになるのだ。ゼリーのように固まった煮こごりを、温かいご飯の上に乗せるとサラッととけて、ご飯に味が付くのだ。

舅の前には、魚の煮付けと漬物があったが、姑と和子の前には何も無かった。舅の魚を煮た煮こごりだけである。私はびっくりした。貧しさなのか、舅のワンマンなのか、酷い食事だ。和子をこんな所に置いておくわけにはいかない。

「今夜、調べ物があるので」と言って、和子の食事もそこそこに、私は和子を背負って帰ってきた。

そしてキョトキョトの正体を明かした。母も姉も驚いていた。

「和子はキョトキョトしか食べていないから、果物でも食べさせて」と言ったら、姉がみかんやりんごを出してくれた。和子は美味しそうに食べた。私は安心した。ビタミン不足になるところだった。

もう夫の実家には行かせたくない。どうしたら良いものか、体よく断る方法を考えなくてはならない。嫁、舅姑の関係ほど難しいものはない、とつくづく嫌になった。

和子は安心したのか、私の膝の上で眠ったので、布団の中に移した。

一夜明ければ、また私は和子と別れなければならない。こんな生活の繰り返しだ。幸せはいつ来るのだろう。誰のせいなのだろう、と暗い気持ちになった。

和子の長泣き鳥

そんな折、公庫が当たった。

明彦は乗り気で、熱心に土地探しをしていた。

私は迷った。家など建ててしまったら離婚などできない。子どもはいた方が、私は生きる張り合いがあるからいいと思った。


昭和三十二年頃のことである。

保谷市（※）の農家が売り出した安い土地が見つかったので、それを買って、私の母から頭金を借りて、小さな家を建てた。

（※）現在の西東京市
この時、校長に金融公庫の保証人を頼んだ。この時も、「小橋基金」のときと同じことを言われた。

「奥さんも働いているというから、大丈夫だよな」と。

私が働いていなかったら、夫は他人に信用されただろうか、疑問である。

校長は保証人になってくれた。ありがたかった。


それからの一年間は、私の母が和子の面倒を看ながら留守番をしてくれたので、私の気持ちも安定して働くことができた。

でも舅姑は気に入らないようだった。長男の家に嫁の母親が住んでいるのだから。

いつまでも母に甘えているわけにはいかなくなった。


その頃は、第二次池田内閣が「所得倍増計画」を発表し、高度成長期に入った。

中学卒や高校卒の若い男の子も女の子も「金の卵」と言われ、いくらでも就職口があったので、お手伝いさんなど、なかなか見つからなかった。

知り合いのツテをたどって、裁縫を習わせるという条件で、ようやく若いお姉ちゃんが見つかった。

和子をそのお手伝いさんに預けて働きに行くのは、毎日後ろ髪を引かれる思いだった。

十八才前後の経験の浅いお女中が、幼い和子をどう扱ってくれるか。せめて怪我や病気にならないよう最低の線で留守番をしてくれること。しつけや教育的態度まで要求するのは無理なことはわかっているが、ただ唯一和子を寂しがらせないよう遊んでくれたり、何か一品でもご飯のおかずに好きなものを作って食べさせてくれることを望みたいが、これも無理のようだ。

和子はお女中にいじめられ、泣いてばかりいたらしい。近所の人が、和子が鳴き始めると一時間も二時間も泣いているので、「長泣き鳥」と名付けたほどだ。

また、近所の人たちは「あんなに子どもを泣かせてまで働いて、そんなにお金が欲しいのかしら」と噂していたようだ。

その頃は保育園も無かった。自分の親に預けるのが一番安心なのだが、東京都と宇都宮では遠くて無理だし、万策尽きてお手伝いさんということになるのだが、本当に近所の人の言う通り、子どもを泣かせてまで働きたい母親などいるはずがない。

働かなければならない事情があるからだ。

否、働かせたいのは夫なのだ、舅姑なのだ。嫁いじめである。「嫁は奴隷の如く、牛馬の如く」である。

夫は、自分の子がどうなってもかまわないようだ。妻を働かせて自分の親妹弟を養うのである。八方美人になって、親戚縁者に聖人君子面をしているのだ。

私も馬鹿である。

なぜこんな結婚をしてしまったのか、なぜ離婚をしないのか、なぜこんな泥沼から這い上がれないのか。自分が情けなくて仕方がない。

「今に見ろ、今に見ろ」と思うのだが、将来のことより今現在が大事なのではないだろうか。

長男の誕生

昭和三十三年、待望の長男・昭が産まれた。

母や姉もとても喜んでくれた。可愛くて仕方がなかった。夫でさえ「天下一品可愛い子だ」と言っていた。

色白で、卵のようにつるつるの肌をしていた。手も足も白魚のようだった。

この子を女中に預けて勤めに出るのはとても辛かった。「今日も私が帰るまで無事でいてほしい」と一日一日祈るような毎日であった。

私は、姉や母に娘と息子を代わる代わる預けてでも、働き続けなければならなかった。じじ、ばば、がいても、お手伝いさんがいても、あてにならなかったからだ。予感通り、苦労は常に絶えなかった。

一時は十人家族を扶養していた。舅姑、弟二人、お手伝いさん、姑の弟（叔父）で結核持ちの居候、プラス私たち夫婦、娘、息子。

その時のお手伝いさんは、聡子ちゃんという子だった。お手伝いさんの中では一番まともな子だった。柳田の伯母が見つけてくれた子で、かつて柳田に働きに来てくれた義理のある親の娘であったので、二年間という約束で来てくれた。ありがたかった。

生まれて一ヵ月ほど経った頃、昭の頭の右上に真っ赤な血管のようなものが浮き出て来て、日一日と大きくなるのだ。心配になり、街のF医院に連れて行って診察してもらった。血管腫だという。

「放っておいても髪の毛の中に収まるかもしれないが、大きくなってから、それが劣等感になると困るから、まだ手が自由にならないうちに治しなさい」とおっしゃって、乙羽町の東大附属病院を紹介して下さった。

そこには「アメリカから輸入したばかりのアイソトープという軽い放射線治療があって、一日で治るから」ともおっしゃった。そんな良い治療法があるなら、と早速行った。

その病院では、小さな金属板を頭に貼ってくれた。

「明日の朝八時に外して、この箱の中に入れて、返しに来て下さい」と言われた。

痛くも痒くもなく、一日で治ることが不思議だった。

その後昭は、十年間の追跡調査を受けた。

最近やっとわかった。癌を治療するラジウム線とかガンマ線とかいう放射線の一種で、恐い物だということが、原発事故の後わかったのだ。ごく僅かなら自然界にも存在するものだから大丈夫なのだろう、と信じるしかない。

東京の家に舅・姑・小舅がやってきた

昭和三十四年から三十五年にかけての頃である。

義理の妹が良縁を得て結婚をしたので、舅姑はようやく家屋敷を売り、借金を返して、お手伝いさんと大工さんを連れて、東京へやって来た。私たちの家に二階を上げ、同居したい、と言うのだ。

姑曰く、「私はお爺ちゃんのことで精一杯だから、孫の面倒なんか看られません。だから女中を連れて来た」と。

両親だけではない。弟二人もまだ学生なので、四人の家族を受け入れなければならなくなった。また嫌な予感がした。

昭が一歳半ぐらいの時には、舅、姑、弟二人を受け入れ、（お手伝いさんも入れて）家族が一挙に九人になった。

姑は、昭を見て何と言ったか。

「青っとろけていて、口ばかり大きくて、醜い子だ」と言った。

「和子はブス、昭は馬鹿、二人共あんたに似てるね」とも言った。

私にとっては、二人共可愛い子にしか見えないのである。

「ハイ、私が一人で産んだのですから、当たり前です。この子たちがお気に召さなかったら、高林家の後継者にしますから、御安心下さい」と言ってやった。

「坊主憎けりゃ袈裟まで憎い」、即ち「嫁が憎けりゃ孫まで憎い」のである。

それを明彦の前で何で言わないのか、不思議である。私が一人になるのを狙って、悪口三昧浴びせかけてくるのだ。

卑怯者！！

真ん中の弟の善夫は、姑の気持ちを受けて、私が昭を可愛がっているので、私を不安がらせたいのである。昭を放り上げては受け取り、放り上げては受け取るのである。そして私の顔をジロっと見るのである。姑そっくりだ。

万が一、落としたりという間違いはないと思うが、私は腹が立った。腸が煮えくり返るほど悔しかった。姑は知らん顔をして「もっとやれ、もっとやれ」と思っているのだろう。昭は怖がって両手を震わせていた。まだ脳の位置が定まっていない乳幼児を「高い高い」したり、放り上げたりするのは良くない、と医者は言っている。テレビでも放映したことがある。

もし間違って落としたら、私は今すぐここで首つり自殺をしてやろう、と覚悟を決めた。

そんな毎日であった。

なぜそんな家族の中で我慢してしまったのか、我ながら情けない。私は馬鹿だった。気骨がなかった。おとなし過ぎた。だから馬鹿にされた。「こいつはいくらいじめても、離婚なんかできない弱虫だ」という印象を与えてしまったのだ。

貧乏育ちだから、どんなに粗末に扱っても平気だと思っているらしい。悔しい。子どもにまで当たり散らして。なぜ明彦の前でやらないのか。

善夫も卑怯者だ！！

それから二十年以上が過ぎた、或る日のことだ。

法事で親戚一同が集まる機会があった。その当時、一番末の弟にも赤ん坊が生まれていた。その赤ん坊を、妹・

良美の婿殿が「高い高い」をした。

その時、善夫は何と言ったか。

「赤ん坊を高い高いしたり、放り上げたりするのはいけないんだよ。脳に影響するから」と言ったのだ。

私は善夫の顔をじっと見た。かつて百も承知で昭にやっていたのだ。私のいない間だって、やっていたのかもしれない。


夫に告げ口をしても、夫はあちら側の人間で、「お前がケチだからだ」と言うだけである。夫が私の告げ口を取り合わないのを知って、妹弟たちは益々意地悪をするのだ。


やっぱり離婚すべきだった。返す返すも残念である。

ああ、人生をやり直したい。

涙だらけの我が子

昭和三十六年ぐらいの頃だったろうか。

目の前の仕事は、できるだけその日のうちに片付けようと、放課後、時間も気にせずやっていたら、夕方遅くなってしまった。

急ぎ足で帰ってきた。子どもたちが心配だった。

妹の良美とその子ども秀夫（昭と同い年）が遊びに来ていたからだ。

駅から我が家へ向かう道すがら、斉藤理容店の前で、お手伝いさんのお姉ちゃんに会った。昭をおんぶして散歩しているようだった。昭の顔を見て、びっくりした。涙と鼻汁でぐしゃぐしゃである。そして疲れ果てたように眠っていた。

「どうしたの?」と聞いたら、「今日は秀夫ちゃんに棒で叩かれるやら、階段から突き落とされるやらで、一日中泣いていました」という報告を受けた。

「なぜ止めてくれなかったの?」と言ったら、「お婆ちゃんが見ててくれたので、私はお勝手の仕事をしていたから、わかりません」と言う。

なぜ姑は、親のいない子を庇ってくれないで、放ったらかしで、娘の子にやりたい放題のことをやらせて、止めもしないで、棒まで与えて、面白がっていたのだろうか。

一日夫と同じ仕事をして、帰って来るなり、自分の子が夕ご飯も食べずに、涙と鼻汁でぐしゃぐしゃになるほど泣かされた話を聞いた私の気持ちを、誰がわかってくれるのだろうか。

タバコ屋さんの前まで来たら、姑に出会った。

姑は娘の子をおんぶして、ホイホイやっていた。私の顔を見て、「秀夫はお客様だから、私がおんぶしてんだよ」と弁解がましく言った。私は黙っていた。我慢のできない悔しさに襲われた。

家に帰って、昭の身体を調べた。突き落とされたというから、どこかに傷や打撲の跡があるのではないかと思った。あった。耳の後ろに、大きなコブというより叩かれた時の内出血だった。

私は昭をおんぶして外へ出て、タバコ屋さんで電話を借りて、実家の母に連絡した。明日早く、母に来てもらいたかったからだ。「すぐ来てね」と念を押した。

それでも私は学校を休めなかった。今考えると休めば良かったと思う。昨日のうちに我が子を宇都宮に連れて行って、母や姉に頼んだ方が、ずっと手間が省けたと思った。私はあまりにも真面目過ぎて、融通の利かない頭だ、と情けなく思った。

次の日は幸い土曜日だった。授業が終わると同時に、仕事は後回しにして帰宅した。母が来ていてくれたので、昭を預けることにした。耳の後ろを冷やしてやり、宇都宮に行ったらU医院で診てもらうよう頼んだ。

命さえあれば、生きていてくれれば、何とかなる。

極限の生活だった。

何も知らない夫、姑を信用している身びいきな夫が恨めしかった。

私はおとなし過ぎた。毅然として離婚すべきだった。

いつもそう思いながら、実行できない自分の意気地なさはどうしてなのか。

漕ぎ出した舟を迂回させることも、後戻りさせることもできないで、真っ直ぐにしか漕げない智恵不足。やはり馬鹿なのである。

夫も言った。

「貧乏育ちで、母親は五十歳過ぎても県庁に勤めていた。その姿を見て育ったのだから、どんな辛いことがあっても、俺についてくるだろう」と。

私は見抜かれていたのだ。悔しくてたまらない。

下品な意地悪

「今日はどんな意地悪をしてやろうか」と毎日策を練る姑であった。

その日、私が帰宅した時、姑は珍しく昭を早々とお風呂に入れてくれていた。

「へー」と思ったら、私の顔を見るなり、早速意地悪を始めた。

自分のお股をタオルで拭いては、そのタオルで昭の顔を拭き、また自分のお尻を拭いては昭の顔を拭いて、上目遣いにジロッと私の顔を見た。その目の凄さ、何と意地悪そうな暗い目だったことか。鳥肌の立つような夜叉の目であった。

この人は完全に二重人格だ。

「あんたの給料を全部よこさないと、孫の顔に便を擦り付けるぞ」と目で物を言っている。

何と品のない人格なのだろう。これが本当の姑の姿なのだ。誰も知らない本当の姿を、私だけが知っている。姑の心の底にある醜さ、育ちの悪さ、異常なほどの強欲！！

夫はいつも言っている。

「我が母は慈母だ、賢母だ」と・・・。

「一桁じゃダメだ、二桁よこせ。あんたを勤めさせてやってるんだから、私は現役で留守番してやってるんだから・・・」と、しょっちゅう口走る姑。

お金をあげなければ、孫も可愛がれないのが慈母・賢母なのか。

私は、自分の母や姉に昭と和子を代わる代わる預けても、お金などあげたことなどない。あげるだけの余裕などなかった。女中を抱え、常時九人から十人の家族を扶養し、舅の借金まで払っていたのだから・・・。

私の母や姉は、お金などあげなくても、一言の文句も言わなかったし、二人の孫を心底可愛がってくれた。

夕暮れの三輪車

つるべ落としの秋の日は、午後五時半にもなれば、かなり暗くなって、風も冷たくなる。

家々の明かりが灯り、道行く人影も少なくなっていた。

人々は皆、家の中の温もりに収まったようだ。

職員会議で遅くなったので、急ぎ足で帰ってきた。

タバコ屋の角道で北町の方に目を向けたら、遠くの方から小さな男の子が三輪車に乗ってキッコキッコと一生懸命ペダルを漕いでいる。一生懸命漕いでも三輪車ではなかなか進まない。

「どこの子かしら、こんな遅くにたった一人で・・・」

私は立ち止まって近づくのを待っていた。

「あっ！　昭だ」

我が子である。ビックリした。どうして我が子が今頃の時間に・・・。

家にはお爺ちゃんも、お婆ちゃんも、お手伝いさんもいるはずだ。

「昭ちゃん、どうしたの。どこへ行って来たの？」と聞いたら、「カオリちゃん家」と言う。「カオリちゃん」などというお友達がいることさえ、母親の私は知らないのだ。隣町の都営住宅に住んでいる人らしい。

「今頃までカオリちゃん家にいたの？」と聞くと「うん。カオリちゃん家はもうご飯だから、帰りなさいって言われたから帰ってきたの」と言った。

私は悲しみで胸が痛んだ。昭が誘拐されたりしたらどうなるだろう。今日は無事だったから良いようなものの、いったい家の者は何をしているのだろう。

家に帰って見たら、舅と姑は晩酌をしていた。お手伝いさんは酒の肴を作っているところだった。昭のいないのを誰も気付かなかったのだろうか。お手伝いさんは、誰のために雇っているのか。ジジ・ババのためなのか。私は「只今」も言いたくなかった。昭を抱いて自分の部屋に入って、暫く心の落ち着くまで部屋から出なかった。思いっ切り泣きたかった。

「あっ！！　和子は？」

二階で勉強していた。

「良かったー」と思った。

ジジ・ババはあてにならない。お手伝いさんも他人だ。誰が子どもの安全を守ってくれるのか。私はなぜ子どもを犠牲にしてまで働かなければならないのか。もし子どもたちに何かがあったら、首つり自殺をしてやろう、と覚悟を決めた。

離婚したいと思った。もう仕方がない、自分の母と姉に預けよう。信頼できるのは血のつながりだけだとわかった。

その夜、昭の可愛い寝顔を見ていたら、涙がこぼれた。

「この子が無事に大きくなりますように」と、目に見えぬ神に祈った。

第三章　舅・姑の人物像

冨次という厄介者

■「親戚荒らし」の異名を持つ冨次

姑には、二十歳も年下の冨次という弟がいた。

この人は、東京のT師範学校を卒業して、S区の小学校に赴任し、教師となったのだが、三年目に結核になり、喀血してS病院に入院した。

当時昭和十七年頃は、まだ健康保険制度もなく、入院したりすると、高額な医療費がかかった。

長兄の辰一さんや、姉であるうちの姑も、栃木の田舎から、お見舞いやら入院費支払いのための上京は、さぞ負担が大きかっただろうと思う。


その上戦争が激しくなり、東京にもB二十九が飛来するようになったので、「結核なんか、家に帰って栄養取って、安静にしていれば治るから」という長兄の意見で、治療途中で退院し、教員も退職して、実家に帰った、というのがこの冨次氏の歴史の一ページである。

冨次は病院に行かないので、いつまで経っても病気が治ったという確信が持てず、ぐうたらな生活をしている間に、すっかり怠け者になってしまい、「俺は病人だ」「俺は病人だ」「病人なんだから、家の者は俺を大事にしてくれるのが当たり前。俺は気ままな暮らしをしていても許されるのだ」という精神状態が身についてしまったのだ。

暇を持て余し、退屈になると、ふらふらと出歩きたくなった。また、美味しいものが食べたくなったりした。働いていないのだから無一文である。そこで親戚巡りをすることを思いついた。世帯を持っている二人の姉の家、伯父、叔母、従兄弟姉妹など、あちらに三日、こちらに二日と泊まり歩き、ついに「親戚荒らし」の異名が付けられた。

姑は姑で、そんな弟が可哀想なものだから、「私の所へ来てろ」と呼び寄せるのである。「明彦は甥の筆頭なのだから、一生ここで世話になれ」と勝手なことを言うのだ。

私の家だって狭い家に大勢住んでいた。爺さん婆さん、弟二人、私たち親子四人。

姑が「孫の面倒など看られないから、女中を雇え」と言うので、お手伝いさんを雇っていた。総勢九人だ。その上、この冨次叔父まで同居すると、十人家族だ。私たち夫婦は「働けど働けど、楽にならざり」だった。本当に我が侭勝手な姑と冨次だ。

■冨次の喀血と夫の暴力

和子や昭がまだ小さいのに、結核の冨次がしょっちゅう我が家にやって来ては、十日でも二十日でも居候していたから、私は子どもたちが心配だった。早く帰ってくれないかな、と思っていた。

姑は、私の心配をよそに、冨次の残した物を孫に食べさせていたのだ。

昭は、幼稚園から小学校の低学年にかけて、年中高熱を出していた。

昭が二十歳を過ぎた頃、たまたまレントゲンを撮ったら、肺に結核が石化した痕跡がある、と言われた。

和子も、小学校に入ってツベルクリンをやったら、二重発赤だった。

姑は、嫁である私の子どもたちを、病気にさせようとしていたのである。

嫁の子は長男の子でもあるはずだ。内孫にどうして意地悪をするのだろう。

或る日、冨次が喀血をした。

姑はその汚物をどう処理したのだろう。恐らく洗面所に流して消毒もせずに、冨次の使ったタオルや衣類は子どもたちの物と一緒に洗濯機で洗っているのだろうと思うと、いたたまれなくなって、私は意見を言った。

「叔父さんの病状は悪いようですけれど、この際入院して、きちんと治療したらいいんじゃないんですか」と言ったら、「何!! あんた金出すか。金を出してから物を言え」と凄まじい言葉が飛んできた。

私はびっくりして、「もう何も言いたくない、このクソババアー」と思って、自分の部屋に引っ込んだ。

本当にメチャクチャな家庭だ。

それから姑は、怒りながら明彦の帰るのを待っていた。そして明彦が帰ってくると、私を陥れるような告げ口をした。

「あやかは、あんなに弱っている冨次を、追い出そうとしている」と言ったのだ。

明彦は、ほろ酔い加減で帰ってきたが、怒って、寝ていた私の胸ぐらを掴んで引っ張り起こし、引きずり回した。私は、側に寝ている昭を踏むまいとして窓際に逃げた。

明彦は私をぶん殴った。何で殴られたのか、私はわからない。悲しみと怒りに震え、私は家を飛び出した。死のうと思って、私鉄の線路に突っ走った。もう夜も更けて、十二時近かったのか、電車が間遠で、なかなか来ない。

電車が来たら、飛び込むんだ。体が硬直しているように感じた。涙も出なかった。

その時、線路の向こう側に教員住宅があって、そこから赤ん坊の泣き声が聞こえてきた。ハッと我に返った。

昭が泣いている!!

やおら踵を返して、駆け出した。走りながら、子どもたちが泣いていたら、包丁でも棒でも振り回してやろう、と思った。

玄関を入って耳を澄ました。子どもたちは泣いていなかった。明彦は高いびきで寝ている。

私は、洗面所の鏡の前で、殴られた頬を冷やしながら、泣けるだけ泣いた。息子の寝顔を見て、また泣いた。

一睡もせず、次の日は誰も起きないうちに、泣き腫らした顔に厚化粧をして、食事もせず、早々と学校へ行った、子どもたちのことを心配しながら・・・。

校長や教頭は、一見して家庭で何があったかわかったことと思う。私は朝会の間中、下を向いていたが、チラッ、チラッという視線を感じた。

その日一日、授業も手につかず、プリントで自習させ、職員室には行かなかった。

放課後は学校で調べ物をして時間を過ごし、できるだけ遅く帰った、何食わぬ顔をして・・・子どもたちのため、我慢我慢と・・・。

これも忘れられない悔しい悔しい出来事だった。

■冨次を私の姉と結婚させたがる姑

こんな出来事もあった。

どこかに潜り込みたい冨次と、潜り込ませたい姑が、私の姉に目をつけた。

姉は独身で、税務署に勤めて、間もなく定年を迎えようとしていた。

姑は姉に言ったそうだ。

「奈津江さん、うちの冨次はすっかり結核が治って、元気になったんですよ。奈津江さん、結婚してくれませんか」と。

姉は「私は、結婚はしません。母を抱えているので、定年になっても税理士として働かなければならないので、一生独身でいようと思います」と言った。

すると姑は、怒って勝手な解釈をし、「あー、そうですか、奈津江さんはお金のある人でないと、結婚しないのですか。あー、そうですか」と言ったとか。

姑は家に帰って来るなり、私に八つ当たりして、「あんたとこの姉さんは、私の意見など聞こうともせず、失礼な人だ。妹が嫁入った先の姑であるこの私に対する態度が悪い。接待の仕方も悪い」と言う。

私は何のことやら、姑の怒っている意味がわからず、後で姉に聞いてみたら、冨次との結婚話を断ったということがわかった。

姑という立場は、こんな我が侭も言えるのか、と私は只々呆れ返るばかりであった。

この話はこれで終わりかと思ったら、姑は何とかして姉を説き伏せようと、策を練っていたのだ。

暫くしてから、また宇都宮の私の実家にやって来て、次のように言ったそうだ。

「奈津江さん、同居はしなくてもいいから、冨次を奈津江さんの夫として籍を入れてくれませんか」と・・・。

姉は姑の言う意味が理解できず、「どうしてですか?」と聞いたら、「奈津江さんの年金が勿体ないから・・・」と言ったとか。

「どうして自分の年金が勿体ないのか、どうして冨次を籍に入れると得をするのか」、姉は益々理解に苦しみ、そんなことを自分一人で決めるわけにはいかないので、「母と相談してみます」と言って、その場を収めたそうだ。

姑が帰ってから、母に姑の話を伝えたら、母も一瞬「えっ、どういうこと?」と首を傾げたが、「何を言っているの。それじゃ、奈津江が先に死んで、年金を冨次に残せ、ということでしょ。馬鹿にしている。そんな勝手なことが聞き入れられるか！！」と、暫く怒りが収まらなかったそうだ。

当時の年金法が、妻が年金を持っていて夫が年金を持っていなかった場合、妻が先に死亡すると、妻の年金の何割かが夫の遺族年金になるような法律であったのだろうか。姑はどこで調べたのだろう？

都庁に勤めていた次男に調べさせたのだろうか。

妻から夫への遺族年金があったとしても、二十年以上連れ添ったとか、近所の人も知っているとかならまだしも、同居もしていない架空の夫に、妻の年金が行くだろうか。そんなことができるなら世の中の事例としていくらでもあるはずだが、聞いたことがない。勝手な解釈をした姑の浅知恵だ、と私は思った。

がむしゃらに嫁を引き回し、嫁の実家の者まで意のままにしようという傲慢な態度である。

母も姉も、その後何の返答もせず、当たり障りなく、知らん顔をして過ごしていた。

教育者とは名ばかりのワンマンな舅

舅は、成り上がり者だった。

宇都宮の師範学校を出て、小学校の教員になったが、独学で検定を受け、中学校の教師となり、さらに検定で師範学校の児童心理学の教官になった。それでも飽き足らずに研鑽を重ね、県の視学官にまで昇り詰めた。

最後には女学校の校長を勤め、退職した。

退職したものの、まだ子どもたちの教育が終わっていなかったので、退職金をつぎ込んで、教材のレンタル会社を立ち上げたが、社員に雇った教え子に任せっ切りの杜撰な経営で、その教え子に売り上げを持ち逃げされ、莫大な借金を抱え込んだ。その借金を、私たち長男夫婦に押しつけたのだ。


とは言うものの、その生い立ちは、ほんの少し同情できる部分もある。

舅がまだ幼かった頃、舅の母親が離婚して、幼い息子を連れて、実家に出戻りした。

当時実家は、母親の弟夫婦が仕切っていて、出戻りの姉の居場所はなかったようだ。

そこで母親は、幼い息子を弟夫婦に預けて、別の人と再婚して再び実家を出てしまったという。

それ以来、舅は生涯母親と会えずじまいだったようだ。


舅は、愛情不足をワンマンぶりで補っていたのだろうか？

■美味しいものを独り占めする舅

昭和三十年代のハウス栽培は、まだまだ発達途上で、充分出回っていなかった。

季節外れのきゅうりなどは高値で、小さく細いものだった。だから、薄く切って、キャベツサラダのトッピングにでもする程度にしないと、我が家のような大家族には、一人一人の口には入らなかったのである。

十一月の末頃、私は三本の小さな細いきゅうりを買ってきた。

薄切りにしようとしたら、舅が言うのだ。

「きゅうりは、包丁を入れるとまずくなるから、切るな。切らずに、お味噌とそのきゅうりを持って来なさい」

と。

私は一瞬戸惑った。九人もの家族なのに、どうして・・・と思ったが、舅の命令なので仕方がない。

小皿にきゅうり三本を乗せ、お味噌を添えて持って行った。

舅は、晩酌をしながら、パリパリ、カリカリと、お味噌を付けて食べ始めた。

隣に座っていた和子が、食べたそうに、お爺ちゃんの箸の動きをじっと見ている。

まさか、一人で全部食べてしまうとは思わなかった。

横で孫が見ているのだから、一本くらいは「はいよ」と、孫にくれると思った。

舅は、澄ました顔で、瞬く間に全部食べてしまった。

和子は、羨ましそうに、じっとお爺ちゃんの顔を見ていた。何を感じていたのだろう。

私は驚いた。家族のことなど眼中にないのだ。

「亭主関白」という言葉があるが、物事に対する意見とか計画とか、家族をまとめる統率力とかでワンマンな男もいるだろうが、食べ物まで美味しいものを独り占めにして、孫にも食べさせない爺さんがいるだろうか・・・？ここにいたのである。私は呆れ果てた。何という我が侭な舅だろう。今までも、こんな態度で暮らしてきたのだろうか。私の父とは随分違うな、と思った。


実は、ずっとそうだったらしいのである。

「家族は俺が食わしてやっているのだ」という態度で、すべての物がまずお父さんからで、残りの物を、女房や子どもが分け合う暮らし方だったようだ。

だから、少ししかないものは、父親だけが食べていたのである。

寂しい気分になった。あまり幸せでない子ども時代を過ごした影響だろうか。

何となく頑な面が感じられ、魅力のない老人であった。

■孫の落書きと舅

昭が三歳ぐらいの時だった。

お姉ちゃんの使い古したクレヨンを見つけた。昭は何かに描きたかったのだ。思いっ切り大きなものに腕を振るいたかったのだ。

どんな落書きをしたか、私は見ていないのでわからないが、二階の舅姑の部屋の出入り口の壁に、描いてしまったのだ。

それを舅が見て、昭を連れて来て言った。

「この絵、上手だね。誰が描いたの?」と。

そう言われれば、子どもは正直だから、褒められたと思って、「ぼく!」と答えるに決まっている。

舅は、矢庭に昭の手を抓ったという。

昭は、褒められたのか叱られたのかわからず、抓られたところが痛いので、そこを抑えたり撫でたりしていた、とお手伝いさんが私に報告した。

舅は、児童心理学者を任じていた。褒めておいて裏をかく、それが心理学者なのか。聞いて呆れた。なぜ紙を与えて、「これに描きなさい。壁に描いてはいけません」と諭してくれなかったのか。

大人の感情だけで、体罰を与えていいのだろうか、それも抓るという最低の卑劣なやり方で・・・。

舅の人格を疑った。

この人も、他人が見ていなければ、何をやるかわからない人間であることがわかった。理論だけを受け売りするエセ教育者である。偉そうなことを言っても、何の価値があるのか。本を読んで丸暗記して、検定・検定で、のし上がった「成り上がり者」である。

そして、嫁の子は可愛くないのである。姑とまったく同じである。

姑の不潔な習慣

姑は、私の顔を見るたびに「貧乏育ち、貧乏育ち」と言って嘲っていたが、どちらが貧乏育ちかは明らかだった。いくら子どもの頃の育ちが貧乏でも、大人になって経済力がつき、知恵もついてくれば、衛生と不衛生の違いぐらいはわかるはずだが、姑は生涯不潔な習慣が抜けなかった。

これは、姑の弟が得意になって話していたことだ。
○パンツは、家族全員で回し穿きしていた。
○トイレに紙がなく、木の葉でお尻を拭いていた。
○お弁当を包む新聞紙が、一年間同じ新聞紙だった。
○鼻をかむ時は新聞紙も勿体ないから、手鼻をかんで、手の甲で拭えばいい。
○お風呂の中で、頭も顔も体も入れ歯も洗えば便利だ。
○石鹸は一年に一個で沢山だ。

■パンツの回し穿き

姑はパンツ一枚買わない人だった。

家中のすべての物を、嫁の私に買わせようとしていた。

ある時、夫が寒がり屋なので、ラクダのズボン下を買ってきた。まだ真冬ではなかったので、暖かい日もあった。

夫は、その日は普通のメリヤスのズボン下を穿いて行った。

二・三日暖かい気候が続いたが、四日目に寒くなった。三寒四温である。

買ってきたラクダのズボン下を探したが、見つからないという。

「あやか、ズボン下知らないか」と聞くので、「お婆ちゃんが穿いてます」と言った。

姑は肥満体で、ウエスト百十三センチだから、男物だって体に合うはずがないのだが、前の方を開いたままで、ボタン穴からボタンまでゴム紐を輪にしてかけ、無理矢理穿いているのである。

夫は「あれー！お婆ちゃんに穿かれたら、形が変わっちゃって、僕はもう穿けないな」と言って、また買ってくるのである。


また二・三日履くと無くなるのである。

「また無いよう」と言う。

「お爺ちゃんが穿いてます」と私が言うと、「あー、そうか、おやじが喜んで穿いているのを、取り上げるわけにはいかないな」と言って、また買ってくるのだ。


今度は、お風呂に入るのに、下着入れのチェストを見て、「パンツが無い」と言う。

夫のパンツは、弟の弘が穿いたり、舅が穿いたり、姑は回し穿きをさせているのである。

「誰か穿いているのでしょ」と私は言った。

夫は「仕方ない、今日は古いので我慢するか」と言って、次の日はパンツを四～五枚買ってくるのである。

姑曰く、「この家の中にある物はみんなの物だから、誰が使おうと良いのだ。足りなければ、嫁が買うのが当たり前」と。

私は胸が痛くなるほど嫌だった。ケチで横着で、生活のルールなど全くゼロに等しい暮らしぶりだった。私の実家のライフスタイルとは極端な違いに、ついていけない。何年経っても馴染めない習慣だ。


また姑の兄である伯父が定期的にやって来るのだが、その下着の汚らしさには驚かされる。

キャラコの安物の猿股を穿いてくるのだが、白が灰色になっている。一ヵ月以上替えないようだ。

さすがの姑も、「兄さん、そのパンツ洗ってあげるから脱いで」と言って、夫のパンツを出してやるのだ。

そしてその汚れたパンツを、子どもたちの物や、その他の物と一緒に洗おうとするのである。

私は慌てて、自分の物や子どもたちの物を、洗濯機から拾い上げて隠すのに大変である。夫の物までは面倒看切れないので、勝手にしろと思っていた。

結核を患っている姑の弟も、定期的にやって来て居候するのだが、同様に夫のパンツを回し穿きして洗濯してやっているのである。


夫は知らないから平気でいられるのだろうか。自分の母親のやることだから黙認しているのだろう。

夫は常に、「我が母は、慈母だ賢母だ」とか言っているのだから、結構な習慣なのだろう。

私は嫌だ、嫌だ、あー嫌だ。軽蔑したくなる。

■使った食器を洗わず戸棚にしまう姑

出張先での仕事が早めに終わったので、午後四時半頃帰宅したことがある。

茶の間のテーブルの上には、コーヒーカップやら、緑茶茶碗やら、取り皿やらが、七～八人分くらい、並んでいた。近所中の人を集めて、茶話会をやったのか、時々やる島津屋（呉服）の展示会でもやった後のようだった。

近所の人を集めて、お喋りは楽しいだろうが、後始末が面倒なのだろう。

姑は、一つのコーヒーカップにお湯を注いで、スプーンでカシャカシャとやって、次のカップにそのお湯を移し、またカシャカシャとやって、また次へまた次へと、同じ湯を移していくのだ。

何をやっているのだろう。あれで洗ったつもりなのか。

立ち上がろうともせず、そのまま受け皿に伏せて、食器戸棚の中にしまっているのだ。流しで洗うのが億劫なのだ。

「あああ、またとんでもないことをやっているな」と私は思った。

あのコーヒーカップやお茶茶碗は、洗い直さなければ、客には出せないな、と思った。

毎週日曜日に調べてみると、全部汚れているので、戸棚の中の食器を洗い直すのが、私の日曜日の仕事になってしまった。仕事がどんどん増えていって、休む暇もない休日なのだ。

いつか夫の学校の教頭さんが来た時、お茶を出したら、「奥さん、この湯呑は生臭い、魚の匂いがするよ」と言われて、恥をかいたことがある。

あの頃から、使ったお茶茶碗を、洗わずに戸棚に入れていたのだ。

姑のいい加減な家事のやり方、ごまかしのやり方。こんな家事のやり方ならば、毎日呑気に怠けていられるのだとわかった。

専業主婦というものは楽なものだな・・・。

食器に関しては、逆のパターンもあった。

昭がまだ小さい時、姑は、洗剤を付けたコップをろくにすすぎもしないで、まだ泡が立っているコップに水を入れて、飲ませていたのだ。

後に知ったことだが、合成洗剤に含まれる「界面活性剤」は、内臓に炎症を起こさせるという。

そのせいか、昭は長じてから、様々な内臓疾患に悩まされ、それが慢性化して、沢山の持病持ちになってしまった。

姑は、自分の孫を病気にさせたかったのだ。

■洗わない野菜

和子が五年生、昭が二年生の時だった。

学校から一通の封書をもらってきた。読んでみたら、「お腹に回虫がいるから、虫下しを飲ませるように」という通知だった。

びっくりして和子に聞いたら、クラスで一人だけだったという。昭の方は、昭ともう一人の男の子だったという。

私は恥ずかしかった。他には一人もいない学級もあって、学校全体では四~五人だったようだ。

姑に夕食を作ってもらうのが怖くなった。

それ以来、姑のやり方を観察していると、野菜などは殆ど洗っていない。ちょっと水で濡らす程度である。キャベツに至っては、形が崩れるからと言って、洗わず刻んでいるのだ。

自分の親ならストレートに言うことができるのだが、人一倍怒りっぽい姑だから、何も言わずに、朝のうちに野菜を洗ってポリ袋に入れておくしかない。いっそやってもらわない方が良いのだが、私が毎日早く帰ってくることは不可能だし、子どもたちに言い聞かせて、自分で食べる物は自分で洗わせようかと考えたりした。

姑が刻んだキャベツを、姑が席を立った後、急いでザルに入れて洗ったら怒って、次の日はマヨネーズをベタベタかけて、洗わせないようにしていた。

どうしようもない。いつまでこんな汚い野菜や汚い食事を食べなければならないのか、悩みは果てなしである。

■汚いお風呂

姑は、意図的に汚しているのか、子どもの頃からの習慣なのか、お風呂の入り方が汚い。

湯船の中で、タオルをお股に挟み、前後に引いて肛門と女性の局部を洗うのである。

だから姑の後に入浴すると、必ず膀胱炎になったり、目が赤く炎症したりして、家族の者が病気になるのだ。

昔、姑の母親がトラホームで失明した話を聞いた。

いかに不潔な環境であったか想像できる。

私の母曰く、「高橋村、一村、隅から隅まで訊ねても、トラホームで失明した人はいない」と。

もしトラホームにかかったら、どんなに遠くても真岡か宇都宮の眼科に通って治療するそうだ。午前中のバスで病院に行き、午後のバスで帰る、という一日がかりの通院だって厭わないという。

失明するまで放っておくだらしなさなのか、治療費が勿体ないのか、おそらく後者なのだろう。

とにかく、そんな昔話から察するに、子どもの頃からの習慣もあるようだが、それにしても成人してからの心がけ次第で清潔にできるのだから、人間が成長していない証拠だ。

人が見ていなければ「お里」が出るのだ。


或る時、和子と昭の目が真っ赤に充血して、いくら眼科に通わせても治らないことがあった。学校で流行しているのか和子に聞いたら、「私と昭だけ」だと言う。おかしいなと思った。

眼科は女医さんだった。或る日の眼薬が非常に滲みるので、点眼すると益々酷くなった。私も試しにつけてみたら、飛び上がるほど滲みて、私の眼も赤くなってしまったので、私はその女医の所へ眼薬を持って質問に行った。

「消毒剤と間違えました。すみません」と言われて、びっくりした。女医さんはリトマス試験紙で検査したようだった。酸性だったのかアルカリ性だったのかわからないが、自分の間違えを正直に謝った。

しかし、私は疑問だった。医者がそんな初歩的な間違いを犯すだろうか。前回まではちゃんと正しい眼薬だったのに、どうしてだろうと・・・。

もしかしたら姑の悪戯なのではないか。目薬の中に酢でも入れたのではないか、とさえ勘繰りたくなる行動を、常時繰り返している姑だから・・・。


私の母と姉が来ている時だった。

姑に遠慮して、姑を先に入浴させ、その後私と母と姉が入浴した。そしたら三人とも膀胱炎になった。

三人の共通点は姑の後の入浴である。「やったな」と思った。意図的であることも確かだ。あーあ、どうしたら良いのか。全く根性の悪い姑だ。

また私が職員旅行で千葉のフラワーライン一周、鴨川一泊のバス旅行に行った時のことである。

私は前の日にお風呂に入り、髪を洗ってパーマのセットをした。姑の後に入浴したのだ。

旅行は七月末日だったので、冷房車だった。三時間ぐらい乗って、サービスエリアでトイレタイムがあったので、トイレに行った。排尿後、何となく残余感があって、スッキリしない。どうしたのだろう。力んで絞り出すようにしても出ない。尿道が熱いように感じた。

「あっ、膀胱炎かな、または尿道炎かな」と思った。

「冷房車で冷えたのかしら」と思って、バスに戻ってからは膝にタオルを掛けていた。

でも残尿感は消えない。寒気がしてきた。困ったなあ、どうしたら良いか。旅行が楽しくなくなった。海を見ても、花畑を見ても、自分の体調のことが気になり、美しいとも思わなかった。早くホテルに到着して、温泉に入りたかった。

やっとホテルに着いた。でもこんな体調で入浴して大丈夫だろうか、不安なので保健師のSさんに相談した。

私は「薬屋さんに行き、症状に合う薬を買ってくるわ」と言った。

そしたらSさんが、「女の先生方に、風邪薬を持っている人がいるかもしれないから、聞いてみるわ」と言ってくれた。

Kさんが持っていた。Kさんも膀胱炎になり易いので、冷房車に乗る時はいつも持参しているのだそうだ。

「助かった！！」と思った。

早速頂いて飲んだ。二～三時間経ったら、症状が薄らいだ。お風呂には入らない方がいいと言われたので、折角の温泉だったが諦めて、トイレで清浄綿で清潔にした。

その時、我が家のお風呂のことを思い出した。

あー、やっぱり・・・。

これからは姑の後に入浴するのはやめよう。これで何回目の膀胱炎なのだろう。体が疲れていたり、弱っているときは、必ずといって良いくらい、今まで病気になっていた。本当に迷惑な姑だ。

あー、嫌だ、嫌だ。家に帰りたくない。

次の日も、残った抗生物質入りの風邪薬は飲んだが、トイレのないバスで帰るのが不安なので、私は幹事の方にお断りして、一人電車で帰ることにした。

そしたらSさんが心配して、「私も一緒に電車で帰ってあげるわ」と言って、同行してくれたので、ホントにありがたかった。

一生忘れられないSさんの親切な行動であった。今でも感謝している。

傲慢で見栄っ張りでお金に汚い姑

■舅の墓代

昭和三十八年二月、舅が亡くなった。肺癌だった。六十七歳であった。

姑は、人の見ているところでは、号泣に近い泣き方をしたが、人がいなくなるとケロッとしていた。嘘泣きである。

舅はワンマンであったから、姑は虐げられていたのである。

「夫亡き後は我が天下」とばかり、夫からの扶助料は独り占めで使わず、私たち夫婦の扶養家族で、大威張りしながら悠々と、我が侭三昧の暮らしをすることができるようになった。

七月上旬、私はボーナスを手にした。

「さあ、今年は子どもたちをどこへ連れて行こうか」と、楽しい夏休みを思い浮かべながら家に帰った。

玄関に見慣れない靴があった。

お客様だなと思った。我が家にはしょっちゅう親戚の者が見えるので、「またかー」と思った。

定期的にやって来る姑の兄さんだった。

「只今」と言って、茶の間に入った。

私の顔を見るなり、姑は言った。

「あやか、今日はボーナスの日だよな」

「はい、そうです」

「持って来なさい」

「何にお使いになるんですか」

「何に使う、かにに使うじゃない。今年のボーナスはお爺ちゃんの墓代です。兄さんに頼んで、自然石で立派に建ててもらって、兄さんは、わざわざ代金を取りに来てくれているんだから、すぐ支払いなさい。親のお墓は長男が建てるのが当たり前なんだからな」と。

「あー、そうですか、それじゃ明彦が帰ってくるまで待って頂けますか」と言ったら、「明彦なんか、いつ帰って来るかわからない。今日は遅くなるって言ってたから」と言う。

私は、仕方なく自分のボーナス袋を全部姑に渡した。

「どんな苦労をして、半年働いたかわかっているのか、バカヤロー!!」と思った。

姑は、親の墓を建てるという大義名分を盾にして、嫁のボーナスの使い途を、自分勝手に決めていたのだ。

姑は、私のボーナス袋から、一万円札をグイッと引っ張り出して、「ヒー・フー・ミー・ヨー」と勢いよく数えて、「ハイ、兄さん」と、兄貴に手渡し、少しばかり余ったボーナス袋を、ポンと弾き飛ばした。袋は畳の上に落ちた。私は、弾き飛ばして返されたものは、自分のものでも拾うことはできない。プライドが許さなかった。そのままにして、私は自分の部屋から出なかった。

姑は、「これで済んだね。さあ兄さん、一本付けますね」と言って、お酒を出し、刺身を出して、晩酌を始めたのである。

そこへ、弟の善夫が帰って来た。

畳の上に捨てられたように転がっていた私のボーナス袋を見つけて、「あれ?! 姉さんのボーナス袋がこんなところに・・・」と言った。

姑は、どんな目配せをしたか知らないが、テーブルの上に乗せたようだ。

少々気の毒に思ったのか、弟が二万円ほど出したようだ。

姑が「ホレ!! 善夫が二万円出すとよ。ありがたく思え」と言っているのが聞こえた。

私は、もうどうでも良かった。「ありがとう」などと言いたくもなかった。部屋から出たくなかった。

今までも、ボーナスを手にするたびに、嫌な思いをした。

五万円あげても、「これっぽっち?」という顔をする姑。

洋服を買ってあげて、さらに旅行に連れて行く、という具合で、ボーナスが入ると、私の傍を離れない姑。どこへ行っても、何をしても無料だからだ。

私が実家に帰省する時も、一緒についてくるのである。うんざりだ。休暇の時ぐらい、解放されたいと思うのに・・・。

姉や母にとっても、気が重いのではないか。娘や孫だけだったら気兼ねもないのだが、妹が嫁に入った先の姑まで接待しなければならないのであるから・・・。

私は、自分の母親には、お小遣い一つあげなかった。いつも世話になるばかりだった。夏休みの旅行は毎年姉が計画してくれて、公務員寮を利用したりして、安上がりで楽しめる旅行を用意してくれていたのである。やっぱり信じられるのは、本当の親姉妹だけだと思った。

■柳田の法事

姑は、よく私の実家に入り浸っていた。

母と姉が、「少しでもあやかを解放してやれるから」と、親戚で商売をしている唐津屋の招待で、時々鬼怒川温泉や塩原温泉に連れて行ってくれたのである。

鬼怒川温泉に招待した時のことである。温泉から帰ってきた後も、姑がまさか一週間も十日も滞在するとは思わなかったのだ。

次の日曜日は、柳田で母の姉さんの三回忌の法事があった。

姪のT子ちゃんが、「二人で来てね。お膳を用意しておくから」と言ってくれたので、母も姉も行きたかったのだが、姑がいつまで経っても、お身腰を上げてくれないので、困っていた。

とうとう土曜日になってしまったので、「明日は法事なんですよ」と伝えた。

姑は「ああ、そうですか。それじゃ私は、久しぶりに駒場へでも行きます」と言ってくれたので、「それでは明日、私たちが出かける時、一緒に家を出ましょう」と約束した。

ところが日曜日になったら、突然弟の善夫夫婦から、「お母さんが宇都宮にいるなら、会いに行くよ」という電話があったのだそうだ。

でも、こちらの都合もあるので、母と姉は、予定通りタクシーで柳田に向かったようだ。

姑は、帰って来るなり、私に八つ当たりして言うのだ。

「あんたんところの姉さんは、私を追い出して、妹が嫁入った先の弟様が来たというのに、接待もしないで、法事に行っちゃった。法事なんか一人行けば沢山なのに、二人揃って行っちゃった。何て失礼なんだ」と、カンカンに怒っているのである。

私は「あら、そうですか。すみませんでした。姉によく言って、謝まらせます」と言ったが、何と傲慢なんだろうと思った。

法事は前々から決まっていたことだ。温泉に招待したのは、前の週の日曜日、一週間も前のことじゃないか。嫁の実家に長逗留していて、急に弟夫婦が来たからと言って、こちらの都合も考えず、「接待が悪い」などと言うのは、我が侭も甚だしい。それに「弟様」だなんて、何様だと思っているのだろう。

その後、姑はこのことを何度でも言うのである。これには、他に或る事情が含まれていたのである。

姑には二十歳も年下の弟がいて、結核で働けず、姑の実家の厄介者だった。その弟を、私の姉に押しつけようとしていたのである。弟はもうすっかり結核が治ったので、私の姉に結婚してほしいと言うのだ。

姉は、母親を抱えて、一人で働いているので、結婚はしない、と断った。

すると姑は怒って、「あー、そうですか。奈津江さんは、お金のある人でないと結婚しないんですか」と言ったそうだ。

それから家に帰って来て、何かにつけて、私に八つ当たりするのである。

妹が嫁に入った先の「ご母堂様」の言うことが聞けないのか、と言わんばかりに、何回でも、「あんたんところの姉さんは、弟様の接待もしないで、二人で法事に行ってしまう失礼な姉さんだ」と言うのだ。

姉は私に言った。

「母が癌をやった後で衰弱しているし、タクシーのドライバーさんに道順を説明することも難しいし、新しい産業道路がいくつもできているから、母一人では出してやれなかったのよ」と。

その通りである。

姑ならどんな我が侭でも通用するのだろうか。本当に横暴な姑だ、と思った。

また或る日、姑が弟の家に行って、何日か滞在したので、弟夫婦が送って来たことがあった。

途中、姑と弟夫婦は、口裏を合わせて来たらしかった。帰って来るなり、また始まった。

「あんたんとこの姉さんは、本当に失礼な人だ。弟様夫婦が来たというのに、接待もしないで、法事に行っちゃうなんて」と。

弟の善夫は、私の真ん前に座っていながら、知らん顔をして、庭の方を見ている。奥さんの法子さんも、黙って下を向いている。口裏を合わせて来たことがよくわかる。

「私があやかをいじめるから、見てろ」というわけだ。

姑は「虎の威」を借りて、帰って来るなり、座りもしないで、立ったまま足を踏ん張って、がなり立てている。

私は「そうですか。それじゃ、何かお詫びの品でも賜らせて、謝らせますから。すみませんでした」と、両手をついて謝った。

この時も、「なぜ明彦の前で、そのような態度を取らないのか。卑怯な輩だ」と思った。

弟達までが姑に加勢して、私が姑にいじめられるのを、面白がって見ているのである。

弟は、私に世話にならなかった、と言うけれど、私は夫と同じ仕事をし、舅の借金を払い、東京砂漠時代に、夜中の一時から三時頃に家事をやり、へとへとになるまで尽くしたつもりだ。

これ以上何をしろと言うのか。考えてみてもらいたい。


つくづく嫌になり、この時も離婚したいと思った。

■卓を叩いて孫の預金に不平を言う姑

或る日、夫が珍しく早く帰ってきた。

早速、晩酌を始めようとして席に着いた。私もおかずを並べて席に着いた。姑も席に着いた。

その途端、姑はえらい勢いでテーブルを叩いて、言うには、「明彦、今日はな、九十八万転がり込んだんだよ。あんた、知ってんの？　昭の名義で九十八万円もの預金があること。何で明彦の名前で預金しないの。昭の名義でそんなにあるなら、明彦の名義では、もっとあるはずでしょ」と、怒って唇を震わせて言った。

私はびっくりして、何が始まったのか、理解できなかった。

二人の子どもたちの教育費を、毎月二万円ずつ、ボーナスの時は、三万円から四万円くらいずつ預金していたのだ。それが九十八万円になっていたのだが、忙しい毎日の中では、気にもしていなかった。

たかが百万足らずのお金で、卓を叩いて怒ることだろうか。

私は夫の顔をじっと見ていた。夫は何と言うだろう・・・と。

夫は「そうかい、良かったなあ、そんなに転がり込んで・・・」と言ったきり、庭の方に目を逸らして、お酒を飲み始めた。

姑は夫が私を追及して、怒ってくれると思っていたが、取り付く島のない拍子抜けした態度だったので、急に白けて、二の句が継げない雰囲気になった。

夫も姑も私も、黙って食事をし、夫々の部屋に入った。

私は思った。

「それは子どもの教育費なんだよ」という正しい理由がなぜ通らないのか。

欲張りなババアだ、と思った。

夫は姑をはぐらかすことによって、私を救ったつもりだったようだ。


銀行の人が、なぜこんな情報を姑に漏らしたのかというと、「九十八万円のうちの五十万円を、定期にしてもらえないか」と外渉の行員が言ったのである。その時姑は、孫の名義だったことに腹を立て、「それじゃ、明彦の名義でいくらあるのか、あやかの名義でいくらあるのか、調べて来てほしい」と言ったようだ。

私は悔しくて、気が収まらなかった。夫のお金を預金したわけではない。自分で働いて、子どものために教育費を預金することが、そんなに悪いことなのか。姑には関係ないことだ。


私は銀行の課長に会いに行った。

「一軒の家庭の中には、親子の関係もあります。夫婦の関係もあります。一番厄介なのが、嫁姑の関係なのです。個人の秘密を守って頂けませんか」と言ったら、課長さんが、「すみませんでした。今後気をつけます」と頭を下げて、菓子折りを出して「お詫びのしるしです」と言った。

「私はそのような物を頂きに来たのではありません」と断ったが、「先生方でお召し上がり下さい」と言うので、頂いてきた。

本当に後味の悪い一件であった。

ああー、何という結婚をしてしまったのか。一度も幸せを感じたことはない。

■島津屋の展示会

姑というものは、どんな我が侭も通るのである。

好き放題のことをしても、嫁や嫁の家族は何も言えないのである。

嫁の私が、野菜代として置いてある三万円でローンを組んで、年に二十万から三十万の着物を毎年購入していた。

島津屋という街の呉服屋を呼んで、我が家で展示会を開き、「ご近所の皆様、どうぞ目の保養においで下さいませ」とふれ歩いて、近所の人を集め、「お茶よ、コーヒーよ」と接待して得意になっていた。

何と脳天気で暇を持て余していることか。もっと他にやることはないのだろうか。愚の骨頂である。

「私はこんな贅沢もできるのよ」と言わんばかりである。

知性の無さに呆れ果てた。

島津屋にとっては都合の良い婆さんであったかもしれない。

近所には娘を持っている人もいたが、こんな場末の呉服屋で買う人なんかいなかったので、姑は時々、襦袢だか着物だかわからないような安物を和子に作ったりしたが、そんな着物を着る気にもなれないし、着る機会もない現状である。

次に、私のために黒の喪服用の羽織を買わされたらしい。

「これ、あんたに作ってやったよ」と言って渡されたが、私は拒否した。

「どうぞ良美さんにでも法子さんにでも差し上げて下さい。私はセレモニーにはいつも洋服で参加するつもりですから。とても着物など着ている暇はありません」と言ってやった。

姑は困ったような顔をしていた。

今後このような無駄なものを、無制限に買われては困るからである。

姑は怒って、「人の行為を無にする」と言って、妹や弟に告げ口したようだ。

妹や弟は、自分の母親の行動をどう感じただろうか。そして、私が拒否した気持ちを、どう受け取っただろうか。

その後、その黒い羽織はどこへ消えたのか。誰も着たのを見たことがない。時代錯誤もいいところである。


そんな姑は、孫の和子に服の一着も買ってやったことがない。

和子の子ども服は、殆ど私の姉が作ってくれたものだ。

姑は、それを隠しておいて、小さくなるのを見計らって、自分の娘の子どもに送ってやっていた。

そのずるさにも驚かされた。

■孫を遅刻させる姑

昭が高校生ぐらいの時である。

或る日、昭は寝坊してしまって、学校に遅れそうになった。

ご飯も食べずに、飛び出そうとした。

すると姑は、「どうせ遅刻なら、私の爪を切ってから行きなさい」と言って足を出した。

その時、たまたま私の母も来ていた。

昭は黙って姑の爪を切り、その後自転車に飛び乗り、脱兎の如く吹っ飛ばして、走り去ったという。

それを見て母は、なぜ姑は孫にこんな意地悪をするのかわからなかったと言う。

私の母はとても心配になり、昭が無事に学校に着くよう、四方山の神に祈ったという。

遅れそうになったなら、「早く行きなさい。気をつけてね」と、なぜ言えないのか。

わざわざ私の母の前で、そのような意地悪をして見せて、「文句あるなら言ってみろ。私は姑だ」と、姑の立場を利用して、嫁いじめどころか、嫁の子いじめ、嫁の母いじめである。嫁の子は可愛くないことを、あからさまに示しているのだ。嫁が毎月給料を全部差し出さないと、いくらでも意地悪してやる、と暗示しているのだ。何食わぬ顔をして、常に意地悪を考えているのである。


姑の娘・良美の長男・秀夫は、昭と同い年である。

昭と秀夫がまだ幼かった頃、秀夫が昭を棒で叩き、階段から突き落とすのを、姑も良美も黙って見ていた。

姑は、同い年の孫の昭と秀夫の扱いに、明らかな差がある。

姑は、秀夫をぐっと光らせ、昭を落第させようと思っていたのである。

だから、昭の勉強の邪魔ばかりしていた。いつまでも茶の間に頑張って起きていて、テレビの音を大きくしたり、新聞を読んでいるわけでもないのに、ガサガサさせたりして、自分の部屋に入ろうとしない。昼間は寝ていて、夜起きているのである。

ところが、昭は優秀で、高校は某名門私立大学の付属校にパスし、そのままエスカレーター式に大学進学した。

大学に入った昭が家出した時、姑は「昭がいなくなって清々したよ」と私に言った。

姑を蹴飛ばしてやりたかった。

■新しい靴

靴のかかとが擦り減ってしまったので、通勤用の新しい靴を買ってきた。

帰宅した私は、靴を下駄箱にしまおうかな、とチラッと思ったのだが、すぐ買い物に行かなければならないので、脱いだままにしていた。

その時、近所の人が姑を呼ぶ声がした。

姑が出て来て、矢庭に私の新しい靴を、サンダル代わりに、かかとを潰して履いた。

私は「あらら」と言ったが、間に合わない。

姑は、その大きな太い足を、無理矢理突っ込むようにして履いて、玄関の外に出て行った。

他に履物がなかったわけではないのに、私の新しい靴が気に入らないのである。

私は毎日通勤しているのだから、靴が減るのは当たり前で、時々新しくするのも当たり前だ。

姑はそれが気に入らないのである。

その時ちょうど、姑の娘の良美が来ていた。

姑は、「ほれ！！　良美の前で文句があるなら言ってみろ。言えないだろう」という顔をして、上目遣いに、ジロッと私の顔を見た。

良美も何も言わず、母親の嫁いじめを、小気味よさそうに、目で合図をしながら見ているのだ。

どこまで意地が悪いのか。娘を後ろ盾にして、思う存分嫁いじめをしているのだ。

毎日のように、何か私に意地悪をしなければいられない姑。

こんな思いをしながら、なぜ私は小橋家にいるのだろう、子どもを犠牲にして働きながら、いつも気持ちを逆撫でされて、ストレスを与えられながら・・・。

学校だってストレスは多いが、姑のいる我が家よりまだましだ。


私は職業で救われながら、この嫌な婚家にいるのである。

「今に見ろ、今に見ろ」と思いながら・・・。

いつになったら幸せになれるのだろう。

■「嘘つきだ！」

姑には、学歴コンプレックスがあった。

私の母が女学校を出ていることが、気に入らないのである。

姑は、「〇〇女子体操組合」というところで、体育ダンスを学んだので、「女学校」という名が付いていなかったことが、私の母に対しての劣等感になっていた。非常に虚栄心の強い人だったから、嫁の母親に負けたくなかったのだろう。

別にそんなこと気にすることもないと思うのだが、他人を見下し、自分を常に自慢していたい性格だった。

姑は、「あんたは嘘つきだ」と言うのだ。

それを受けて、妹の良美まで「姉さんは嘘つきだ」と言う。

私がどんな嘘をついたと言うのか。

姑曰く、「あんたん家みたいに貧乏な家の母親が、女学校出たなんて嘘だ。大正時代の初めに、芳賀郡の田舎から宇都宮の第一女学校なんかに来る人はいなかった。そして寮に入るだけのお金なんか、あるわけない」と。

妹の良美曰く、「第一女学校の卒業者名簿を調べたけれど、『高林キン』（私の母の名）なんて名前はなかった。嘘つきだ」と言うのだ。

それには少々訳があり、説明するのには親戚の悪口を言わなければならないのである。

今となっては別に隠すつもりはない。親戚には多少申し訳ないけれど、関係者はもう故人である。

私自身の身の証しを立てるためには仕方がない。

実は、私の母が入学したのは、宇都宮の女学校だった。

そして卒業したのは、真岡の女学校なのだ。

母は、三人姉妹の末っ子で、上の姉さんとは十四歳違い、下の姉さんとは十一歳違っていた。

世間にはよくある例だが、上二人が女の子だと、男の子が欲しくて、「どうしようか、三人目でまた女の子が生まれてしまったら、また四人目に期待したくなる。どうしよう、どうしよう」と悩んでいるうちに、十年ぐらいが過ぎてしまったのである。

「もうどっちでもいいから」と三人目を生んだら、女の子だった。

というわけで母は、「私はガッカリされた招かざる客なんだよ」と言って笑っていた。

でも親は、育てているうちに末娘が可愛くなり、女学校に入れたのである。

母が八歳の時は、上の姉さんは二十二歳で、昔は結婚適齢期だった。

正夫さんというお婿さんを迎えた。一人の男の子が生まれた。「正人」と名付けられた。大喜びだったそうだ。

この子が、頭が良くて、五歳の時に、小倉百人一首をやって、大人を負かしたというエピソードを、私は祖母から繰り返し聞かされていた。

ところが、正夫さんはあまり体の丈夫な人ではなかったらしく、風邪をこじらせ、肺炎になって亡くなったのである。母の上の姉スミさんはがっかりして、途方に暮れていた。

その矢先、今度は正人坊やが父親の肺炎が移っていたのか、ハシカにかかった際、肺炎を起こし、父親の後を追うようにして亡くなったのである。

スミさんは相次ぐ不幸で、家事も手につかず、部屋に閉じこもって泣いてばかりいた。

昔は抗生物質がなかったので、肺炎は命取りだった。即ち流行病であったのだ。

お墓には、二人の死を悲しんだ大きな石碑が、今でも建っている。


スミさんを可哀想に思った遠縁の親戚の者が、沢田小治郎という人を紹介してくれたので、スミさんは二度目のお婿さんとして迎えた。

正夫さんは温和な人格者で、親との折り合いも良かったのだが、小治郎さんは我の強い人で、何か気に入らないことがあると、すぐ怒り出す人であった。

何が気に入らなかったというと、十四歳年下の妹、即ち私の母が、女学校に通っていたことが気に入らなかったのである。

「女なんか、学問させると百姓しないからダメだ。やめさせろ」と言ったのだ。

そして「(高林家は)俺の身上でもないのに、馬鹿馬鹿しくて働けるか」と言って、働かずブラブラしていたので、母の両親は、仕方なく財産の半分を渡したのだ。

そしたら「しめた」とばかり、その財産を持って、さっさと実家に帰ってしまったのである。その時はすでに、スミさんとの間には、女の子と男の子の二人の子どもがいたのに、女房子どもを置き去りにして、お金だけ持って逃げて行ったのである。

そんな冷酷な男に、スミさんはついて行かなければ良かったのに、一度寂しい思いをしているし、父親の無い子にするのを不憫に思い、その婿さんについて行ってしまったのである。

これを見て、母の叔母が救いの手を差し伸べた。

「キンがそんなに邪魔にされているのなら、私のところで預かるよ。うちのタミ子と一緒に真岡の女学校に通いなさい」と言ってくれたのだ。

母にとって、従兄弟姉妹の中で、女の子はタミ子さんだけだったので、二人はとても仲良しだった。だから、大喜びで宇都宮から真岡へ転校して、後半の二年間を飯貝のウメ叔母さんの所から、女学校に通ったのだ。面白くて楽しくて、夏休みも高林の家には帰らなかったとか。

したがって卒業したのは真岡の女学校だったのだ。

女学生の妹がいなくなったから、姉のスミさん一家は、高林家に帰って来るかと思ったが、スミさんは名前まで沢田を名乗り、とうとう帰って来なかったのだ。そして嫁としてこき使われ、三十八歳で亡くなったのである。上の姉が亡くなり、下の姉も他家に嫁に行ってしまったので、母は末っ子であったが、高林家の後継者になってしまったのである。


この話は誰にもしていない。

嘘つきと言われてもいい。夫にも話したことはない。

やはり沢田家の悪口は口に出したくない。もう遠い昔のことだ。

すでに故人になった従兄弟姉妹達は、スミ伯母さんの子どもたちである。

母も「口に出すな。何を言われても我慢しなさい。真実は自分の心にあるのだから」と言った。

私は母の言葉に従った。

この日記帳だけが知っている。

■姉の家の建築

姉は、四歳の時、火の悪戯をして、大きな家を全焼させてしまった。

まだ子どもだったから、姉のせいだとばかりは言えない。母の「子どもの監督不行き届き」のせいでもある。

我が家では、火災の話をすることはタブーであった。姉が可哀想だからである。幼い日の出来事が、成人してから心の深い傷になって、悩んでいたからである。口に出すわけにはいかない。

私は八十四年間、一度も口外したことはない。明彦にも言わなかった。「貧乏育ち」と言われるたびに、「はい、私の家は昔も今も貧乏です」と言っていた。


姉は、何とかして自分の働きで、両親に家を建てて、お返ししたいと思っていた。

しかし時代も悪かったのである。昭和の時代は戦争の歴史であった。貧しい時代だったから、なかなかお金も貯まらなかった。

母は七十歳で癌になり、手術は成功したが、生存率は五年以内と言われていた。

姉は焦った。早く建ててやりたいと思っていたのである。

私も姉の気持ちはわかっていたので、協力してやりたかった。

戦争も終わり、やっと平和になった。金融政策によって借金もしやすくなった。

そんな時、グッドタイミングで、従兄弟の一人が郊外に大邸宅を建てて引っ越したので、その跡地を売ってくれることになった。

姉は早速、大蔵省からお金を借りて、建てる計画をし、従兄弟の紹介で工務店に依頼し、建て始めた。

それを見て夫曰く、「お前の家に、家を新築するほどのお金など、あるはずがない。お前、いくら持って行ったんだ」と。

図に乗って、姑も言うのだ。

「あんたん家みたいな貧乏家に、お金はないはずだ。あんた、出したんだろう。あんたは小橋家に嫁に来たんだから、あんたの働いたものは、みんな小橋家のものなんだからな」と。

私は言った。

「私は持って行きません。みんな姉が借金して、やっていることです」と。


保谷の家を建てる時、頭金を出してくれたのは、私の母だった。

「忘れたのか、馬鹿め！！」と、心の中で叫んだ。

夫まで私を責め立てている。

あの時夫は、母に「ありがとう」も言わなかったではないか。

「俺が借りたんじゃない。お前が勝手に借りたんだ」みたいな態度だった。

その時の恩を少しでも感じているなら、「いくらか持って行ってやれ」と言うのが当たり前じゃないか。姉の家が出来上がった時、夫は姑を慰めるのに、「いいんだよ、お母さん。奈津江姉さんは独身なんだから、いつかは昭か和子の物になるんだから。お母さんは別荘のつもりで、宇都宮に行きなさい」と言った。

姑は「あー、そうか。そうだね」と言って、その後遠慮もなく何回でも、私の実家に足を運ぶのだった。

これも身勝手な解釈の一例である。

そして姑は、私の実家へ行くと、結核の弟を呼び寄せて、姉に接待させるのである。姉が独身であることを利用して、その結核の弟と結婚させようと画策するのだった。姉は、病身の母を抱えて、一人で頑張って働いているのだから、その上、結核で働けないような人と結婚などしたらどうなるだろう。身の破滅である。どこまでも姑風を吹かせて、身勝手なことばかり考える姑に呆れるばかりだ。

仕事が私の救いだった

私は玄関から一歩外に出たら、家庭内のいざこざを一切忘れることを心がけていた。空を眺め、体操の授業をどう工夫すれば子どもたちは喜ぶだろう、雨天の日でも室内体操を工夫しよう、机や椅子を利用しての腕の屈伸、足の屈伸、背筋反らしなど、思い浮かべながら学校へ向かうのだった。クラスの子どもたちの笑顔に助けられ、教師としての生活が私の生き甲斐になり、苦労も乗り越えられたのだ。即ち職業が私の人生を支えたのである。

私が都内の小学校で六年生を受け持っていた時のことである。

或る日、学級会でグループノートを作り、「昨日の放課後、何をして遊んだ」とか、「何の勉強をした」とか、「飼い犬の散歩をした」とか、「なぜお母さんに叱られたのだろう」とか、「兄弟喧嘩をした」とか、といったことをグループノートに書いて、回し読みをしよう、ということになった。

時には、グループ同士で交換読みも面白いのではないか、ということになり、この日は、グループの名前を相談して決めることになった。一グループ五～六人である。

「チューリップノート」だとか、「サクラノート」だとか、花の名前にしたり、「トンビノート」だとか、自分たちが戌年生まれなので「ワンワンノート」だとか、「青空ノート」とか、夫々何かの意味付けをして決めていた。

中でも面白いのが「かにいたトッペグループ」である。五人の名前の頭文字を組み合わせたものだ。か（加藤さん）、に（新田さん）、い（伊藤君）、た（田中君）、もう一人、高橋君は頭文字を取ると「た」が二人になってしまうので、あだ名の「トッペ」を取ることにして、「かにいたトッペ」と名付けた。「トッペの飼っている蟹が痛がっている」という意味なのだそうだ。

トッペ君は、当時学級委員をしていた。真面目なおとなしい子だったので、友達の信頼度が高かった。人の嫌がることも積極的にやっていた。もう小学校も六年生であったから、広い体育館の掃除も担当していた。棒雑巾を湿らせて、こちらの隅からあちらの隅まで、駆け足で拭き取るのである。

体の大きな子でも、五～六回往復すれば、相当の運動量である。教師が見ていないと、怠ける子もいるのだ。

トッペ君は班長だったが、優しい子だったので、体の大きなやんちゃ連中は言うことを聞かずに、ふざけ回っていて、掃除が進まない。注意しても聞いてくれない。

トッペ君が一人で頑張っても体育館は広過ぎた。

トッペ君は悲しくなり、グループノートにその心情を吐露した。それを読んだ私は、これはクラス全体に知らせるべきだと思い、朝のクラス会の折にトッペ君に読ませることにした。トッペ君は涙ながらに読んだ。その後私は、責任感について考えさせ、意見を出し合うよう仕向けた。

その時のトッペ君の説得力のある文章が素晴らしかったので、その日から掃除を怠ける者がいなくなった。

トッペ君は、長じて物書きになった。

第四章　姑の転落

ついに始まった姑の失禁

姑は食べることが大好きで、一日中テーブルの上に食べ物が並んでいないと気が済まない人だった。

朝食が済んでも、おかずを食べてはお茶を飲み、またおかずを一口食べてはお茶を飲み、延々と食べていると、十時になってしまう。

十時になると、「おや、十時だね。おやつの時間だから、クッキーでも食べようかな」と言って、クッキーを食べてはお茶を一すすりし、またクッキーを食べてはお茶をすすりながら、延々と食べていると、十二時になる。

「おや、お昼だね。少しでも食べておこうかな」と、またご飯を一膳食べるのである。

すると間もなく三時になる。

「おや、三時だね。プリンでも食べようかな」と言う。プリンが大好きなのである。


こんな毎日だから、体重は七十五キロ。背丈は百五十センチ前後だから、まるでお相撲さんのようだった。

当時の私は、体重四十五キロだったから、その差三十キロだ。

「よっこらっしょ」と立ち上がるたびに、お小水が漏れ、便通の良い人だったので、便の方もニョロニョロと出てしまうのだ。

パンツが嫌いで、お腰しか着けていないので、コタツはトイレ代わり、座布団はオムツ代わりである。

自分の親ならお尻の一つも叩いてやるのに、と思う。

■おむつ代わりのフェイスタオル

姑のお漏らしは、益々酷くなっていた。昼も夜も、お漏らしの連続である。

廊下も部屋も、シルクロードならぬ「うんち・おしっこロード」だった。

私は帰宅して玄関に入るなり、まずスリッパの裏を返して調べた。スリッパに便が付いていたら、廊下もトイレも汚れているので、お掃除をしなければ、茶の間にも入れないし、夕食の支度もできない。


年を取れば、誰でも体は衰えるだろうから、他の人は皆、家族に迷惑をかけないよう、自分で何とか手段を講じるものだと思う。

姑はまるでその気がない。赤子のように、為すがまま、垂れ流しているのである。


朝姑が「バタン」とドアを開けて起きてくると、ゾゾゾーッと鳥肌が立った。

時間を決めて、「お婆ちゃん、トイレの時間よ」と促しても、「行きたくもないのに、行けって言うのか！」と怒って、言うことは聞かず、「私の物ぐらい黙って片付けろ」と威張っている。

その傲慢さ、神経の図太さ、恥も外聞もないだらしなさには、軽蔑の目しか向けられない。


それればかりではない、昔からの不衛生な生活習慣が、ボケによって益々酷くなったようだ。

我が家は大勢だったので、各々のフェイスタオルには記名をしていた。

或る日、私は顔を洗って自分のタオルで顔を拭いたら、妙な臭いがして、しっとり濡れていた。そして何となく生温かいのである。

「おかしいな」と思って、よくよく見たら、便のようなものや、お小水のような黄色っぽい色がついていた。びっくりした。

「あら、そういえば・・・」

今しがた姑がトイレから出て、茶の間の方に行ったようだった。

私のタオルから水がしたたり落ちていたので、洗濯機に放り込んだことがある。あれも姑がお股に当てていたのだとわかった。

誰のタオルでもかまわず、手当たり次第おむつ代わりにして、お股に当ててしまうのである。

始末の悪いボケだ。こんなだらしのない老人、見たことない。


それ以来私は、自分のタオルは洗面所に置かないことにした。

そして姑をずっと観察していた。

或る時、テーブルの上の台布巾も怪しいと思って、洗い直していたので、一時、台布巾をテーブルに置いておかなかった。

私は見て見ぬふりをして見ていた。

すると姑は、スルスルーッと、自分のお股からタオルを引っ張り出して、テーブルの上を拭き始めた。

私は急いで新しい台布巾を持って行った。

「お婆ちゃん、そのタオルは誰のですか。何に使ったんですか?」と聞いたら、「私の顔を拭くタオルだよ」と、いつもながらの出鱈目を言った。そして自分の顔を拭いて見せた。

もうどうしようもない。年を取って横着になり、ミソもクソも一緒だ。育ちの悪さがもろに表面化しているのだ。何と醜い所作だろう。こんな老人が他にもいるのだろうか。めったにいないと思った。

これが夫の母親である。夫も汚らしく見えて仕方なかった。

■葬式のお返し物（パンツ五枚）

姑は、甥の実家に葬儀があった時、明彦に休暇を取らせてまで同伴させて、河井という田舎に行った。九十歳のお婆さんが亡くなったのだそうだ。

そこで葬儀の後、どんなご馳走が出たのか知らないが、いつもの通り、自分のお腹の限度を超えるくらいペロペロ食べたに違いない。

夜中にか、明け方にかわからないが、お腹を壊し、便のお漏らしをしたのである。

客布団を汚したのか、トイレを汚したのか、廊下に垂れ流したのかわからないが、いつものように、多分お布団を汚したのだと思う。

河井の嫁さんが朝早く車を飛ばして、益子まで行き、LL版のパンツを五枚買ってきて、「どうぞお使い下さい」と言ったとか。

姑は家に帰ってきて、私に言うのだ。

「河井の嫁さんは気が利くわ、気が利くわ。私にパンツを五枚くれたんだよ」と。

私は「やったな」とすぐわかった。

何という恥かきなことを、またしでかして来たのだろう、と思った。

夫は、その言葉を聞いて何も言わない。知らんぷりをしているのかな、と思ったが、何も知らないようだ。同じ部屋に寝ていたのだろうに、何という阿呆だろう。夫は、葬式のお返し物に、姑がパンツを五枚もらった、とでも思っているのだろうか。

私はじっと明彦の顔を見ていたが、やっぱり平気な顔をしている。やはり気付いていないようだ。母親が便のお漏らしをして、親戚に迷惑をかけているというのに、あまりにも自分の母親を買いかぶって見ているからだ、と思った。

気付いたとしたら、どんな態度を取っただろうか。明彦は「知恵者」と言われているのだから・・・。

■焼き捨てた寝具

どこへ行っても、食べ過ぎて便のお漏らしをする姑。

一度で懲りないのだろうか。恥ずかしいと思わないのだろうか。

食べ物を目の前にすると、際限なく食べる姑。

他家へ行って、寝具をベタベタに汚して、平気で人に片付けさせている。その傲慢さには驚くばかりだ。

箱根のホテルで、舅の実家の葬儀で、娘の家で、次男の家で、甥の家で、私の実家で、自分の家では毎日のように・・・。


私の実家に遊びに来た姑は、前の日に、母と姉と三人で、お寿司を取って夕食に食べたのだそうだ。

母と姉は小食で、とても一人前は食べ切れなかったという。母は胃腸が弱く、S状結腸癌を手術したことがあるので、それ以来益々小食になった。

姑は大食漢で、食べることが大好きだった。

母と姉の残したお寿司を見て、「勿体ない、勿体ない」と言って、全部食べてくれたという。お茶を飲みながら、次々と食べるのを見て、母も姉も心配したそうだ。

「大丈夫だろうか」と・・・。

次の日姑は、甥の家が近いので、「駒場へ寄っていくから」と、早々と出かけたそうだ。

「奈津江さん、ごちそうさまでした」と、何事もない様子で・・・。

姉は、姑の使った客布団を干そうと思い、二階の部屋に行ってみたら、姑はいつもはお布団を畳んで、部屋の隅に重ねていたのに、今回は何故か押し入れに入れてあるので、姉は「おかしいな」と思い、押し入れを開けた途端、便の匂いが鼻をついたという。びっくりして引っ張り出してみたら、便だらけだったそうだ。

急いで外に持ち出し、バケツに水を汲んで、ゴム手袋をはめて、雑巾で洗ったのだが、中の綿まで染み透っているので、縫い目をほどいて、汚れた綿をちぎって捨てていた。

それを見た母は、「もうやめなさい。便で汚したものは、二度と客には出せないから、捨ててしまいなさい」と言ったそうだ。

そして親戚の唐津屋呉服店に電話をかけ、「実は客が便のお漏らしをして、客布団一組ダメにしたから、客布団一組持って来てね。そして汚れた布団は焼却炉で処分してくれないか」と頼んだのだ。

唐津屋は、朝からお布団が一組売れたので、喜んで「アイヨ！」とばかり、早速運んできたという。

「今日は幸先いいね。運つく、ウンつく」などと冗談を言って、笑ったそうだ。

汚れた布団は、果樹園をやっている奥さんの兄さんの所で、剪定した果樹の枝と一緒に、石油をかけて燃やしてもらったのである。


他家へ行って、お漏らしをしてしまった場合、もし私だったらどうするだろうか。

何食わぬ顔をして、暇乞いをして済ますだろうか。私はそのようなことは絶対ないと思うけれど・・・。

「ごめんなさい」と謝って、自分で何とか始末しようとするのが、大人の解決なのだと思う。

姑の傲慢さは、ついに人の死を喜ぶところまで至った。

人の死を喜ぶ姑

■嫁の退職金

昭和五十四年、私が五十二歳の時だ。

疲労困憊して肝臓を悪くし、黄疸症状が出たので、近くの〇田医院に通っていた。

その時、〇田先生から二度、私の家に電話があり、「今のうちに入院して、しっかり治しておかないと、将来肝臓病が悪化して苦しみますよ」とおっしゃって、「本人に伝えて下さい」との電話だったのだ。

二度ともこの電話を受けたのは姑だった。

私は姑からそんな電話があったことは聞いていない。

姑は大喜びである。

近所の一番仲良しで毎日お茶飲みに見える川辺さんに、「うちの嫁は間もなく肝硬変で死ぬんですよ。でも嫁なんか死んでも、退職金が残るから」と嬉しそうに言ったのだ。

川辺さんが、「それじゃ、旦那さんが可哀想じゃないの」と言ったら、「うちの明彦くらいの人物ならば、嫁なんか後からいくらでももらえるから」と言ったとか・・・。

それを聞いた川辺さんはビックリした。近所の噂話にしては大ニュースだ。

三つのポイントがある。

〇嫁が死ぬ

〇姑は喜んでいる

○嫁なんかいくらでももらえる

三大ニュースだ。

嫁とは「もらう」ものなのだ。もらったものなのだから、どんな使い方をしても良いのだ。日本の悪い嫁いじめの伝統だ。子どもたちのいじめがなくならないのは、大人が手本を示しているからではないのだろうか。

川辺さんは誰かに話したくてたまらなくなった。とうとう、おしゃべりな二人の主婦に喋ってしまった。この噂は、その日のうちに私の耳に入った。私は奴隷なのだ。もらいものなのだ。

私は姑の顔をじっと見ていた。これが夫の母親かと思うと、夫への愛情も失せた。姑は馬鹿なのか、ボケなのか、心の奥底までペラペラ他人に喋ってしまう。馬鹿正直なのか、理解に苦しんだ。舅が教え子に騙された分を、嫁からふんだくろうというわけだ。

「嫁を騙すのは罪にならない」ということも、常々口走っていたそうだ。もともと強欲な性格はわかっていたが、それ以来私は、姑を軽蔑の目でしか見られなくなった。

でも私は、一度も夫に告げ口したことはない。誰も自分の母親を悪く言われるのは嫌だろうし、夫は姑を慈母・賢母だと常に言っていたから、何を言っても、私の味方ではない。私を庇ってくれたことのない、身びいきな人であったからだ。

そしていつも言うのだ。

「年寄りは僕たちより早く死ぬんだから、お婆ちゃんがニコニコして、孫を可愛がって、留守番するよう仕向けろ」

即ち「ニコニコするまでお金を与えろ」ということだ。

そんなことをしたら、私たちの生活は成り立たない。

三万円あげれば五万円欲しがり、五万円あげれば十万円欲しがる。天井知らずだ。

お金をあげなければ孫も可愛がれないのか。こちらが我慢すればするほど相手は増長して、我が侭が酷くなる。

人間の浅ましさを、まざまざと見せつけられる毎日だった。


「私の死を望むなら、私はいつだって消えてやるよ。人でなし！！」と思った。

でも私は、「死ぬもんか。入院なんかしなくても治してみせる！！」と心に決めた。


実は、○田先生は、最愛の美人の奥様が脳腫瘍になり、発見が遅れて、助からないことがわかり、心中するつもりで、自分の患者に一人一人指導していたのだ。

私はそれほど重症ではなかったのである。

次の日、先生ご夫婦が、手首を切って心中なさったことが新聞に出て、ビックリした。


それからの私は、まず栄養に気をつけようと、レストランに同僚の女の先生と足繁く行った。

疲れたら休もう。

同僚のS田さんの家で休ませてもらったこともある。

ストレスを溜めないように買い物をしたり、美術館に行ったりして遊び歩いた。

お金もジャンジャン使った。

姑にやる分、自分で使った方が、健康のために良いと思った。

ウィークデイは学校で読書したり、調べ物をしたりして、できるだけ遅く帰った。

その頃は、娘も息子も大きくなっていたので、放ったらかしでも大丈夫だと思っていた。

それにしても悪い母親だったことには違いない。

そんな生活が功を奏したのか、私はその後、医者にも行かず、自然治癒したようだ。

姑のぬか喜びである。


姑は次の手を打ってきた。

どうしても私の退職金が欲しかったのだ。

姑が七十九歳の後半になった時のことである。

妹の良美が弟二人の嫁まで抱き込んで、私に談判に来た。

「お姉さんは、もう年金も付いているのだし、お母さんも八十歳になるのだから、留守番は可哀想よ。退職して、お母さんの面倒看るべきだわ」と言うのだ。

二人の弟の嫁も、「そうよね」、「その方が安心よね」と相槌を打つのだ。

私を引きずり下ろす作戦である。


もう一つ、私を辞めさせたい理由がある。

姑が妹の家で便のお漏らしをして、ふかふかの絨毯を台無しにしてしまったことがある。

自分の母親でも、家に来てもらいたくないのだ。

弟の善夫宅へ行っても、同様におねしょもしたし、便の垂れ流しもしたのだ。

私が辞めれば、どこの家族も助かるのだ。姑のお下の始末は、長男の嫁の仕事なのだ。世間で長男が嫌われるわけである。若い時は働かされたり、いびられたり、最後は舅姑のお下の世話までやらされるのだから・・・。

■嫁の母親の死を喜ぶ姑

姑は、私の死を願うならまだしも、私の母の死まで喜ぶようになった。

「うちの嫁は貧乏育ちなんですよ。だから明彦と結婚できたのは、玉の輿なんですよ」と近所中言いふらして歩いた姑。

何かにつけて「貧乏育ち」「貧乏育ち」と、毎日のように私に浴びせかけてきた。

姑だけではない、妹の良美にも、「お姉さんは貧乏育ちだから、闘争心ばかり強い」と言われた。

闘争心とは何なのか。私は意気地なしで闘争心が薄いから、学校では男の先生に負けまいとして、薄い闘争心を必死に掻き立てていたくらいだ。

闘争心が強かったら、私はとっくに離婚していたと思う。婚家で嫁いじめにあっても、私は貝のように口をつぐんでやって来たのだ。

私の家は貧乏だから何の得もしない、と姑は言うのだ。

嫁の家からどんどん贈り物をしてもらいたいのである。

ところが、我が家に土地があることがわかったら、急に自分の物のように近所の人に言いふらし始めた。

「私は、宇都宮の郊外に広い土地を持っているんですよ。別荘を建てようと思えば、いつでも建てられるんですよ」と。

「銀座のど真ん中に土地があるわけでもないのに・・・」と、ある方が笑っていたそうだ。

どちらが貧乏根性なのだろう。

いつでも自分のことを自慢していなければ気の済まない姑であった。

事情を知っている人もいて、「あら、和子ちゃんに聞いたけど、その土地は奥さんのお母さんの土地だって言ってたわよ」と言われたら、「ハハハ、嫁の物は我の物」と言ったとか・・・。

嘘がバレたらバレたで、口ならどうにでも言い逃れられる、というのが姑の信条であった。

姑の強欲ぶりは、私の母が亡くなった時、タガが外れた。

母の訃報を受けた日、姑は大喜びで近所のお茶友達の家に行き、母の土地を自分が相続したかのように言いふらして歩いたのである。

人格破綻者ではないかと疑いたくなる。

近所のある人が、「お宅のお婆ちゃんは、あっけらかんとしていて、いいですね」と言って、笑っていたことがある。勿論、皮肉笑いだ。

姑の死後、ご近所の鈴木さんがカンポの集金に月一度見えていた。

その時も、「姑さんは、宇都宮の郊外に広い土地があるって、ホントなんですか」と聞かれたので、「いいえ、ありません」と言ったら、「えー」と驚いていた。

「『私の』と胸を叩いて、『広い土地があるんですよ』と何度もおっしゃっていましたよ」と・・・鈴木さんは何度も聞かされたようだ。
これも姑の人格が表れている一例である。

第五章　ボケ老人顛末記

T病院

姑のボケがいよいよ進行し、付きっ切りの介護が必要になってきたため、長男の嫁として、私が勤めを早期退職して介護に専念するよう、親戚一同からプレッシャーがかかっていた。

そんなことになったら、私も姑と一緒に共倒れになることは目に見えていた。

それを案じたのは、夫の明彦ではなく、息子の昭だった。

昭はちょうど大学の卒業時期だったが、就職せず、私を手伝って、とりあえず一年間、ボケ老人の面倒を看ると提案してきた。

明彦にとっては「渡りに船」だったようだ。二つ返事で承諾した。

私は複雑な気持ちだった。息子の将来を考えるなら、きちんと就職してほしい。でも、手伝ってもらえるなら、これほどありがたいことはない。


姑は極度の肥満体で、その上、うんち・おしっこのお漏らしで、常に不潔な状態だったので、一番大変なのは、お風呂に入れることだった。

姑は、放っておくと、お尻に便をつけたまま湯船に入りかねない。我が家のお風呂は狭く、毎日のことだし、介助するのは重労働だ。

そこで昭は、一計を案じた。

昭の恩師のお嬢さんが、我が家の隣町にある「T病院」というところで働いていた。その病院で、入院患者さんの入浴介助のアルバイトを募集していたため、恩師のお嬢さんの口利きで、昭がそれに応募する代わりに、姑を連れて行って、広いお風呂で一緒に入浴させてもらえるよう、頼み込んだのである。

その当時はまだ、今のような、食事と入浴サービス付きのデイケア施設などなかった時代だった。

T病院は、もともと結核のサナトリウムだった、という事情があるため、たとえアルバイトでも、採用する前に身体検査が義務付けられていた。

昭も受けたところ、レントゲンで肺に結核が石化した痕が見つかった。やはり移されていたのである。これで、昭が小さい時から年中高熱を出していた理由もはっきりした。

しかし、すでに治癒しているということで、無事採用になった。よく治ったものだと思う。

こうして、週に一度、昭は姑を連れて、入院患者さんたちの入浴介助の仕事を始めた。

それ以外の日も、昭は姑が汚い体のまま湯船に入らないよう、自宅の入浴時にも、まずシャワーで姑の体を流す、という手助けをしてくれた。

昭が入浴介助のアルバイトをよくやってくれている、という実績もあって、T病院で、姑のリハビリ入院の許可が下りた。

姑は、身長百五十センチぐらいであったが、体重が七十五キロもあった。

心臓に負担がかかって、健康によくないということと、ボケが酷くなったということもあり、少しでも体重を落とそう、という措置入院であった。

姑の入院中、私と息子が毎日交代で、洗濯物を取りに行っていた。

なぜか姑のベッドの近くには、ゴキブリがチョロチョロ出てくるのだ。不思議に思っていた。

これは後でわかったが、お漏らしのパンツを放り出しておいたからだ。


私が当番の日のことだった。

姑がリハビリ室にいるというので、行ってみた。

姑は順番待ちをしていた。

お年寄り達は、両方に手摺りのある所で歩く練習をしていた。

いよいよ姑の番になった。

若い療法士の先生が近付いて来て、姑の手を取った。

その途端、姑は「アンレー」と言って、その先生に抱きついてしまった。

先生はびっくりして、「ああー、どうしたどうした」と言って、太った姑を抱え切れなくて、「あー、ダメだダメだ、一度椅子に戻ろう」と言ったら、姑は「めまいがー」と言って、額を押さえた。

療法士の先生は、「えっ、めまい？　そうか、それじゃ小橋さんは、今日はリハビリはダメだね。ベッドへ戻ろう」と言った。

姑は、甘ったれた声で、「先生！！　送って行って下さる？」と言った。

先生は慣れているらしく、「うん、うん。送って行くよ」と言って、姑を立たせた。

姑はその先生の腕に掴まり、頬まで押しつけて歩き出した。

いかにも芝居じみていた。

その歩き方がまた面白い。

キュッキュッとお尻を横に振り、若い男の先生の太腿にぶつかるような歩き方をしている。

私は後ろの方から、お芝居でも観ているような気持ちになった。

姑は今まであんな歩き方をしただろうか。

まるで十七・八の娘に返ったように、お色気たっぷりで、うっとりした表情をしている。

私は「ヘエー、あらまあ」と、「開いた口が塞がらないとは、こんな時の言葉だ」と思った。


私も八十代になって、若いハンサムな男性に会ったら、こんな風になるんだろうか、と呆れて見ていた。

今日は弟の長女（姑の孫）も見舞いに来るはずだったので、「早く来ないかなあ、姑のこんな姿を見せてやりたい」と思った。

特に夫に見せたかった。


若い先生は、姑をベッドまで連れて行き、「小橋さんはもう夕食までゆっくり休んでね」と言いながら、慣れた手付きで毛布をかけてくれた。

姑は「はあーい」と、まるで歌舞伎の「巡礼お鶴」でも演じているような返事をした。

「こんなボケ方もあるんだなあ」と初めてわかった。

「こんな老婆が他にいるんだろうか」と、色々考えさせられる一日だった。

嫁の息抜き

姑のボケは益々酷くなり、夫は「我関せず」を決め込み、妹や弟たちも、「姑の世話は長男の嫁の仕事」とばかり、すっかり私に押しつけてくるので、私はとうとう退職せざるを得なくなった。

急遽二月の半ばに退職願を提出した。

辞めてからの五年間は、毎日「おしっこちゃん・うんこちゃん」との戦いだった。

姑のボケに対して、いち早く手を打ったのは、夫ではなく息子の昭だった。

昭は、認知症の本を買ってきて、「これ読んでごらん」と言った。

そして、「家にいて我が侭をさせてはだめだよ。デイホームに通わせて、メリハリのある規則正しい生活をさせないと、益々ボケが進むよ」と言うのだ。

■デイサービスのいなり寿司

息子の忠言通り、ボケが酷くなった姑を、デイケアに通わせることにした。

ご近所の金井さんと一緒だった。

デイケアでは、毎日色々工夫して、歌を歌いながら手拍子でリズムを取ったり、風船飛ばしをしたり、毬つきをしたり、折り紙をしたり、と遊ばせてくれるのである。

また季節に応じて、春はお花見、夏は盆踊り、秋は紅葉狩りなど、イベントを催してくれるのである。

夏の盆踊りの時であった。

盆踊りを見た後、昼食会があった。いなり寿司や巻き寿司などが沢山出た。

姑は大食漢である。次々と平らげ、サラダやスイカもどんどん食べたそうだ。

老人会なので、他の人はすぐお腹いっぱいになり、お寿司などが余ってしまったようだ。

その時、姑がティッシュとハンカチを出して、その余り物を包み始めたのだそうだ。

係の人が気付いて、マイクで放送したという。

「余り物を持ち帰らないで下さい。夏ですからすぐ悪くなりますから」と。

でも姑は、聞こえないふりをして、どんどん包み込んでいたそうだ。

係の人は、姑を見ながら何度も放送したという。

それでもとうとう幾つかのいなり寿司を持ち帰ってきたので、金井さんが係の人からの伝言を伝えてくれた。

「『お家の人に、食べさせないよう伝えて下さい』と頼まれたので、お伝えします」と言われた。

私は恥ずかしかった。家で食べさせていないみたいである。

私が姑に伝えようとして、茶の間に行ってみたら、そのいなり寿司をパクパク食べているではないか。

「悪くなってないよ」と平気で食べている。

「ホームでも、ずいぶん食べましたよ」と金井さんから言われたのに、私が「今日はもう夕食は食べられないわね」と言ったら、怒って「食べさせてくれなくて結構です」と言うのだ。

便のお漏らしをするまで食べないと気が済まない姑に閉口した。

■私たちの渡米を邪魔する姑

定年まで勤め上げたかった仕事も、定年直前で辞めさせられ、姑の世話を押しつけられ、私はとうとうノイローゼになった。

当時、娘の和子夫婦と孫が、旦那のアメリカ勤務の関係で、カリフォルニアのホスターシティという所にいたので、孫に会いに行くという名目で、私は年に二回、アメリカへ息抜きに出かけた。

その間、姑は千葉の弟の家に月十万円で預かってもらうことにした。

姑のボケを、弟夫婦にも知ってもらいたい、という意味もあったからだ。

自分の休養もお金で買わなければならないのだ。

妹の良美が弟夫婦に言うには、「お姉さんは、勤めさせてやったんだから、ふんだくってあげなさいよ」

「そうだ」、「そうだ」と二人の弟の言。

弟の嫁たちは面白がっていた。自分たちは、夫の姉さんと気持ちを合わせていれば安泰だ。

「他人の不幸は蜜の味」

まさにその通りだ。


アメリカの広い広い空を眺め、シスコの海のサンセットクルーズに乗り、フィッシャーマンズワーフでロブスターを食べ、日曜日はスタンフォード大学の構内にある教会に行き、時にはヨセミテの滝に遊んだりすると、一ヵ月が瞬く間に過ぎてしまう。一日一日が勿体なくてたまらなかった。

帰国すると、また姑のお下の始末に追われる日々・・・。


娘の和子一家が滞在していたカリフォルニアのホスターシティに、私は三回行ったが、夫がまだ行っていなかったので、和子から電話があり、「早く来ないと帰国しちゃうわよ」と言ってきた。

当時、小学校の校長をしていた夫は、教育委員会に届けを提出し、教頭を校長代理にして、渡米することにした。

それを聞いた姑は、「痛いよ、痛いよ、痛いよ」と大暴れするのである。

どう見ても演技である。私たちの渡米を邪魔しようとしていることはわかっているが、「痛い、痛い」と転げ回るので、「それなら病院に行こう」と、大型のタクシーを頼んで寝かせながら、T病院に行った。

診察してもらったが、どこも悪いところはないという。

「一応MRIにかけましょう」と、MRI室に連れて行ったら、「ヤダよ、ヤダよ、ヤダよ」と言って、MRIのベッドから転がり落ちて、かけさせなかった。まるで赤子のようだったという。

医者曰く、「何か精神的なもののようですね」と。

「実は、私たち夫婦が訳あって渡米することになっているので」と言ったら、「そのことですね」と言った。

何という理性の無い我が侭な姑なのだろう。呆れ果てた。

こんな幼稚な行動を取る母親を、夫はどう見ているのだろう。今まで「お袋は慈母だ、賢母だ」と言っていたが、少しは本当の姿を認識しただろうか。


私たちは、弟の家に姑を預けて渡米した。

ついに極まった姑のボケ症状

弟の家から暫くぶりで帰って来た姑は、かなりボケが進んでいた。

玄関の窓に顎を乗せて、「誰か通らないか」と、一時間でも二時間でもボーッと眺めているのだ。

近所の人はわかっているので、知らんぷりして通り過ぎて行くのである。

「誰か声をかけてくれないか」と期待しているのだが、ボケ老人のお相手などする暇人はいない。

今度は、道の四つ辻の真ん中に立って、東を向いて一〇分、南を向いて一〇分、西を向いて一〇分、北を向いて一〇分と、ぐるぐる回って、いつまでも眺めている。「誰かお茶に誘ってくれないか」と、「待ちぼうけ」の歌にあるように、ぼんやりと立ち続けているのである。

近所の人は、窓越しに見て、ボケた姑を観察しているようだ。

用事があって出かける人は、わざわざ遠回りして、姑を避けて通るようになった。


今までは、我が家にお茶飲みに見えた人達も来なくなった。

冬などは、自分の家の炬燵もストーブも止めて、「お婆ちゃん、あたらせて」と言いながらやって来て、一時間でも二時間でもおしゃべりをして行った人達も、相手にしてくれなくなった。


私は自分の母なら、「家に入ろうね」と言って連れ戻すのだが、今まで酷いいじめ方をされた姑だから、「放っておいて、ボケを近所の人前に晒してやれ」と思って、為すがままにどうぞ・・・と、放っておいた。

そして、夜十一時頃になると、徘徊が始まるのだ。

「カタン」と玄関の戸を開ける音がして、姑が外へ出かけるのだ。

どうせ遠くへ行くことはないから、私は知らんぷりをしている。

夫はまだ現職だったから、夜はぐっすりで、母親のことなどまったく知らないのだ。

「どこへ行くのかな」と思っていたら、山田さんの家で、奥さんが夜遅くまでお裁縫をしているので、灯りがついていた。山田さんは、今までよく姑を招き入れてくれたので、山田さんの家の濡れ縁に腰を下ろし、招き入れてくれるのを待っているのである。

山田さんは、夜中の十二時に雨戸を閉めて休むことにしているようだ。

雨戸を閉めようと思って、硝子戸を開けると、姑が座っているので、びっくりして、「お婆ちゃん、どうしたの?」と聞くと、「眠れないから、遊びに来たよ」と言ったとか。

「もう十二時だから、帰ってね」と言っても、なかなか腰を上げないのだと言う。

でも遅い時間だから、山田さんは雨戸を閉めてしまうのだった。

姑の死後、山田さんは雨戸を閉めるとき、いつも気味の悪い思いをするので、「この頃は、早々と雨戸を閉めるのよ」と言っていた。


夫は、「我が母に限って、お漏らしなどするはずがない」とか、「徘徊などするはずがない」などと言っていた。相変わらず「慈母・賢母」神話を信じている。

或る朝、姑が下半身すっぽんぽんで、おむつを舟のようにお股に挟んで起きてきた。

こういう姿を夫にも見せたかったので、私は知らんぷりして、お勝手の仕事をしていた。

姑は、大きな太ったお腹とお尻を丸出しにして、トイレに行った。

まさかすぐベッドに戻って、お腰ぐらいは着けるだろうと思っていたら、すっぽんぽんのまま、茶の間のテーブルの前にドカンと座り込んだ。

さすがの夫もびっくりして、「あー、ダメだダメだ。お婆ちゃん、今パンツ穿いてないんだよ。あー、あやか、パンツ持ってきて穿かしてくれ」と言うのである。

私は、「自分の母親なんだから、自分で持ってきて穿かせたらいいのに」と思ったが、お腰を持ってきて、とにかく醜い部分を隠した。

「『我が母に限って』と、ついこの間言ったのは、どなただったかしら」と言ってやりたかった。

私は常々、姑のような老後は過ごすまい、と思っていた。

毎日近所の人とおしゃべりに明け暮れている老後など無意味だ、と思っていたし、時間の浪費だとしか思わなかったからだ。

世の中には、考えることだって色々あるだろう。読みたい本だって溢れている。絵も描きたい。字も習いたい。懐かしい音楽も聴きたい。盆栽も作りたい。

そんな意欲は、姑には無いのだろうか。只々ムシャムシャ、お腹を壊すまで食べて、お漏らしをし、それを恥ずかしいとも思わず、「私の物ぐらい黙って片付けろ」などと威張っていた報いである。

実に醜い老いの姿になったものだ。これが夫の母親である。


姑が八十六歳で亡くなるまで、私はまったく馬鹿馬鹿しい苦労の連続だった。

自分はこんな老人にはなりたくない。可能な限り自立したいと思っている。

姑の老醜を「逆さ教師」として学んだ。

N病院

姑が、冷蔵庫のドアの取っ手に掴まって、頽れるように倒れた。

冷蔵庫が倒れそうになった。

「あっ、ダメダメ、危ない。手を離して」と言ったら、ドタンと尻餅をついた。

「どうしたの、何が欲しいの」と聞いたら、「トイレに行きたい」と言うのだが、もうお小水は出てしまっていた。

「こんな所じゃ冷たいから、ベッドに行こう」と言って立ち上がらせ、抱えるようにしたら、どうやら歩けた。

ベッドに寝かせて、オムツを取り換えようとしたが、重くて横向きにできない。

姑本人の力が抜けたように、くたっとなっている。

「これは大変だ。老人が倒れるってこのことかな」と思って、「助っ人に誰を頼もうか、力の強い人・・・ああ、やっぱり弟の善夫だ」と思って、電話をかけて、嫁の法子さんに、善夫の勤め先へ連絡してもらった。


善夫は割に早く来てくれた。

相談して、ご近所の人が紹介してくれたH病院に運ぶことにして、寝台車を呼んだ。

これも割合早く来てくれた。

善夫が背負って車に運ぼうとしたら、おんぶした途端、太った大きなお腹を抑えつけたので、心臓が一瞬止まって「うっ」となって、気を失った。

驚いてベッドに戻し、善夫が口移しの人工呼吸をしたら、気がついた。

これは寝台車ではなく、救急車の方が良いということになり、寝台車の人には五千円払って帰ってもらった。

救急車を呼んだ。

どこの病院のベッドが空いているかわからないので、お任せである。

救急車に乗せる時、担架が撓んで、四人の男の人が両手で力一杯持ち上げ、ヨタヨタしながら運んで、やっと車に乗せることができた。

何しろ姑は七十五キロの巨体であったから・・・。

救急車の人が、ベッドの空いている病院をあちこち探してくれたが、都内では見つからなかった。

N病院で受け入れてくれた。

救急患者なので、すぐ診てくれた。

最初、若い先生が見えた。

先生曰く、「あれあれ、でかいお婆ちゃんだな」と、びっくりしていた。

同室に入院している患者は皆、痩せ細って、今にも死にそうな人ばかりである。

次に中年の先生が見えた。

この先生も、「あれ、ほんとだ。おばちゃんよう、まるで相撲取りのようじゃないか。顔色もいいし、どこが悪いんだ。どれどれ」と聴診器で胸のあたりを診たり、お腹を触診した。

その度に大きなお腹がダブンダブンと波打って揺れた。可笑しくて笑いたくなった。食欲に任せて、食べ放題の巨体だ。

先生は、「どこも悪くないようだが、一応MRIにかけようか」と、キャスター付きベッドで連れて行った。

一週間ほど入院することにし、看護師さんにお願いして、私は帰って来た。

それからの一週間、私は自転車でN病院まで通った。

坂道だったので、行きは辛く、帰りはよいよいである。長男の嫁は辛い。かつてさんざんいじめられて、最後はこの通り、姑の世話までしなければならないのだから・・・。

親族会議

姑はN病院から、改めてH病院に移った。

こちらの方が交通に便利だからである。しかしこの病院は看護師不足なので、病人には付き添いさんを頼まなければならなかった。余計な付き添い料がかかり、かなりの出費だ。

姑をこのままH病院に入院させておいていいのかどうか。

それに、妹夫婦や弟夫婦は、自分たちの母親を、病院で寝たきり状態にさせておくことが、何となく後ろめたいのだ。世間体を気にしているのだ。

ところが、自分たちがボケ老人を引き取ることはしたくない。何とか長男の嫁に押しつけたい・・・。


このまま入院続行か、誰かが自宅で引き取るのか、それとも他の施設へ移すのか・・・。

ボケた母親の今後について、親族会議が開かれることになった。

このままでは多勢に無勢で、私に押しつけられることは目に見えている。


私は仕方なく、息子の昭の力を借りることにした。

当時息子は、家を出て就職していた。

私は息子に連絡し、事情を説明して、ある提案を持ちかけた。

息子の職場の近くにマンションを購入して、そこへ姑を引き取り、息子の手を借りつつ、何とか二人で年寄りの面倒を看る、というのはどうか・・・。

息子は承諾してくれた。


そして、親族会議の当日。

親戚一同は、相変わらず何だかんだ理由をつけては、ボケ老人の押しつけ合いをしていた。

そこへ、息子がやおら持ちかけた。

自分の職場近くにマンションを購入する。自分と母親の二人でそこに住み、姑を引き取って面倒を看る。会社には、事情を説明し、なるべく自宅勤務にしてもらえるよう、すでに交渉済みである。

息子は前もって会社に根回しをしていたのだ。


親戚一同はびっくりして、難色を示した。

大の大人が雁首を揃えておきながら、年寄り一人の始末も決められず、若造だと思っていた甥っ子に、一番まともな提案をされたのだ。形無しである。

しかし息子は、説得のツボを心得ていた。

親戚一同が自分の家庭で年寄りを引き取れない理由は、誰もがすでに高齢であり、それぞれ仕事を持っていたり、別の年寄りを抱えていたり、といったことだった。

だから息子は、「この中で一番若くて、ボケ老人を抱えても潰れないのは誰ですか?」と詰め寄ったのだ。


「孫であるお前が、そこまで覚悟を決めているのか」とばかり、親戚一同はようやく目が開かれたようだった。

将来のある若者に、年寄りの面倒を押しつけるわけにはいかない。たとえ誰であれ(長男の嫁であれ)、寝たきりのボケ老人の面倒を看るのは無理だ、ということにようやく気付いたのである。

この際、背に腹は代えられない。多少お金がかかっても、あるいは世間体が悪くても、H病院に入院させておくしかない、という結論になったのだ。


姑はその後、H病院に二ヵ月と三週間入院して亡くなった。

亡くなった時も、体重は六十キロあった。十五キロ減ったが、まだまだ他の人の二倍くらいあった。担架を持つ人は六人必要だった。

皆に好き放題迷惑をかけ、我が侭三昧の結構な人生であったと思う。

姑の葬儀

昭和六十二年三月七日、姑が亡くなった。

息子達や娘婿が皆、社会的に偉くなっているから、粗末な葬儀はできないと言うので、私や夫の積立金まで注ぎ込んで、大きくやることにした。

娘婿さんは、株式会社Kの社長、上の弟は都庁の課長、下の弟は大手広告代理店Hのやはり課長、夫は一応小学校の校長ということになっていた。

「玉姫殿」に依頼し、豊島園の近くにある寺で、葬儀を執り行った。

受付も「親戚関係、学校関係、都庁関係、H関係、K関係」と、大変なものであった。

「何様の葬儀ですか?」と言いたくなった。

夫の学校の或る先生は、「これは校長さん、大変だな。三百万以上だろ」と言ったとか。

葬式を大々的にやるのが幸せなのだろうか。

当時はバブル期であったので、冠婚葬祭も派手な時代だった。

参加して下さった人達には、食事やお酒も付けて、別室で振る舞った。

大勢なので大変だった。

香典返しも手抜かりなく渡すのには、受付に二～三人必要だった。

お経も終わり、出棺する時には、鳩まで飛ばした。

その時、娘の長男が可愛いことを言った。

「お婆ちゃんは、鳩に乗ってお空へ行ったの？」と。

「そうよ、さようなら」と、私が手を振ったら、娘の長男も長女も一緒に手を振った。

周りで見ていた人達は、「凄いお葬式だね」と言っていたそうだ。

姑は満足しただろう。虚栄心の強い人だったから、四人の秀才を育てたとか、「私の実家は身分が高い」とか、近所の人に自慢していたのだから・・・。

その後の我が人生（結びに代えて）

姑が亡くなったその同じ月の月末、夫の明彦が定年退職を迎えた。

その三年後の平成二年五月、明彦が突然脳梗塞で倒れた。

その十日後に、長男昭に男の子が誕生した。

その四年後の平成六年、昭に女の子が生まれた。

その翌年の平成七年、住み慣れた保谷の家が、道路の拡幅工事のため立ち退きとなり、隣の駅に代替地をあてがわれ、新築の家を建てて引っ越した。今度はなかなかの豪邸で嬉しかった。

そして平成十四年、十二年間の闘病の末、明彦が他界した。享年七十六歳だった。私もとうとう後家さんになってしまった。

それから二年後の平成十六年、今度は姉の奈津江が倒れた。

本当は私が姉の介護をしなければならないところだったが、私も年を取っていて無理だった。そこは娘の和子が名乗りを挙げてくれ、姉の面倒をよく看てくれた。娘としては、子どもの頃世話になった恩返しだったようだ。

そして姉は、足かけ七年間の闘病の末、平成二十三年に帰らぬ人となった。安らかな死だった。

この年は、親戚中で四回の葬式を出す年となった。これで私の従兄弟姉妹は一人もいなくなってしまった。


これが、姑の死後、三十年あまりの間に起こった出来事である。

今私は、引っ越した家に独り住んでいる。

隣にはすでに成人した孫が二人、そして残念ながら離婚してしまった息子昭の元嫁が同居している。

車で行き来できる距離には娘も住んでいて、この四人に見守られながらの生活である。

定期的に息子も帰ってくる。


今の家には、狭い庭がある。

毎朝六時半頃起床して、雨戸を開け、空を眺め、今日の天気を自分の目で占う。

軒下のレンガ色とモスグリーンの市松模様の敷石は、孫の作ったアートの小径だ。その向こうの花壇を含め、

「我が狭庭（さにわ）」と名付けた。

花壇には、所狭しと沢山の樹木や草花を植えている。

雨の降らない日は、朝と夕方、水遣りをするのが私の日課である。

一番のお気に入りはミカンの木だ。

春の頃、甘い香りの白い花が咲いて、四個の実が成った。果実専用の肥料を二週間おきに施肥し、今はピンポン玉くらい大きくなっている。十月になったら、黄金色に色付くだろうと楽しみにしている。

自伝を書き終えて

古今東西、人間関係に於ける感情のコントロールの難しさは変わらないと思われるが、特に嫁と舅・姑・小舅達との感情は、利害関係も伴って、複雑に絡み合うのである。

そもそも家庭毎の生活習慣や生活信条の中で、親兄弟が睦まじく結びつき、育まれ、成人するのであるから、別の家庭で、違った習慣や信条で育った女性が結婚をして、夫の家族の中に同居すれば、全くの異物で、生活感覚が合わないのは当然である。

常に軋轢は免れない結果になる。

殊に日本は酷い。「嫁は牛馬の如く」という言葉もあるくらいだ。

だから欧米の人は、男女が結婚をしたら、別世帯になるのだ。人間関係の縺れを避けるための智慧である。

日本も最近、欧米式になりつつあるが、親に経済力がなかったり、借金を抱えて自立できなかったりすると、長男夫婦にとっては大変な重荷になるのだ。嫁も、夫の家族を扶養するために、働かなければならなくなる。

嫁は他人で、「もらいもの」という意識が強い日本では、働かせて、搾り上げて、牛馬どころか「奴隷の如く」である。

日本の貧しい島国根性なのだ。

フィリピンやベトナムの人達も、日本の農家のように大家族主義だそうだが、嫁いじめはないという。

以前ベトナムのお医者さんが書いた本を読んだことがある。

ベトナムの老人達はとても明るくて、嫁だけでなく、他人をいじめることなどしないそうだ。

「過去を振り返らない。明日を思い悩まない。今日を楽しむのみ」なのだそうだ。

自分が今持っているものを皆で分け合い、その日その日を楽しむのだ。

だから自分だけで欲張らない、傲慢にならないという。

人生哲学を体得しているのである。学ぶべき人間関係である。

※参考：ドー・ホン・ゴック「ベトナム老人はなぜ元気なのか」（草思社）

自分が体験した結婚生活をまとめてみて、夫の家族と同居すべきではない、ということがつくづくわかった。

老人も自立すべきである。

それには、若いうちからの心構えも必要だが、本当の福祉とは、老人ホームに誰でも入れる社会福祉制度が整っていることを言うのだろう、北欧のように・・・。

また子どもを安心して預けて、女性も働けるように、乳児園や保育園が充実していてほしいと思う。

政治家の手腕を問いたい。

日本人に問う（創る共生の仕合せ）

平成二十三年三月十一日に、突然襲われた東日本大災害。

地震、津波、原発放射能漏れの「三重災害」によって、人々は家族を失い、家も田畑も勤務先も失った。昨日までの幸せ、すべてを失ったと言っても過言ではない。

これからどうすれば良いのか思い悩んでいる。一人一人では解決できない状態である。今までは個々の幸せで十分だったが、これからは皆で協力し合い、分け合って生きていかなければならないことに人々は気付き、絆が大事であることを悟った。人と人との絆、町や村、社会との絆、そして汚染してしまった自然も取り戻さなければ、仕合せにはなれないこともわかった。

即ち、皆で創り出す仕合せである。


政治家は、産業を盛んにし、「景気対策、景気対策」と叫んでいるが、どういう産業を盛んにするのか、そして雇用を増やすのか、具体策が見えてこない。

産業を盛んにすることは、資源やエネルギーを消費することである。資源の乏しい日本は、外国から調達しなければならない。するとコスト高になってしまうので、企業は外国の現地生産となり、国内は空洞化する。雇用は増えない結果となってしまう。

日本はもっと基礎的な産業を盛んにしてほしいと思う。

農業や水産業、林業に力を入れ、せめて食べ物くらいは自給できるようにしたいものだ。

昔日本は、お米を自給自足できたはずだ。減反しなければ良いのだ。若い人達も、ホワイトカラーの仕事ばかり選ばず、農業や林業にも目を向けてほしいと思う。そうすれば大気や水の汚染もなくなり、異常気象による砂漠化も抑えられるのではないかと思うこの頃である。

科学技術の向上や化学分野の研究も大事だが、地球を汚すようなものは、もう沢山だ。iPS細胞とか、癌撲滅とか、エイズ、インフルエンザなど、医療分野は大いに研究して、世界各国に貢献し、日本の存在をアピールしてもらいたい。

物余り製造業は「もう結構」と言いたい。今や家の中は必要のない物に囲まれて整理に困っている。少子高齢化が進んでいる日本ではなおのこと、「断捨離」という言葉も流行するほど、ゴミ置き場には、衣類やら、靴やら、家具やら、キッチン道具やらが捨てられている。コンビニの食料品なども沢山捨てられているということだ。勿体ない話である。

お金と物に依存した生活では、幸せは生まれなくなってきた。それでもなお、お金の欲望は消えず、毎日のテレビニュースを見ていると、保険金殺人とか、強盗とか、空巣とか、振り込め詐欺とかが絶えない世の中である。

かつての日本人は質実剛健な民族であったはずだ。

昔に返ろう。

お金や物は欲張らず、必要最小限で結構なのである。

第二部　「観察者」の視点から三五年間のいじめを振り返る

第二部を始めるにあたり、母から託されたタスキを息子としてまずしっかり受け取ろう。祖母と母の間に何が起きたのか、巻き込まれながらも「観察者」であり続けた私の視点から振り返ってみたいと思う。

■加害者は「道具」からの反撃を怖れる

三五年間の長きにわたって、祖母はなぜ母をいじめ続けたのだろう。

この本は、「母」「当時の私」「今の私」という三つの視点から事態を眺める試みだと言った。そこでまず、当時の私の視点から祖母がどう見えていたか、というところから始めよう。

第一部を読んでいただく限り、祖母は、少なくとも母に対しては、病的で怪物的なほどの「悪役」ぶりを演じて見せたようだ。物心つく前の私は、いわばその「悪役」ぶりのとばっちりを受けた感がある。いわば祖母は、幼い私を嫁いじめの「道具」として利用したのだ。もちろん私はいっさい憶えていない。

ところが、物心ついた後の私には、祖母からひどい扱いを受けたという記憶がない。母にとって祖母は蔑みの対象だったかもしれないが、私にとって祖母は「不在の母親」の穴を埋める「母親代わり」だったことに変わりはないのだ。むろん、出来のいい「代役」だったと言うつもりもない。

私からすれば、祖母は二世代上の年長者であるわけだから、人生の酸いも甘いも噛み分け、たいていのことには動ぜず、経験に根ざした知恵を示し、孫（つまり二世代下の人間）に対しては、無条件の愛情を注ぐ、といった存在であって然るべきだが、祖母はそういう存在だっただろうか。

よく「おふくろの味」と言うが、私にとっての「おふくろの味」は、間違いなく祖母の手料理だ。私の舌はそれを懐かしく思い出す。その反面、手料理を作って私に食べさせる祖母の目に顕れていたのは、喜びとは別のものだった。

祖母は、出来の悪いまま、いつも私の近くにいた。なぜだろう。

これは、当時から気づいていたことだが、祖母は明らかに私を怖れ、警戒していた。祖母にとって私は、少々薄気味の悪い、理解不能な存在だったようだ。

物心つく前の私を祖母がどのように扱ったか、私は憶えていなかったとしても、祖母は当然憶えていただろう。私にそれなりの知恵がつき、証言力を発揮するかもしれないと思ったとき、祖母は、自分の孫に見透かされ、反撃を食らうことを怖れたのかもしれない。

実際に祖母がこのような発言をしたわけではないが、当時の祖母の心中を代弁するなら、こうなるか。もちろんこれは、祖母の無意識の声ではあるだろうが・・・。

「この子は、私がどんなにぞんざいに扱おうが、あるいは、あわよくば不慮の事故で命を落としてくれないものかと画策しようが、しぶとく生きている。そればかりか、私がどれだけ手なずけ、味方につけようとしても、この子は乗ってこない。むしろ批判的に私を見ている。私がこの子にしてきたことを、私がいつかこの子からされるかもしれない」

祖母は、眼前の母に対しては攻撃的に振る舞い、小橋家の他の関係者に対しては、「慈母・賢母」を演じていたようだが、私の前では、年中「死にたい、死にたい、殺してくれ、殺してくれ」と泣き言を言っていたのだ。祖母は、祖父に先立たれて、寂しいのだろう、ぐらいに当時の私は思っていたが、孫としては手を焼かされる祖母だった。

祖母は私にとって、不在の母親の代役だったが、一方祖母にとって私は、心に開いた穴を埋めるパテ役だったのかもしれない。私が物心つく前は、私を嫁いじめの「道具」として扱い、物心ついた後は、依存の対象と見るようになった、ということか。

私に対する祖母の警戒心は、同情を誘うというかたちで顕れたのかもしれない。薄気味の悪い、理解不能な存在が、自分の心の穴を埋めているとなれば、それは祖母にとってさぞかし警戒すべき事態だろう。

私が大学に進学し、自立心のままに独り暮らしを始めたとき、祖母は「昭がいなくなって清々したよ」と言っていた、と母は書いている。祖母にとって私は、それだけ「煙たい」存在だったのだろう。ところが、私がたまに実家に帰ると、祖母は「お前がいないと、この家はダメだ。早く戻ってきてくれ」と泣きついていたのだ。「道具」のはずが「人間」だったとわかると、とたんに依存の対象と見る。怖れている人間に、警戒しながらも依存する・・・それが、当時の私にとっての祖母のイメージだ。

私に依存的な態度を示す祖母に、私はそうとう丹念に付き合ってきたと思う。祖母がボケ始めたと感じたのは、私が高校生ぐらいのときだったと記憶しているが、そういう祖母に対して、面倒を看る母の態度は「言いたいことはわかるけど、言い方はきついな」といった印象だった。今から思えば、母のそうした態度は、受けてきたいじめに対する反動だったと理解できる。

それより私が理不尽だと思っていたのは、小橋家の他の関係者たちの無責任ぶりだ。祖母も子どもっぽいが、父も、父の他の妹弟たち、そしてその配偶者たちも、祖母に対して、あるいは母に対してやっていることは、大人の振る舞いとはとうてい思えなかった。

なぜそのようなことが起きてしまうのだろう。

■「出自」か「心の地図」か

ここで、こういう話をしておこう。

「出自」という言葉がある。

辞書を引くと「どのような家柄の出身かということ」とある。

もともとは「血統」の意味が強かったようだ。つまり「特定祖先への系統的帰属」を表す。そこから拡大解釈され、後天的な成育環境の影響も表すようになったようだ。場合によっては、そこに「学歴」や「職歴」といった履歴書的な要件も加味されるかもしれない。

その意味から、「立派な出自」とか「卑しい出自」という言い方がなされるわけだ。

しかし、はっきり言うが、人間には「出自」の差があるのではなく、「品格」の差があるにすぎない。どんなに立派な出自でも、品格の低い人間がいる。どんなに卑しい出自でも、高い品格の持ち主がいる。

人生をひとつの「旅」だとしよう。それは「地図のない旅」だ。万人共通の地図に、取るべきルートと達すべきゴールが示されているわけではない。ルートとゴールは、他人に示してもらう性質のものですらない。そこには正解もお手本もない。スタート地点がどこだったかも関係ない。

人生の旅は物理的な場所の移動ですらない。だから、それは「内面の旅」と言ってもいいものだ。今自分が人生の旅のどこらへんにいるのか、これからどこへ向かうのか、それはすべてその人固有の「心の地図」にしか顕れはしない。

原理的に言えば、たとえあなたが狭く暗い部屋に霊閉されていたとしても、あなたは心の中に無限に広がる地図を描くことができる。

この「心の地図」こそが、人を大人にする。「品格」はそこからしか生まれない。

だから「出自」とは、影響を与えられたものではなく、影響を与えられたと思い込んでいるものにすぎない。すなわち「幻想」である。

自分の「出自」を、その中での時間の過ごし方を、本人がどう思っているかが、その人の魂のあり方を映し出すだけである。映し出されたものこそが「心の地図」を形成する。

母は、自分の「出自」（火事で貧乏になった事情）をものともせず、努力して自分の道を切り拓いた。祖母は、自分の「出自」以上の人物にはなれなかった。祖母の「心の地図」は、他人から手渡されたものにすぎなかったのだ。

あなたと私の「出自」はどこかしら似ている。しかし、あなたと私はまったく別の人間だ。だから、あなたと私を分けるものは「出自」ではない。

これこそが、自分の「出自」に関して、あらゆる人間が取るべき唯一の正しい態度だとさえ、私は思っている。

■「傍観者」と「観察者」の違い

厳密に言えば、祖父や父の「出自」、祖母の（結婚前の）「出自」、母の「出自」の三つを掛け合わせたものが、私の「出自」ということになるが、私にとって「出自」とは、恥でも自慢でもない、ニュートラルなものだった。それは私にとって、「影響」の対象ではなく、「観察」の対象にすぎなかった。私は「家庭内存在」である前に「観察者」だったのだ。

私の「心の地図」は、こう言っている。

「血は水よりも薄い」

母も「観察者」だったようだ。そうでなければ、自分が保てなかったのだと思う。ただし、私も母も「傍観者」だったわけではない。

私の目の前には「出自」があったのではなく、対処すべき問題があったにすぎない。その問題に対して態度決定し、それを実行に移してきた、ただそれだけである。もちろん、未熟なときは未熟な対処だっただろう。それでも、やれ「家柄」だの、やれ「世間体」だのを慮ったことは一度もない。

その点においては、申し訳ないが、小橋家の他の関係者たちは（父も含め）、問題に対して常にシラを切り通していた。「黒」を「黒」、「白」を「白」と言う人間はひとりもいなかった。すべてを「グレーゾーン」ですませていたのだ。むしろ高林家の人間の方が、問題を正面から捉えていた。しかし、いかんせん両家には利害関係がありすぎた。

私はつい想像してしまう。もし、内部の人間ではなかったとしても、「立場がどうであれ、悪いことは悪い」とはっきり言える第三者がひとりでもいたら・・・と。

相談役の不在は、一般的に言っても、いじめ、虐待、ハラスメントといった問題を長引かせ、エスカレートさせる原因になっている。

もう一度言おう。血は水よりも薄い。血は、問題を解決するどころか、問題を作り出している。

私が「血」に重きを置く人間だったとすると、血族の一方をいじめの加害者とし、もう一方を被害者とするような本を世に送り出すことは、諸刃の剣である。自分で自分の首を絞めることだと思われても仕方がない。だから、母の自伝を出版することは、私にとって、血のつながりからの決別宣言でもある。

私は家庭生活において、人間の身勝手さ、無責任さをイヤというほど見せつけられていた分、祖母だけではなく、小橋家のいかなる関係者とも距離を置いていた。私の魂に影響が及ばない程度の距離、ということだ。いまだにそうだ。

私はニュートラルな観察者、問題への対処者に徹することで、家庭という修羅場を生き延びた。それは母のおかげですらない。

とはいえ、「観察者」としてのサバイバルも、無傷というわけにはいかない。

「虎穴に入らずんば虎子を得ず」という諺の通り、母は自ら虎穴に飛び込み、そこに長時間とどまったからこそ、「虎子」（「サバイバー」の称号）を得た。しかし、そこはやはり「虎穴」。無傷ではいられない。生存の危機は具体的な病として訪れる。母にも幾度となく訪れたようだ。

私の場合は、初めから「虎穴の中の虎子」だったわけだ。もちろん、私にとってそこは居心地のいい場所ではなかった。そこから抜け出すために、血を流した経緯が私にもある。

結核の居候の食べ残しを食べさせられても、洗剤のついたコップで飲み物を飲まされても、不潔な風呂に入らされても、同い年の従兄弟に棒で叩かれ、階段から突き落とされても、幼い私はしぶとく生きていた。何も憶えてはいないが、憶えていたらやりきれなかっただろう。その代わり、年中高熱を出して寝込み、年中悪夢にうなされていた。私の無意識は事の次第を憶えていたのだろうし、私の「免疫力」はフル回転だったのだ。

その危機を乗り越えられなければ、死ぬのみ。乗り越えられれば、その道のりは「心の地図」に必ず記される。私にとっても、それは文字通り命がけの「学習」だったのだ。私は「なぜ？」という疑問と常に格闘していたことを思い出す。自分の生命力の弱さを卑下し、親にかける負担や心配を申し訳なく思い、得体の知れない深い闇に目を凝らしていた。ただやみくもにもがき、あがき、苦悩していた。

そのときにはまだ、自分を悩ませるものの「正体」が見えていなかったのだ。家庭を支配していた剣呑なムードだけは見えていたが、その原因までは見えていなかった。自分の身に起きていることと、周りで起きていることが、まだうまくリンクしていなかったのだ。

こうした疑問や苦悩に対して、母の自伝は、まったく想定外の解答を与えてくれた。

私は「青っとろけた」ひ弱なガキどころか、人一倍生命力が強かったのだ。そして、闇に隠れているものこそが真実だったのだ。

「短所こそが長所である」「闇こそが光明である」といった逆転現象は、誰にでも起き得る。だから、母のこの自伝は、ただ単に悪事を告発しているにとどまらない。同じ悩みを持つ人間に「逆転現象」をもたらす力を有する。

それこそが、母の物語の「栄光」だ。


当然のことながら、私が今ここに書いていることは、「今の私に見えていること」であり、「当時の私に見えていたこと」ではない。私は、「見る術」を学んだ。

おかげで今の私には、「心の地図」を見えにくくし、生存を根底から脅かすものの正体がわかる。自分の「心の地図」から目を背けさせる阻害要因は、枚挙に暇がない。

学習の成果と引き換えに、サバイバルの傷痕が、私のからだの奥深くに、消し去り難く刻まれていることもまた、否定しようのない事実だ。その傷は、いまだにときどき疼く。しかし本当に疼くのは、祖母が私に年齢なりの「大人の愛」を一度も示してくれなかった、という無念さだ。

私にとってもっとも身近でもっとも長い時間を共に過ごした愛着対象であるはずの「母親代わり」が、単なる「反面教師」にすぎなかったとは・・・。

これは、肉体の傷よりきつい。その傷をなめると苦々しい味がする。これを癒すには記憶を消すしかない。

母にも、愛着対象だったはずの人間に対して、同じ思いがあるはずだ。

父と母は、本来は仲のいい夫婦だったはずだ。その間に割って入り、亀裂を入れたのは、「〇〇家の長男たるもの～」「家督を継ぐ者」といった旧式の価値観だったのかもしれない。ヘッセの「車輪の下」ではないが、父はそうした古い価値観に圧し潰されたのかもしれない。

■自分の「影」の部分を相手に押しつけるということ

さてそれでは、今の私の視点から、問題の本質がどこにあるのかを見てみよう。

母が本文中で何度も引き合いに出している「嫁は牛馬の如く」という慣用句は、嫁は「馬車馬のように働かせる対象」という意味と、「血統の良し悪しで判断する対象」という両方の含意を持つだろう。労働力か、子孫繁栄か・・・どちらも人間を道具としてしか見ない態度だ。

祖母が母に浴びせた数々の罵詈雑言・・・

「貧乏育ち」「ケチ」「嘘つき」「泥棒」

「あんたは小橋家に嫁に来たんだから、あんたの稼いだものはみんな小橋家のものなんだからな」

「あんたなんか死んでも、退職金が残る」

「私のもの（失禁した大便・小便）ぐらい、黙って片付けろ」

そして祖母が私や私の姉に向けてきた「バカ」だの「ブス」だのという悪態・・・

これらは、祖母がかつて誰かから受けてきた扱い、あるいは祖母が祖母自身に向けていた劣等感や自己卑下の反映に他ならないだろう。

今の私が祖母に対して抱くイメージを一言で言うと、「自分の影に怯える幼児」だ。

どう考えても、貧乏育ちで、ケチで、嘘つきで、人の物をかすめ取ろうとしていたのは祖母の方だ。祖母が、鼻をかんだティッシュを畳んで懐に入れ、乾いてからまた使っていたのを思い出す。

結局祖母は、自分の「出自」とその影響を正しく認識できなかったのだ。自分に備わっていると認められない属性、都合の悪い「影」の部分は行き場を失い、外部の誰かに押しつけられる。押しつけられたからといって、それが自分の中からなくなるわけではない。あるのにないことにしているその「影」は、やがて外部から自分に襲いかかってくる恐怖の対象と化す。他人から非難や攻撃を受けているように感じてしまうのだ。人を攻撃しようと投げたはずの石つぶてが、跳ね返って自分に向かってくるのだ。それこそが恐怖の対象だ。誰も攻撃などしていなかったとしても、他人の視線そのものが恐怖となる。

それに対する自己防衛として、あらゆる手段を使って、自分にとって都合のいい（快適な）部分（すなわち「エゴ」）だけが強化される。もちろんエゴは誰でも持っている。しかしそれは自分の一部にすぎない。「エゴ＝自分」というところまで自己を矮小化してしまえば、その分他人に対する敵意は増し、跳ね返ってきた石つぶては倍にして返すしかなくなる。

実際に祖母は、ありとあらゆる種類の石つぶてを母に投げ、場合によっては周りの人間にも投げさせ、あるいは周りの人間を観客として、その様子を見せた。「ほらご覧なさい、被害を受けているのは私の方だ」という具合に。

しかし跳ね返ってきているのは「エゴ」以外の自分の「影」の部分であるから、結局自分で自分を敵視しているにすぎない。そうすればするほど、外部に出されてしまった自分の「影」は、なおのこと外側からの脅威と化す。加速する負のスパイラル・・・。

祖母が物心ついた私に見透かされ、反撃を食らうことを怖れたのは、石つぶての「跳ね返り板」が増えては困るという事情によるだろう。

結局のところ、祖母は母の姿を鏡にして、自分自身の「影」を映し見て、それに対して攻撃的になっていたわけだ。まさにシャドーボクシングだ。だから、仮に母が目の前からいなくなったら、祖母は代わりの誰か（攻撃の対象にしやすい誰か）を必死に探すことになっただろう。そうまでしても、人は自分の「影」を追い払いたいのだ。認めることができなければ、そうならざるを得ない。

このようにして人は、自分の「影」に怯え、影響され、いいように操られる。

これこそが「影の投影」という心のメカニズムだ。

結局のところ、祖母は自分自身のエゴの「道具」だったのであり、そのことに必死で抵抗していたにすぎない。抵抗している限り、人は大人にはなれない。成長のために必要なのは「抵抗」ではなく、正しい「自己認識」に基づく「受容」なのだ。

■病理と病理が結びついて増幅された?

好意的に解釈するなら、祖母は一種の人格障害だったと言えるかもしれない。具体的に言うなら、「自己愛性パーソナリティ障害」あたりだったのではないかと私は疑っている。この「障害」を持つ人の最大の特徴は、現実の自分と理想の「自己像」とが極端にかけ離れ、尊大で人に称賛される「自己像」こそが現実の自分であると思い込むことである。「誇大妄想性自己愛者」とも呼べるだろう。こういう人の目からは、他人は自分の神輿の担ぎ手（利用すべき道具）でしかない。その尊大さの分だけコンプレックスや脆さを内に秘めてもいる。

祖母は、美人で家柄がよく、金持ちで高学歴で才色兼備の自分を常に演じ続け、他人にも印象づけていた。その反面私からは、脆く弱い、コンプレックスのかたまりに見えていた。


こういう人たちは、表面的には人格上の問題を抱えているようには見えない点がやっかいだ。

実際、祖母の「本性隠し」は巧妙だった。祖母は、第三者がいる前では、母をいじめることはしなかった、私の前でさえ（少なくとも、私が物心ついて以降は）。むしろ、「自分は嫁の嘘、ケチ、育ちの悪さ、傲慢さの被害者です」という仮面を被っていた。それが祖母の自己防衛のひとつだった。その戦術にまんまと引っかかったのは父だったようだ。その結果、父は母に暴力で報いた。

さらに祖母は、多少なりとも自分と「共犯関係」にある者が脇にいると見るや、まるで「いじめ」の手本を自ら示すような、一種の「示威行動」を取ってさえいたようだ。

祖母は、第三者を自分のエゴの道具に使う術に長けていたのだ。


祖母の病的気質の原因は、その「出自」にあるとは考えにくい。祖母の血統や成育環境は粗野だったかもしれないが、トラウマティックだったという証拠はない。

祖父との夫婦関係が、もともとの祖母の気質を増幅させたのではないかと、私は見ている。

祖父は幼少の頃、自分の母親に見捨てられたという。

祖父は、新生児のいる新婚家庭に家政婦として危険人物を差し向けたり、孫（私）の落書きを褒めておいて罰を与えたり、という具合に、人を意地悪く試すことで自分の「立場」の優位性をアピールしていたようだ。そうした祖父の心のねじれ方からは、自分の母親との関係で満たされないまま、年齢だけは重ねてしまった事情がうかがえる。

母も指摘している通り、祖母が祖父から虐待を受けていたとするなら、身近にいる子どもたちにも気づかれないよう、巧妙にそうした夫婦関係が日常化していたのだろう。だとすると、慢性的愛情不足の男と、コンプレックスのかたまりである女とが結びついたこのカップルは、「共依存」関係だったに違いない。傲慢な振る舞いが許されることが、祖父の愛情への渇きを担保したのだろうし、偉そうに振る舞うというかたちで夫に依存されていることが、祖母の劣等感を担保したのだろう。

人前では号泣し、陰ではケロリとしている・・・祖母が祖父の葬儀で示したこうした芝居じみた「手の平返し」

は、祖母の大らかな性格を示しているとは思えない。むしろ、横暴で口うるさい親から解放された少女の態度だ。大人の責任ある態度ではない。

祖父亡き後の祖母と長い時間を過ごすことになった私からは、祖母は「糸の切れた凧」のようにも見えた（断っておくが、ボケた後にそうなったのではない）。これは、当時も今も変わらない印象だ。自分をどう扱っていいかわからず、常にソワソワ落ち着かないのだ。自分の「心の地図」を持たない人間はそうなる。

祖母は、祖父から解放されたかに見えて、実は自立できなかったのだ。籠の扉が開いても飛び立つことのできない「籠の鳥」だったのだ。そこにいない人間に、相変わらず影響されていたのだ。

それが「共依存」の恐ろしいところだ。片割れがいなくなっても、依存心は消えない。むしろ増幅される。


祖母の「嫁の稼ぎはすべて我のもの」「嫁の実家のものも我のもの」という極端なまでの強欲、病的なまでの金品への執着心は、祖父が作った借金だけが原因とはとうてい思えない。

私はむしろ「共依存」関係がもたらす「波及効果」のようなものを考える。

祖父の傲慢ぶりと祖母の強欲ぶりが結びついたとき、何かが極端に増幅され、伝播されたのだ。

ひとつは、「愛」とは対極にある感情や欲望でもって、強引に相手を組み伏せ、自分が優位に立ち、意のままに操ろうとする外道ぶり。

もうひとつは、個人の存在意義や命を軽んじ、「出自」や社会的立場といったものに自己同一化しようとする浅薄さ。

祖父の死は、かつて自分が受けた扱いを自分も踏襲していい、という免罪符を祖母に与えてしまったようだ。その免罪符を振りかざして、祖母は母を組み敷いた。

この共依存関係の夫婦に共通しているのは、大人になりきれない「幼児性」だ。辛辣な言い方で恐縮だが、二人とも「ガキ」だったのだ。もっと正確に言うなら、仏教用語の「餓鬼」である。「餓鬼」は常に飢えと乾きに苦しみ、食物であれ飲物であれ、手に取ると火に変わってしまうため摂取できず、決して満たされることがないとされる。

祖父と祖母の餓鬼っぷりに、母も私も何十年にわたって振り回されてしまったのである。そして周りの人間たちは、この「ガキっぷり」に対して、見て見ぬフリを決め込んでいたのだ。さすがに「まったく気づいていなかった」とは言わせない。

立派な大人の仮面を被ったガキが、もう一人の「大人ガキ」と結びつけば、ガキっぷりが増幅される。周りの人間たちは、エゴの道具にさせられるか、保護者役をやらされるか、どちらかになる。それが嫌なら、見て見ぬフリとなる。「触らぬ餓鬼に祟りなし」というわけだ。

■いじめの現場に共通する二つのこと

母のこの自伝にもはっきり顕れているが、相変わらず世間を騒がせているいじめ、虐待、ハラスメントといった「事件」の現場において、二つの大きな共通点があることがよくわかる。

ひとつは、加害者が被害者をいかに自分の欲望・願望を満たす「道具」として利用するか、ということ。たとえば、組織の実権を握る者が、自分の個人的欲望のはけ口として、あるいは権力誇示のために、配下の者を「道具化」するのが「ハラスメント」だ。

この「道具化」現象は、直接の被害者だけでなく、周りにいる弱者も巻き込む傾向を持つ。当時の私は巻き込まれた側だ。私がもっとも道具化しやすい弱い立場の（証言能力のない）幼児としてその場にいたからこそ、巻き込まれたのである。

祖母は、外孫を「お客さん」扱いし、外孫が内孫である私に乱暴を働くのを黙認していたようだが、それは、外孫は愛情の対象であり、内孫は憎悪の対象だったからか。

いや、祖母にとっては、外孫も内孫も両方とも自分の権力誇示の道具だったのだ（他人に危害を加える孫を放任するのは、自分の意図をその子に代行させているから）。片方はかわいがっているように見せ、もう片方は邪険に扱うという、母に対する示威行動だったのに違いない。

私が物心ついた後に「道具化」がなされなくなったのは、私が「人間」に格上げされたことを意味するのだろう。その代わり、依存の対象になった。

もうひとつは、第三者的な立場の人間たちが、直接の加害者にいかに間接的に加担するか、ということだ。その加担の度合いは、加害者との関係性の濃淡に比例する。いわば、加害者をトップにし、共犯者・加担者・傍観者（観客）と続く、目に見えないヒエラルキーが形成されるのだ。

恐ろしいのは、いじめの直接の加害者にも、多少なりとも加担する周りの人間たちにも、罪悪感がない、ということだ。それどころか、加害者および共犯者にとって、いじめ行為は一種の「自慢の種」「手柄」なのだ。周りの人間は、ヒエラルキーのトップの言動を正当化する「証拠探し」を自ら買って出たりもする。武勲を挙げたいのだ。その悪びれない様子は、良心や倫理観を上回る心的メカニズムが働いている証拠でもある。

それは、ある種の「快楽」に関係している。加害者にとって、いじめ行為は快感なのだ。ひとたび共有された快楽は、ヒエラルキーの伝承経路ともなる。

こうして「いじめ」ははびこり、後を絶たない。

■いじめの根底にあるのは「アイデンティティ・クライシス」

父に言わせると、祖母は「慈母・賢母」だったようだが、その「道」は本当に祖母の「心の地図」にあっただろうか。むしろ、祖父の死後、祖母にとって子どもたちだけが唯一の「生きるよすが」だったことを物語っているのではないか。祖母は、自分の子どもを愛していたのではなく、子どもに依存していただけなのではないか。

祖母の依存体質は、長男がモンゴルに旅立ち、夫も後を追おうというときに、心労のあまり寝込んでしまった、というエピソードにもよく表れている。

長男が結婚して、自分にとってもっとも頼りにしている「生きるよすが」の筆頭が、「嫁」という名の他人に奪われそうだとなったら、祖母にとっては「アイデンティティ・クライシス」である。つまり「自分の『存在の基盤』が危機に瀕する」ということだ。

（祖父もまた、母親に見捨てられた時点で、この「アイデンティティ・クライシス」を経験したのだろう。こうした心の危機状態は死ぬまで尾を引いたと思われる）

そうした事情から、祖母の攻撃性はもっぱら「想定略奪者」（母）とその係累（私と姉）に向けられたのではないか。

もし仮に、母が死ぬなり離婚するなりして、その後父が再婚したとしても、事情は変わらなかっただろう。祖母は母の「人格」を見ていたのではなく、「立場」を見ていたにすぎないからだ。同じ立場の人間は、同じ理由で同じ目にあう。

祖母の攻撃性は一種の「自己防衛」だったとも言える。相手を攻撃することで自分の身を守り、相手より優位な立場が確保されれば、それは「してやったり！」とばかり、一種の勝利感、手柄感をもたらすものとなる。虚栄心が満たされるのだ。

しかし、極端な自己防衛は、結局のところ自分で自分の首を絞める結果になる。人は自己防衛的になればなるほど、エゴが次第に「鎧」と化す。それが嵩じれば、「鎧＝自分」というところまで攻撃性に自己同一化してしまうことになる。人間、鎧で身を固めれば戦わざるを得なくなる。

そうなると、心安まる暇がない。跳ね返ってくる石つぶてを避けながら、倍の分量を投げ返すことで手一杯になる。

他人を道具化することは、自分もエゴの道具と化すことを意味する。その結果、自分のエゴに振り回されることになる。仮想敵は、エゴの鎧を強化し、鎧が強化されれば、攻撃性がエスカレートし、攻撃性がエスカレートすれば、仮想敵の脅威も増す。

そう、祖母は何よりもまず自分のエゴに自分自身が振り回されていたのだ。

「ガキ」と「大人」の違いについて、これだけは言っておこう。

大人は、もちろん自立している。自立とは、生きていくうえで必要最低限のもので事足りる、ということだ。大人は必要以上に欲しがらない。過分な物、お金、愛情に執着したりしない。自分に足りないものがあるなら、それだけをきちんと補填できる。

一方、ガキは年中「もっと、もっと」と言っている。自分の欠損部分を、急いで何かで埋めたいのだ。どんなに与えても、繰り返し欲しがる。必要なら人から奪い取ってでも欲求を満たそうとする。ただでさえ欠乏感があるところへ、何かを奪われそうだとなったら、過剰に攻撃的、自己防衛的になる。自分の欠損を「他人」という「道具」で埋めようとするため、結局のところ、その道具に依存することになる。これこそ、仏教が言う「餓鬼」の正体だろう。

しかし、外側から何かを補填しようとしても、その欠損は決して埋まらない。なぜならこの欠損は、「心の地図」の欠落部分だからだ。ジグソーパズルのピースが足りなくて、全体の絵が見えないのだ。「心の地図」の欠損は、人を苛立たせ、攻撃的にさせる。

■「ボケ」の根底にあるのも「アイデンティティ・クライシス」

これは、母がいじめの現場で三五年間の長きにわたり、いわば「定点観測」を行ったからこそ見えてきたことだが、驚くべきことに「いじめ」と「ボケ」という、一見何の関係もなさそうな二つの深刻な社会問題が、実はその根っこにおいてつながっている、と気づかされる。

「人はなぜボケるのか」というテーマも、「人はなぜ人をいじめるのか」と同様、その根底にあるのは、やはり「アイデンティティ・クライシス」なのだ。

もし祖母が、食べることと、嫁をいじめることと、親戚や近所の人たちとくだらないおしゃべりに明け暮れること以外に「生きがい」あるいは「存在の基盤」を持っていたら・・・。

えげつないほどの権勢をふるった祖母は、七十の声を聞いた頃から急速にボケ始め、最後は哀れなほどの老醜をさらして、根っこを失った枯れ木が倒れるように、命の火を絶やした。結局祖母は、自分の「心の地図」を読めずじまいだったのだ。窓から外を物欲しそうに眺める姿も、四つ辻の真ん中に呆然と佇む姿も、「心の地図」を見失った状態を物語っている。

原因がどうあれ、祖母の病的なまでの「ガキっぷり」は、自分自身や「仮想敵」だけではなく、何の抵抗もできない胎児にさえ向けられた。その点は、いかなる言い訳も通用しない。釈明の余地なしだ。

だから私は、母がどれだけ祖母を恨み、憎み、蔑んでも、それを許す。誰が何と言おうと、母にはその資格がある。それは、過去の人間の愚かな過ちに対して、それを乗り越えた未来の人間が批判する資格を持つのと同じだ。

母は、祖母を「反面教師」として、立派に「そうではない人生」を貫いてみせ、今でもそのようにあり続けている。その一貫性は見事だ。私が今ここで声高に言わない限り、この真実について、小橋家の他の関係者は誰も知らない。片目でしか物が見えていなかったからだ。

むしろ周りの人間は、祖母は大らかな性格であり、母は物事を深刻に捉えすぎる性格で、闘争心が強い、と思っていたようだ。これは祖母のイメージ戦略とも言える、意図的か結果論かは別として。

母は、家柄や学歴や職業で人を差別したりしない。血族であろうと赤の他人であろうと、目下の者に対して、真に「慈母・賢母」として振る舞うことのできる人間である。その人徳は、歳を重ねるごとに深まってさえいる。その代わり、悪徳に対しては容赦なく手厳しい。九十歳をとうに過ぎた今でも、肉体的にも精神的にも自立した老人であり続け、たとえ肉体は衰えても、知性は衰えを見せない。むしろ進化してさえいる。

「祖母＝姑」と「母＝嫁」、いじめの加害者と被害者・・・まったく立場の異なるこの二人の運命を分けたものこそが、いじめとボケという社会問題の解決を握るカギだ。

いじめの加害者になることとは、堕落への道をたどることである一方、被害者になることは、人生の落伍者になることではなく、勝者への道を歩み始めたことを意味するのだろう。

■六十年の「時」をつなぐもの

母の自伝が私にもたらした最大の効果・・・母が提示した「闇」が、私のもっとも深いところにあった「謎」に光をあててくれたこと・・・その話は六十年近く前に遡る。

私にとってもっとも古い記憶は、おそらく三・四歳の頃に「経験」した強烈な悪夢である。ちょうど、祖母が盛んに私を嫁いじめの道具にしていた時期と符合する。

その夢を、私はいまだに、まるで昨日のことのように鮮明に憶えている。その夢の意味内容も、私がそれを「経験」した時期も、そしてそれをいまだに鮮明に憶えていることにも、すべてに重要な意味がある。

その夢の意味を、私は長い間考え続けていたが、まったく答えが出なかった。師に師事して夢の学びを積み重ねている間も答えは出ず、逆にその夢にまだ触れてはいけない、という漠然とした感覚が私にあった。

ところが今回、母が書いた自伝を読むことで、その夢の意味が私にもたらされたのである。


その夢の中で、私は実年齢通りの幼児だった。その当時近所にいた犬が突然狂犬と化し、私に噛みつこうとする。そこを謎の青年（おそらく二十歳前後）に助けられる。しかしその青年はその狂犬に全身の皮膚を剥ぎ取られ、筋肉がむき出しの状態になる。

私は謎の青年に窮地を助けられるが、結局巨大なダンプカーに牽かれ、意識を失う、あるいは夢の中で一度死ぬ。そして再び夢の中で意識を取り戻したときは、病院のベッドの上だった。そこから長いリハビリ生活が予感されつつ、私は夢から目を覚ました。

私が、夢の中で私を助けた謎の青年の年齢に近づき、その青年の年齢を追い越すにつれ、私はその悪夢を青年の視点から眺めるようになっていくのを感じていた。それは端的に言って、私が徐々に大人になっていったことを表しているのだろう。

しかし、その夢の意味には相変わらずたどりつけない。

それから五十年以上が過ぎ、母の自伝を読んだとき、この悪夢に登場したシンボルの意味が、何となくわかる（思い当たる）ようになってきた。私に襲いかかろうとした狂犬は、おそらく日常生活に潜む「魔」あるいは「狂気」を表しているのだろう。それはまさに、私の知らないところで私を自らのエゴや欲望の道具にしようとする祖母の「狂気」を表しているに違いない。祖母も母も、「嫁いじめ」の事実をひた隠しにしてきたわけだが、実は私の無意識は、その秘密をしっかりキャッチし、自分事として受け取っていたのだ。

私が二十歳頃に何があったかというと、祖母の介護を母ひとりが背負い込まされそうになるのを見かねた私が、一年間母のサポート役を買って出る、ということだ。それは、私が「自分のため（だけ）に生きる」というスタンスから「人のために（も）生きる」というスタンスへと成長したことを表している。成長とは、自分の幼児性に対する「救済」だ。人は、成長によって、自分の中の幼児性を排除することなく、より拡大した意識を獲得する。

つまり、あの夢の中で謎の青年が幼い私の命を救ったのは、そのときの自分を未来の（来たるべき）自分が救った、ということだ。この説明に無理があるなら、幼い私が「経験」した夢の地図通りに、私の無意識は私を成長させた、ということでもある。この夢が、私にとってもっとも古い記憶であることも、その夢が私の生涯を通しての「心の地図」であることを物語っている。

私は夢の中で、疑似的に自分の死を体験する必要があり、そしてその疑似的な死の後、再び生まれ変わってみせる必要があったのだ。そのことが起きなかったら、私は「成人」することはなかったかもしれない、物理的な意味も精神的な意味も含めて。

もしかしたら祖母は、私のこの悪夢とシンクロするように、つまり私に自我が芽生えるのを感じ取って、私を嫁いじめの道具にすることをやめたのかもしれない。

私が夢の中で、病院のベッドで目覚めた後に感じた長いリハビリ生活の予感は、祖母から受けたダメージからの長い回復期を暗示しているのかもしれない。

ただし、この夢の意味は、「現時点」での意味だ。夢というもっとも古い記憶から、成人を経て、さらに母の自伝に基づく読み取りに至る今現在の意味である。

ひとつの夢の意味は多義的だ。これはわが師の口癖である。これから先、十年・二十年経った後に、同じ夢を読み解いたら、まったく違う答えが出てくるかもしれない。いわば、その差異こそが、自分の成長プロセスあるいはライフステージを表す。

ユングによれば、人間の無意識は、年齢・性別・民族・国籍・文化に関係なく、また時空の隔たりも超越して、人類全体とつながっているという。

■学習のためにはケーススタディが必要

母が心ならずも背負わされた運命を一言で言うなら、「嫁いじめ」という手垢がついた表現になるかもしれない。しかしその本質について、私たちはどれだけ知っているだろう。

母が経験したことは、残念ながら、家庭の中だけでなく、職場や学校、あるいは政界・財界を問わず、時と場所と配役を替え、いまだに起こり続けている。誰しもが、明日当事者になってもおかしくないのだ。

ごく一般的に言えば・・・

人が人をいじめる、という行為は、自分を社会的地位・立場・特権を保持する者としてしか見ない「ガキ（餓鬼）」が、相手を人間ではなく「道具」として扱うことによって、自らの潜在的願望を満たし、自分のガキっぷりを正当化し、「エゴ」という「鎧」を強化しようとするゲームに他ならない。

ガキのまま大人になってしまった人間にとって、他人を「道具化」するという態度は、「習い性」となってしまっているため、こういう人間は実に巧みにこの手のゲーム（「コントロール・ドラマ」と言ってもいい）をしかけてくる。他人からエネルギーを奪わないといられないからだ。

そろそろ「傾向と対策」をまとめよう。

いじめ、虐待、ハラスメントの加害者は・・・

○社会的な通念や自分の系統から受け継いだ価値観を逆手に取り、自分の「立場」を巧妙に利用する。

○自分が抱いているコンプレックス（認めたくない自分の属性）を被害者に押しつけ、「自分の方こそ被害者なのだ」という仮面を被る。

○自分の行為を、第三者にバレないようにするか、あるいは第三者を「共犯」として巻き込む。

○自分の行為に対して罪悪感を抱くどころか、ある種の「快楽」を伴うものとし、「自慢の種」「手柄」と認識する。

○あらゆる方向から、あらゆる種類の石つぶてを投げ、その様子を「観客」に見せる。

○被害者あるいは周囲の人間を道具にして、自分の心の欠損を埋めようとする。そのため、相手を支配しているように見えて、実は相手に依存する結果となり、同時に自らもエゴの「道具」と化す。

○自分が他人にやっていることを、他人からもやられるかもしれないと常に警戒し、著しく自己防衛的になる。

このゲームのシナリオを変えるには、一般に次の三つの方法がある（複数の組み合わせも可）。

○自分の役柄を変える。

あなたが「鳩」を演じているなら、「鷹」になる、といったことだが、これには相当な勇気とテクニックが必要かもしれない。ミイラ取りがミイラになってしまうケースもあるので、要注意。

○キャスティングを増やす。

増やすのは被害者にとっての相談役。母には相談役がいなかった。それが母にとっての不運だった。特に、上下関係が邪魔して事態を口外できないなら、ヒエラルキーの外側に相談役が必要だ。

○ゲームのステージを降りる。

家庭、学校、職場を離れる、換える、避難する、など。ステージの降り方は、「静かに」か、「大きな声を挙げながら」か、それは問わない。いずれにしろ、他人がしかけるゲームは、あなたがたどるべき地図ではない。母の場合は、相手がステージを降りるまで見届けた。よほどの覚悟がないとできないことだが、さすがの母も、仕事が救いになったり、一時国外逃亡したり、というガス抜きがなかったら耐えられなかっただろう。

母のこの自伝には、主に二つの家系の没落が描かれている。ひとつは自分の実家である高林家、もうひとつは婚家である小橋家。

高林家の没落は、火災に見舞われた、ということと、男子の後継者に恵まれなかった、という物理的な理由である。

一方、小橋家の没落は、いわば人間性の没落である。結局のところ、小橋家からは品格のある誇るべき人間は輩出されなかった。上辺はどんなに立派でも、中身は薄っぺらだったのだ。

母は、小橋家の墓には入りたくないと言っている。もっともだろう。誰にも非難できない。

実は私もためらっている。高林家と小橋家の両方の血を引く私にとっては、事情は母よりいくぶん複雑だ。まあ、私の場合、「出自」同様、葬られ方それ自体には何のこだわりもないが・・・。「心の地図」からすれば、この世の入口と出口に、大した意味はない。

一般論で言えば、父系と母系のどちらの墓を選ぶかは、人生最後の意思表示かもしれない。

少なくともこれからの世代の人たちには、いい加減「大人ガキ」の状態からは卒業していただかなければならない。同じ轍は踏ませない。そのためにも、「アイデンティティ・クライシス」が起きる前に、自分の「心の地図」を正しく読み取る必要がある。

それがスタートラインだ。

その上で、なおかつ私たちが、一部のガキどものタチの悪いゲームに相変わらず振り回されているとしたら、それは、「どんな犠牲を踏まえて、何が乗り越えられようとしているのか」というケーススタディが足りていない証拠ではないだろうか。

ガキをガキのまま野放しにせず、ガキがしかけてくるゲームに引っかからずに、何より私たち自身がガキの状態から一刻も早く卒業するためにも、いじめ、虐待、ハラスメントの内幕をよく知り、その「なぜ、どのように」を、目を凝らして見据えなければならない。それは、次世代を託された私たちにとって、避けて通れない必須課題である。

母の自伝は、私たちがこの課題に取り組むにあたっての恰好の学習材料だ。その文献的価値は計り知れない。学習のためには、教科書だけでなく、参考書も副読本も辞書も必要なのだから。

どうやら人間というものは、あらゆる可能性を身をもって試してみないと気がすまない存在らしい。実験しつくし、その実験にいい加減懲りたら、別の方向へ向かうしかない。

どのような方向へか？　もちろん「何よりも命を尊重する」方向へだ。

第三部　いじめ、虐待、ハラスメントにはこうして対処すべし

第一章　常識では理解できない人たちにどう対処するか

一―一　いじめ、虐待、ハラスメントの最悪ケース

本書では、いじめ、虐待、ハラスメントを重大な事件として取り扱う。そのなかでも特に悪質・凶悪な事例に焦点をあてる。なぜなら、悪質・凶悪な事例に焦点をあてればあてるほど、重要な要素や見落とされがちな部分、問題の本質といったものが見えてくるからである。

■いじめの最悪ケース

参考：神戸新聞NEXT

二〇一九年一〇月、神戸市立東須磨小学校（同市須磨区）で、四人の教員（女一人、男三人）が後輩の男性教員に対し、激辛カレーを無理矢理食べさせるなどのいじめをしていたことが発覚した。

ネット上でも犯行の動画が公開されるなどしたので、はっきり記憶している人も多いだろう。

この事件の特徴は、学校という場で起きた「いじめ」であると同時に、「職場のハラスメント」という側面も持っていることだ。報道によると、学校長の意向が強く働く「神戸方式」と呼ばれる独自の人事異動ルールがあったという。

この事件に関し、保護者説明会が開かれ、加害教員四人の謝罪のコメントが読み上げられた。説明会は非公開で、関係者によると、まず前文が読み上げられ、その後、加害者である三十代の男性教員三人のコメントが続く。当然のことながら、ただひたすら謝罪と反省の弁だが、最後の四十代の女性教員のコメントは、かなり色調が異なっている。

「子どもたちに対しては、こんな形になって申し訳ないです。子どもたちを精いっぱい愛してきたつもりですが、他の職員を傷つけることになり、子どもたちの前に出られなくなり、申し訳ありません。私の行動で、迷惑をかけてしまったことに対して、本当に申し訳ないと思っています。

被害教員に対しては、ただ申し訳ないというしかありません。被害教員のご家族に画像を見せられ、入院までしている事実と、苦しんでいる事実を知りました。本当にそれまでは、被害教員には自分の思いがあって接していたつもりです。自分の行動が間違っていることに気付かず、彼が苦しんでいる姿を見ることは、かわいがってきただけに本当につらいです。どうなっているのかと、ずっと思っています。」

この女性教員がいじめの旗振り役で、男性教員三人（この女性教員の後輩にあたるだろう）が実働部隊だった、という報道もなされた。

この女性教員をトップとする、いじめ行為のヒエラルキーが出来上がっていたことがうかがわれる。

どうやらこの女性教員は、被害者の男性教員を「かわいがってきた」という認識のようだ。上記のコメントからは、「自分はただ後輩教員に目をかけ、かわいがってきたつもりなのに、それをいじめだと指摘されて、いったい何がどうなっているのか、いまだに理解できていない」というニュアンスが読みとれる。

これが本心だとするなら、彼女は事態をまったく呑み込めていない。自分は先輩として後輩に正しいことをしてきたつもりなのだ。

この加害教員が被害教員に抱いていた自分なりの「思い」とは何だろう。

そもそも、後輩の教員のことなどは二の次で、もっぱら生徒への愛情や指導に向かうべき教員の意識が、ことさら新任の後輩に向いてしまう理由とは何だろう。

もし、自分が目をかけ、指導してやろうと思って、何かと面倒を看ようとしている相手が、自分の「期待」に応えてくれず、むしろ怯えたり、弱々しい態度を取ったとしたら、「思い」はエスカレートするだろう。最初は、いかにも面倒看のいい先輩を装っていたとしても、とたんに強引で強迫的で暴力的な態度へと豹変する。自分一人では不十分だと感じれば、自分の言うことをきく周りの人間を焚きつけて、「共同戦線」を張ろうとする。

こうして、いじめのピラミッド構造が形成される。

被害教員を羽交い締めにする者、激辛カレーをスプーンで口に運ぶ者、その場面を動画撮影する者・・・。

首謀者は、心の中でこう念じていたのだろうか。

「これはいじめでも暴力でもありません。すべてはあなたのためにしていることです」

本人は正しいことをしているつもりだから、「お前のやっていることは悪だ、犯罪行為だ」と言われると、本人は「なぜ?」となる。

あるいは、「かわいがっていた」発言は、単なる方便かもしれない。これは「指導」ではなく、文字通り「いたぶっていた」の言い換えである可能性もある。

ネットに公開された映像は、まさに「いたぶり」の現場そのものだ。

映像は個人が特定できないよう加工されているものの、現場の雰囲気は充分に伝わってくる。その現場はまるで子どもっぽい悪ふざけの「集団制裁」だ。

被害教員の車に、加害男性教員が乗って飛び跳ねている姿もあったが、まるでお祭り騒ぎだ。

激辛カレーを無理矢理食べさせたり、目に塗りたくったりしている様子も、愉快そうに見える。嘲笑も聞こえてくる。いじめを楽しんでいる。

もし被害者に「恥」の感覚があり、「我慢」という概念があったら、いじめ行為をじっと耐えていたのかもしれない。その姿は、第三者からは「楽しんではいないものの、受け入れている」というふうに映ったとしても不思議ではない。だとすると、それはまるで、大学のサークルなどで、新人を「歓迎」するイニシエーションでもやっているように見えたかもしれないのだ。「ああ、威勢のいい若者が、戯れているな」「ちょっと悪ふざけが過ぎるな。でも、止めに入るほどではないな」といった具合に・・・。あるいは、「神戸方式」が何かの抑止力になっていたか。

その後の調査で、そうした行為が一年以上も続いていたことが判明した。現校長もさすがに「認識の甘さ」を謝罪した。

この「戯れているように見える」とか「ちょっと行き過ぎた悪ふざけ」といった見た目の印象は、子ども同士のいじめにも、職場のセクハラなどにもよく見受けられる。加害者は、特に集団で事を行う場合、いじめではない何かを巧妙に演出する。甘い認識ではしてやられる。

■虐待の最悪ケース

参考：NHK　NEWS　WEB

二〇一九年一月、父親から虐待を受けていた千葉県野田市の小四女児が、首を鷲掴みにされる、冷水のシャワーを浴びせられるなどの暴行の末に死亡。その後、父親と母親が逮捕された。

女児にはあざがあり、そのあざは服で隠れる腹部に集中し、父親が発覚しないように暴力を加える箇所を選んでいることがうかがわれた。また、暴行は一三時間にわたって続いたという。

事件前にも父親は女児を夜中に立たせることもあり、母親が止めに入ったが聞き入れなかった。死亡する二日前には女児を起こし、眠らせず立たせていた。

父親は虐待する様子をスマートフォンのカメラで撮影していたとみられ、女児が泣いている姿が映った動画が発見された。

女児は二〇一七年一一月六日に野田市の小学校で行われたアンケートに、「お父さんにぼう力を受けています。夜中に起こされたり、起きているときにけられたり、たたかれたりしています。先生、どうにかできませんか。」と自由記入欄に回答していた。

そのため、柏児童相談所が女児を一時保護したものの、虐待のリスクを認識していたにもかかわらず、女児を施設から自宅へ戻すことを決定していたことが明らかとなった。

二〇一九年一一月、児童福祉の専門家などでつくる千葉県の第三者委員会が、行政の対応を検証した報告書をまとめ、川崎二三彦委員長が県に提出した。

報告書は、次のような点が、明らかに不適切だったと指摘している。

〇女児は父親から性的虐待を受けた疑いがあり、医師からもＰＴＳＤの状態と診断されていた。また、父親から母親への暴力の疑いも認識されていた。にもかかわらず、児童相談所は一時保護を解除してしまった。
○父親は、女児に「お父さんにたたかれたのはうそです」という手紙を書かせたり、たびたび児童相談所に抗議したりするなど、非常にリスクが高いケースであるにもかかわらず、再び保護するなどの対応を取らなかった。
○この家族は、野田市に転入した当初からDVの疑いがあるという情報が引き継がれていたにもかかわらず、野田市と児童相談所はそれを虐待につながるリスクとして重視していなかった。
○一時保護の解除についても、児童相談所として方針を協議する会議を開かずに、担当者レベルで決めていたとみられる。
○児童相談所がリスクを評価するために作成したチェックシートでは、「父親の虐待への認識に改善が見られる」と判定していた。
○女児の一時保護解除にあたって、児童相談所は、解除した翌日に電話で報告しただけにとどまっているが、野田市など関係機関に相談すべきだった。
○女児の一時保護解除の後、関係機関の連携も不十分で、状況の変化に適切に対応できていない。
○一時保護の解除後、「小学校に不信感がある」との父親からの申し出を受け、小学校や教育委員会が父親との話し合いを行ったが、児童相談所と市の担当課は欠席したうえ、父親にどう対応するか事前に協議しないまま臨んでいた。
○その直後、小学校や教育委員会は父親に求められるまま「情報開示を即座に実施する」という念書を書いたり、被害を訴えた女児のアンケートのコピーを女児に無断で父親に渡すなどしていた。
○児童相談所の担当職員は「女の子が元気でいることが一定期間確認できれば関わりを終了したい」という手紙を父親に送っていた。

○小学校と児童相談所は、情報共有をしただけで、欠席が続く女児の家庭の様子を確認せずに放置した。その後、事件までの十ヵ月間、児童相談所は家庭訪問も学校での面接もまったく行わず、小学校に女児の見守りを委ねていた。

報告書を提出した第三者委員会の川崎二三彦委員長は、記者会見で次のように述べている。

○子どもが被害を訴えて声を挙げるというのは非常に少なく、何としてもこの命を守る必要があった。
○女児の一時保護を解除した理由について、児童相談所に聞き取りを行ったが、明確な説明は得られなかった。
○児童相談所などは、スタート地点から対応を間違えていて、その後もミスにミスを重ねてしまっている。また、場面によって態度を変える父親の特性について理解できないまま対応してしまっていた。関係機関には基本に立ち返って取り組んでいただきたい。

さて、事件をまとめてみての私の感想だが、学校にしろ、教育委員会にしろ、児童相談所にしろ、非常に特殊な父親にすっかり振り回され、あたふたし、そして最後には「触らぬ神に祟りなし」を決め込んでいる様子が見え見えである。

虐待されている子どもを救済するはずのこうした組織が、なぜ加害者の言いなりになってしまうのだろう。

この父親は、明らかに女児を自分の歪んだ欲望の「オモチャ」にしている。最悪の児童虐待者であるばかりか、名うての「クレーマー」でもある。この父親は「サイコパス」（反社会性パーソナリティ障害者）である可能性が非常に高いと私は見ている。

サイコパス研究の第一人者、カナダの犯罪心理学者ロバート・D・ヘアは、長年の臨床研究の結果、「精神病質

（サイコパシー）診断チェックリスト」を作った（註四）。その概要を示す。

「精神病質チェックリスト」の概要

●感情／対人関係
・口達者で皮相的
・自己中心的で傲慢
・良心の呵責や罪悪感の欠如
・共感能力の欠如
・ずるく、ごまかしがうまい
・浅い感情

●社会的異常性
・衝動的
・行動をコントロールすることが苦手
・興奮がないとやっていけない
・責任感の欠如
・幼いころの問題行動
・成人してからの反社会的行動

サイコパスには、いかなる交渉も説得も通用しない。

サイコパスは病気ではなく「性格」なので、サイコパス犯罪者はほぼ更生できない。世の中でもっとも危険な存在がサイコパスなのだ。

サイコパスは、日本では百人に一人か二人はいると言われている。

このケースの関係機関には、サイコパスに関する認識があるとは思えない。残念ながら、女児の母親にもそういう認識はなかったろう。あったら、さっさと子どもを連れて逃げているはずだ。

もし認識があるなら、この父親がありとあらゆる小賢しい手段を使って、自分の「オモチャ」を手元に確保しようとすることぐらい、当たり前にわかっていなければならない。この父親が女児を殺してしまったのは、彼のミスなのだ。ちょっとやりすぎてしまったのだ。父親としては娘を「生かさず、殺さず」の状態で、虐待を続けたかったはずなのだ。

もしこの父親がサイコパスだったら、リスク評価のチェックシートとやらも、やすやすと潜り抜けただろうことは容易に想像がつく。ヘアは、サイコパスが、一般的な心理テストを、自分の望む通りの結果が出るよう、いとも簡単に操作してしまう例を紹介している。

すべての関係機関が、父親の労たけてはいるが見え透いた手口に、まんまとしてやられている。とても素人がどうにかできる相手ではないのだ。

第三者委員会の委員長は「救えたはずの命」とか「基本に立ち返る」などと言っているが、こんな調子では、また同じ過ちを繰り返すだろう。


このケースに限らず、問題は大きく分けて二つある。ひとつは、危険な人間に対する認識不足、もう一つは組織体制のまずさ(組織間の連携も含めて)。

いじめ、虐待、ハラスメントが深刻化してしまう背景には、必ずこの二つの原因があるようだ。

■ハラスメントの最悪ケース

政界、官界、学界、一般社会を問わず、芸能界からスポーツ界まで、今やハラスメント(いやがらせ)は、まるで転移する癌細胞のように社会の至るところに蔓延している。そのバリエーションも、パワハラ、セクハラ、モラハラ、マタハラ・・・と枚挙に暇がない。

ある専門家は「すべてのハラスメントはモラハラである」と言っている。つまり、どれだけバリエーション豊富でも、つまるところハラスメントとは、道徳律に対する攻撃ないし反逆行為である。たとえ違法ではなかったとしても、人間性や人権をあざ笑う行為だ。ハラスメントに限らず、いじめにしろ虐待にしろ、モラルに反する行為であることに変わりはない。

職場のハラスメントに特徴的なことをあえて言うなら、その発生源（病巣）が組織の構造に深く根づいている点だろう。したがって、根本的な解決（特に予防）のためには、組織の抜本的な構造改革が必要だ。

参考：朝日新聞DIGITAL
二〇一一年一二月、佐川急便の東北支社仙台店に勤務していた男性（当時二二歳）が、自宅で制服姿で首を吊って自殺しているのが発見された。

男性は上司から日常的に仕事のミスで注意を受け、自殺する直前にはエアガンで撃たれたり、つばを吐きかけられたりといった暴行や嫌がらせを受けていたという。男性は鬱病と診断され、上司にその旨を訴えても、「そんなの関係ない。迷惑かけられて大変だった」と残務処理を指示されたりしていた。男性はＳＮＳにこれらの事情を記載したり、「色々頑張ってみたけどやっぱりダメでした」などと書き残していた。

男性の遺族は、労災保険法に基づき、仙台労働基準監督署に遺族補償一時金等の支払申請をしたが、仙台労基署は不支給処分とした。

遺族はこれを不服として仙台地裁に行政訴訟を起こし、地裁は自殺を労災と認める判決を言い渡した。

上司は裁判で、エアガンで撃ったり、唾を吐きかけたりしたことを否定したが、地裁は男性が友人や母親に同様の話をしていたことなどを重視し、「事実と推認できる」と判断。上司の行為は、「平均的な心理的耐性を持った人」を基準としても精神的苦痛を与えていたとし、「社会通念上認められる範囲を逸脱した暴行または嫌がらせ」だと指摘した。

一—二 「面A」から「点X」へ

なぜあえて最悪のケースに焦点をあてるのか。それによって何が見えてくるのか。やや理屈っぽくなるが、図解を交えて、なるべくわかりやすく説明しよう。

■「常識」と「凶悪犯罪」の関係

図1—2aをご覧いただこう。

「面A」は、一般的に私たちが信じている社会的常識の範疇を表すと思っていただきたい。さて、その「面A」に収まらない、つまり常識ではうまく説明がつかない現象が起きたとする。それは、いわば「面A」の外に新たに「点X」が打たれたようなものである。

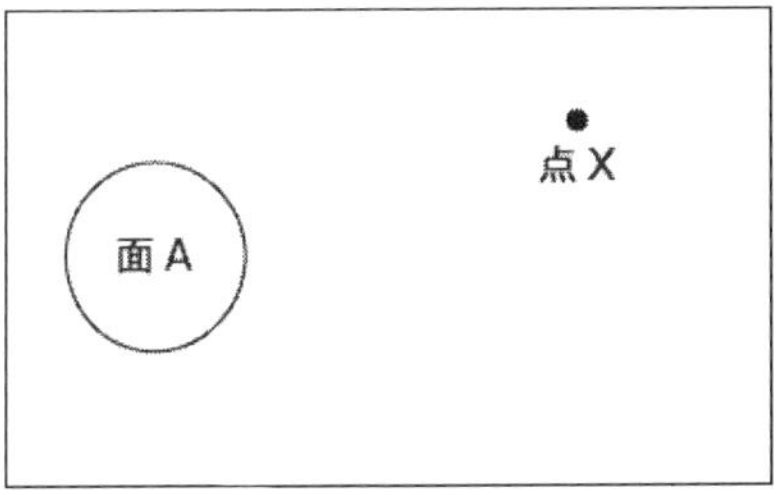

図1-2a

このような事例が出現したときに、それが社会的に大きな影響を及ぼす現象であればあるほど、専門家に科学的・論理的な解説なり解釈なりが要求される。しかし専門家の側が、「面A」の常識しか持ち合わせていないなら、その「面A」の範囲内で「点X」を無理矢理説明しようとすることになる。これは、「点X」を巧妙なかたちで「面A」の内側に移動させてしまうことに他ならない（図1—2b）。こういう説明の方が、面Aの観点しか持ち合わせていない一般人にとっても、たいへん「通り」がいい。それで「面A」は安泰だが、移動させられた「点X」は、もはや「点X」ではなくなる。もちろん一般人は、そんな「手品」あるいは「錬金術」に気づきもしない。このようなやり方を「専門家エゴ」と呼ぶ。いや、専門家も、実は自覚のないままそうしていることが多い。これこそが「甘い認識」である。

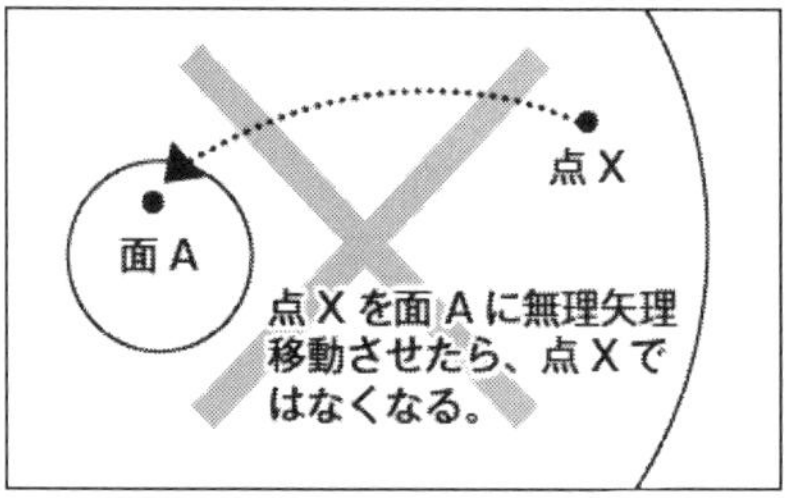

図1-2b

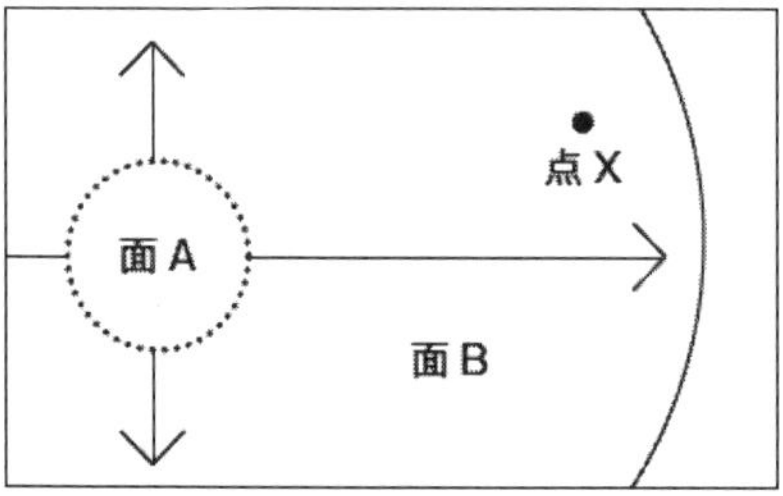

図1-2c

たとえば、サイコパスの犯罪動機をトラウマ理論で説明しようとする、などがこれにあたる。サイコパスはトラウマがあろうがなかろうが犯罪を犯す。サイコパスは「面A」からもっとも遠い「点X」と言えそうだ。サイコパスに常識などいっさい通用しない。

本来、専門家というものは、「点Xは、面Aではうまく説明できません」とはっきり認めた上で、「面A」の方を、「点X」を含み込むかたちにまで拡大する努力をしなければならないはずだ。

正しく拡大された「面A」を、仮に「面B」と呼ぶなら、面Bのあり方には、二通り考えられる。ひとつは「面A」の単純な拡大版と考えられるあり方（図1―2c）。

もうひとつは、「面A」を含み込んではいるものの、「面A」とは基本的に異なる概念、いわば「面A」の上位概念であること。「面B」は「面A」を「含みつつ超えている」ということだ（図1―2d）。

あるいは段階を踏んだやり方として、「面A」とはまったく別に、「点X」を含むかたちで「面B」をまず構成し、後に「面A」と「面B」を含みつつ超える「面C」を構成する、というやり方もあるだろう（図1―2e）。

一般的には、「面A」と「点X」の距離が近いほど、「面A」をほんの少し拡大すれば「点X」を含めることができる。ただし、気をつけなければならないのは、距

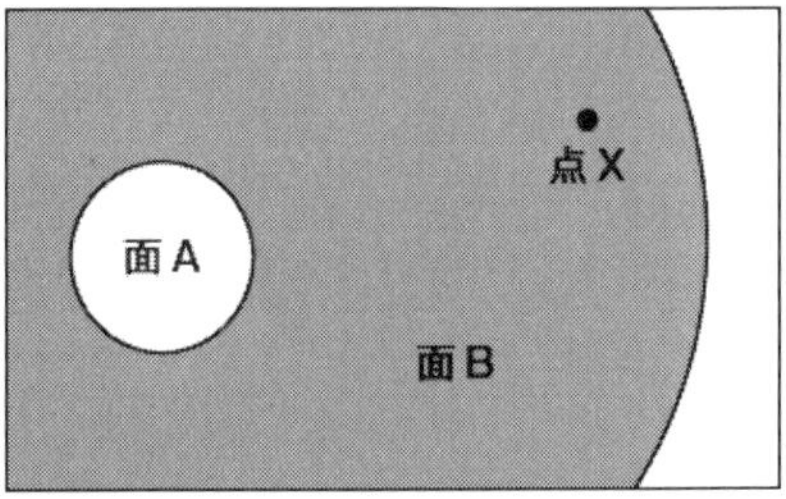

図1-2d

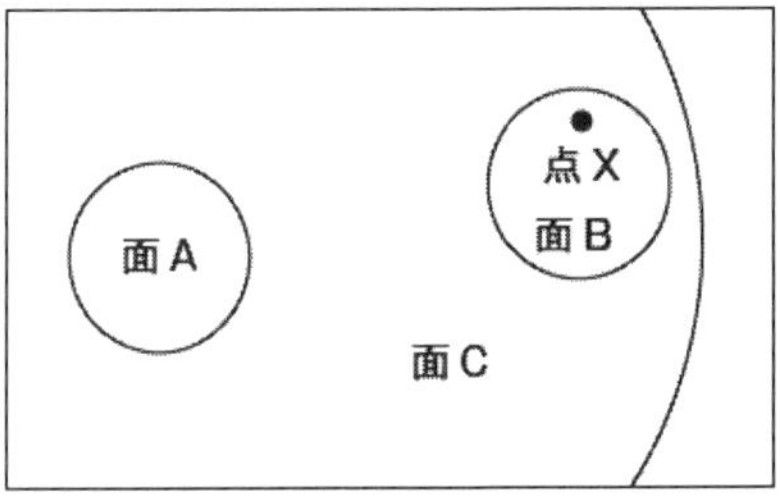

図1-2e

離が近い分、「面A」を拡大しなくても、「面A」の視点から「点X」をそれなりに説明できてしまう、ということだ。

それに比べ、「面A」と「点X」の距離が遠くなると、そうはいかなくなる。

さて、「面B」を構成しようとするときにもっとも重要なことは、「面A」の視点から「点X」を見ないということだ。言い換えれば、いかなる科学的・専門的偏見も脇に置いて、純粋に「点X」だけを見るということだ。

しかし、実際には、この二一世紀になった今でさえ、「点X」を無理矢理「面A」に移動したり、相変わらず「面A」の方法論にしがみついたりする「専門家エゴ」があらゆる分野で横行している。こういうことを繰り返している以上、相変わらず理不尽に人が死ぬだろう。

■「点X」の増殖を食い止める二つの基本方針

そもそも、物理学や化学などの自然科学ではなく、人の心を扱う分野は、まだまだ発展途上であり、いわば「数式」のような明確な答えを持っていない。曖昧で、ざっくりしていて、白黒はっきり分けられない。様々なファクターが複雑に絡み合ってもいる。それだけに、専門家の間でも、真っ二つに意見が分かれたりする。多数派が必ずしも正しいとは限らない。

いじめ、虐待、ハラスメントの問題は、もちろん人の心を扱う分野だ。教育学、心理学、社会学、精神医学、脳神経科学、法学といった分野になるだろう。

当然のことながら、加害者は特定の専門分野に限ったかたちで犯行におよぶわけではない。必ずある特定の科学的な常識にのっとって心を病んだり逸脱行動を起こしたりするわけでもない。犯罪者は、六法全書や精神病診断書の体系からはみ出さないようにしてくれるって？　まさか！

しかし、この単純な事実を理解できる人とできない人に歴然と分かれてしまうようだ。

理解できない専門家は「面A」にしがみついている、ということだ。

判断においては柔軟な態度を見せながら、対処においてはステレオタイプになってしまう専門家もいる。


専門家の大半は、自分の限られた専門分野や権限の範囲をはみ出してまで「面A」を広げようとはしない。

一方、どれだけ「点X」を「面A」に移動しようが、「面A」のはるか遠くに「点X」は打たれ続ける。「点X」は「面A」の都合を考慮してはくれない。専門家の態度や対処の仕方が、かえって事態をエスカレートさせてしまう場合さえある。「点X」が増殖するのだ。専門家が「点X」を「面A」に何とか収めようとすればするほど、「点X」はさらにその外側へ逃げて行こうとする傾向さえある。場面ごとに態度を変える虐待親のようなものだ。

専門家の都合で、ものの考え方が違うならまだしも、実力や人間性に歴然としたレベルの差があり、基本的なセオリーも踏まえられていないために、このような事態に至るケースさえある。

本当は、実例を挙げつつ、そのいちいちをご紹介したいところだが、紙幅の都合上次回に譲る。


とにかく「点X」の増殖だけは何とか食い止めなければならない。でも、どうやって？

この論考では、主に二つの方策を取る。ひとつは、必ず異なる複数の分野の専門家で事にあたるということ。もうひとつは、新しい「常識」を導入することで、旧い「常識」にゆさぶりをかけるということ。

一―三　人間の四象限について

■なぜケン・ウィルバー思想なのか

いじめ、虐待、ハラスメントという問題は、人間を扱う分野だ。いわば「人間学」あるいは「人間性科学」といった分野になるだろう。

この論考は、この分野でなるべく「面A」を拡大することを目論んでいる。

だから、人間をなるべく全体的・包括的に扱う方法論が必要だ。

その方法論として、もっともふさわしいのは、ケン・ウィルバーの考え方だろう。

ウィルバーの世界的評価はすでに確固としたものになっている。

ウィルバーを、こんなふうに評する人もいるらしい。

「二十一世紀にはまさに三つの選択肢がある。アリストテレス、ニーチェ、さもなければウィルバーだ」

ウィルバー思想の日本における紹介者の一人である岡野守也氏は、次のように言う。

「ケン・ウィルバーは、現代アメリカの、というよりは現代の世界の、もっともすぐれた思想家の一人であり、二十一世紀という海図なき嵐の海で漂流・遭難することなく航海し続けるための、今望みうる最善の羅針盤、最高の水先案内人であると思う」（註三）

私も岡野氏に大賛成。

ウィルバーの著作を一冊でも読んだことがある人はわかるだろうが、そう簡単に読みこなせる代物ではない。その難解な中身を、いかにわかりやすく噛み砕くか、それが私のような立場の人間の役割だと思っている。

ウィルバー思想は、蓋を開けてみると、極めて常識的な話をしている。特に奇をてらった部分はない。「常識的に考えると、なるほどそうなるよね」ということを繰り返し言っている。しかし、その「常識的な考え」というのが意外に盲点なのだ。ウィルバーは、いわば現行の「常識」の「死角」になっている部分に光をあて、それを新しい常識に組み込んで、全体を体系化し直すのが得意だ。ウィルバー理論にてらして見ると、今まで（二十世紀まで）の科学とやらが、いかに偏狭で死角だらけで平面的なものだったかがよくわかる。

いじめ、虐待、ハラスメントというテーマにしぼって考えても事情は同じだ。

そこで、このテーマを扱うにあたっても、ウィルバー理論を拠りどころとする。

■人間の四象限

では、ウィルバー理論の基礎中の基礎のお話しから。

ウィルバーはまず、この世のすべての事象を四つの「象限」に分けて考える。

「象限」とは、平面を縦軸と横軸に区切ったときの、右上・右下・左上・左下の四つの区画のことだ。

図1—3ａは、ウィルバー理論をもとに、私が多少アレンジした四象限だ（註一）。

言われてみれば、極めて当たり前のことだが、残念ながら二十世紀までの科学は、この四象限全部を包括的には扱ってこなかった。科学と言えば、まず真っ先に「自然科学」だろうし、たとえ人間を扱う場合も、医学、解剖学、社会学、政治・経済学といった右側象限の扱い方が中心だった。人間の内面、つまり「心」を扱う場合にさえ、外面的に（目に見えるもの、あるいは数値に還元できるものとして）捉えるのが科学的だとされてきたのだ。つまり左側象限（私・私たち）を扱うにも、右側象限（それ・それら）の手法を用いる、ということだ。これこそ「点X」の「面A」への移動ではないか！

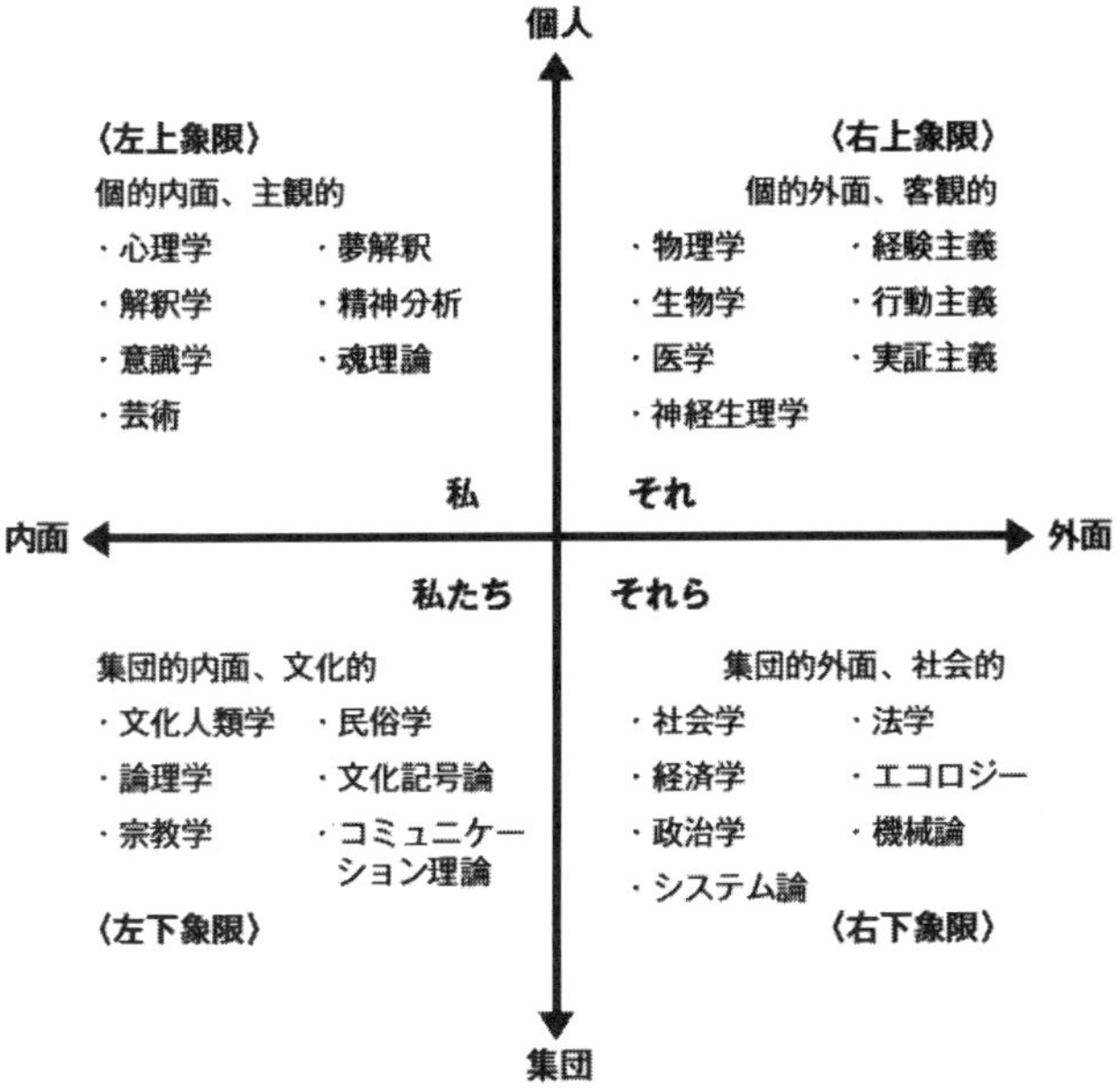

図1-3a

そこを、あえてウィルバーは、四象限の関連性を踏まえつつも、それぞれの象限にそれぞれの方法論をあてはめる。

図1―3bは、四象限それぞれが独自の発達・成長のプロセスを経ることを表している。どれもが独自でありながらも似通っている（註二）。

さて、いじめ、虐待、ハラスメントというテーマでも、その中心にあるのは、やはり人の心（内面）であるから、特に二十世紀の「常識」があまりフォーカスしてこなかった左上象限に焦点をあてることになる。

「人間性科学」あるいは「人間学」というテーマにしぼって四象限を考えると、図1―3cのようになる（註二）。これは図1―3bの下位概念と呼べるものだ。そのそれぞれに、独自の進化・発達のプロセスがある、とウィルバーは主張している。いわば、一人の人間が、これだけの「地図」を持っている、ということだ。

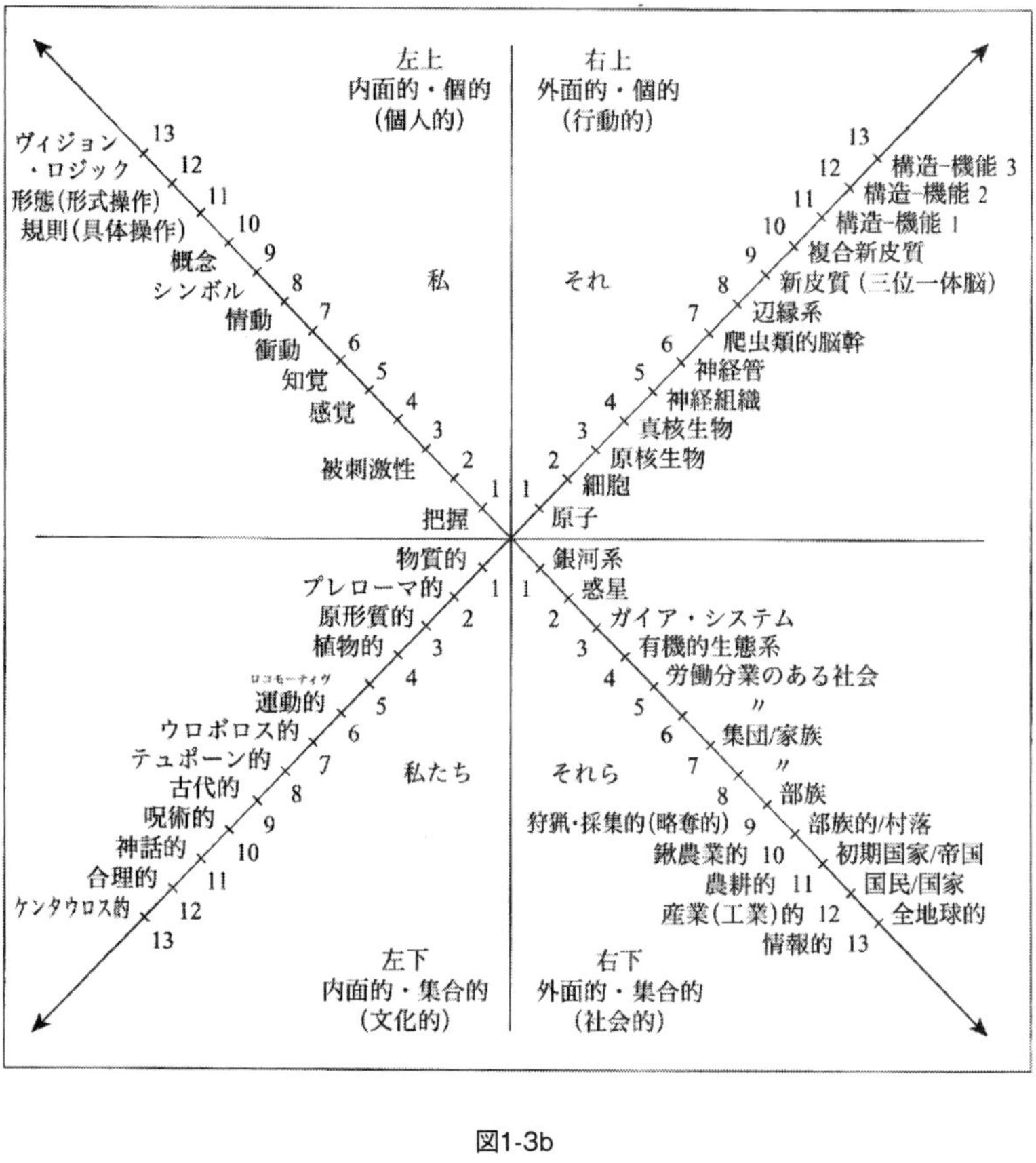

左上
内面的・個的
(個人的)
右上
外面的・個的
(行動的)
ヴィジョン
・ロジック
形態(形式操作)
規則(具体操作)
概念
シンボル
情動
衝動
知覚
感覚
被刺激性
把握
私
それ
構造-機能 3
構造-機能 2
構造-機能 1
複合新皮質
新皮質(三位一体脳)
辺縁系
爬虫類的脳幹
神経管
神経組織
真核生物
原核生物
細胞
原子
物質的
プレローマ的
原形質的
植物的
運動的《ロコモーティヴ》
ウロボロス的
テュポーン的
古代的
呪術的
神話的
合理的
ケンタウロス的
私たち
それら
銀河系
惑星
ガイア・システム
有機的生態系
労働分業のある社会
〃
集団/家族
〃
部族
部族的/村落
初期国家/帝国
国民/国家
全地球的
狩猟・採集的(略奪的)
鍬農業的
農耕的
産業(工業)的
情報的
左下
内面的・集合的
(文化的)
右下
外面的・集合的
(社会的)

図1-3b

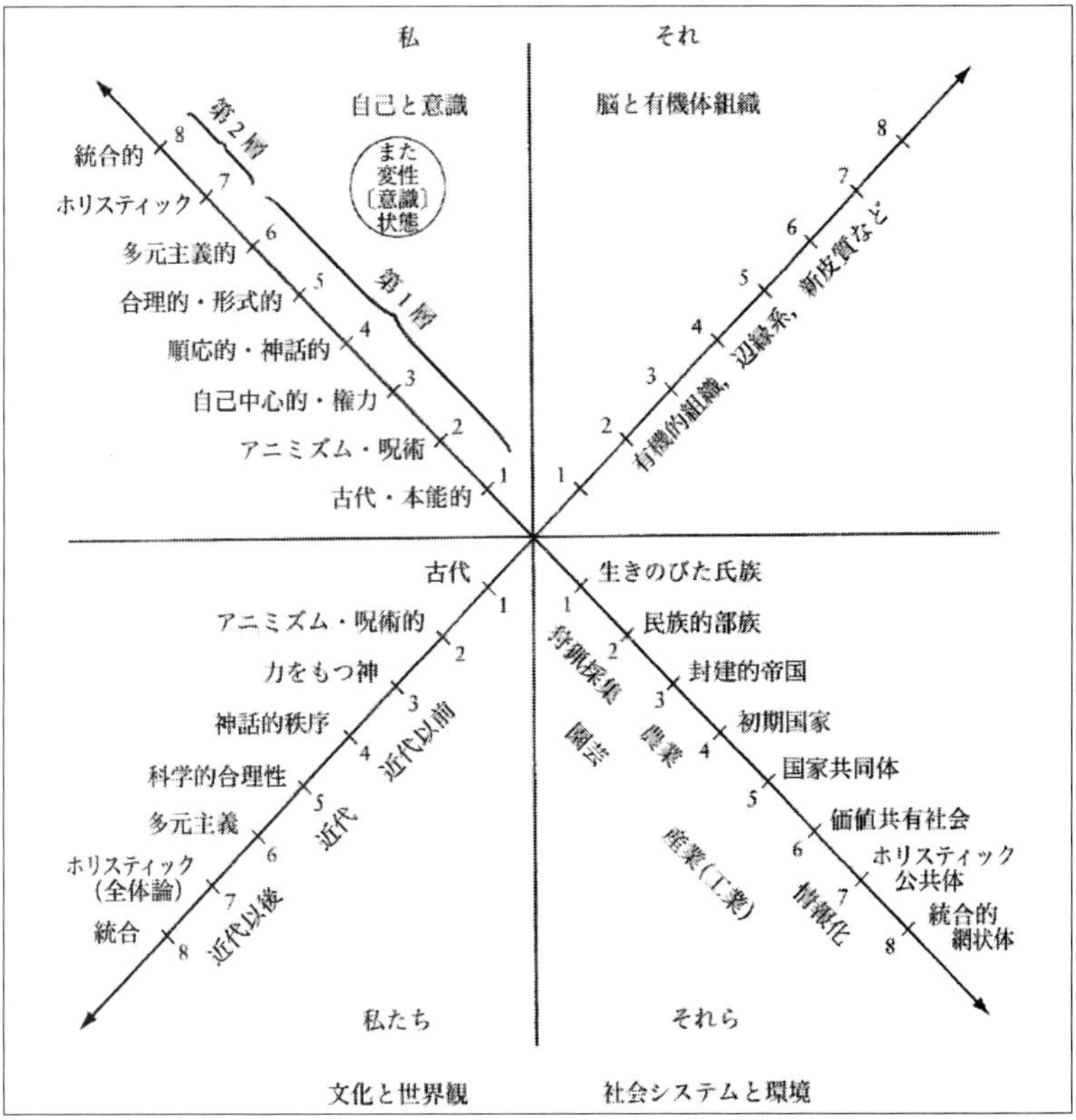
私
それ
自己と意識
脳と有機体組織
また
変性
（意識）
状態
第2層
第1層
統合的 8
ホリスティック 7
多元主義的 6
合理的・形式的 5
順応的・神話的 4
自己中心的・権力 3
アニミズム・呪術 2
古代・本能的 1
1 2 3 4 5 6 7 8
有機的組織，辺縁系，新皮質など
古代 1
アニミズム・呪術的 2
力をもつ神 3
神話的秩序 4
科学的合理性 5
多元主義 6
ホリスティック
（全体論） 7
統合 8
近代以前
近代
近代以後
1 生きのびた氏族
2 民族的部族
3 封建的帝国
4 初期国家
5 国家共同体
6 価値共有社会
7 ホリスティック
公共体
8 統合的
網状体
狩猟採集
園芸
農業
産業（工業）
情報化
私たち
それら
文化と世界観
社会システムと環境

図1-3c

たとえば、右上象限で言えば、人間の形態的発生は、母胎において、生命進化のプロセスを（単細胞生物から魚類・両生類・爬虫類・哺乳類という具合に）凝縮したかたち（十月十日）でなぞると言われている。人間として生まれ落ちた後には、個人的（左上象限）および文化的（左下象限）発達が待っている。もちろん、社会全体も徐々にではあるが進化している（右下象限）。

この論考では、一人の人間を扱う場合、必ずこの四つの象限のそれぞれの専門家（つまり最低四人）でチームを組むことを提案していく。

第二章　対策の全体像と対象者別のご提案

二―一　いじめ、虐待、ハラスメント対策の理想的な人的ネットワーク

■いじめ、虐待、ハラスメント対策のネットワーク

この章を始めるにあたり、まず私が考える被害者保護・支援・救済の全体像を示しておこう。

1．被害者の安全確保と「ほう・れん・そう」

○被害者は、とにかく被害の場から一刻も早く逃げ、加害者の手の届かない安心・安全な場所にとどまる。

○誰か信頼できる人（複数）に報告・連絡・相談する。

2．被害者を中心とした対策ネットワークの発動

四象限のそれぞれの分野の専門家（できれば最低四人）でネットワークを組み、被害者の保護と問題への対処にあたる。

○被害者の安心・安全確保が最優先（完全に安全な状態が保証されるまで、被害者を再び被害の場に戻すようなことがあってはならない）。

○一般に、医学の専門家（右上象限）は、診断や治療はできても、被害者の社会的保護や心のケアなどには向かないので注意が必要。

○精神科医、心理学者、カウンセラーといった人たち（左上象限）は、被害者の心のケアはもちろんのこと、加

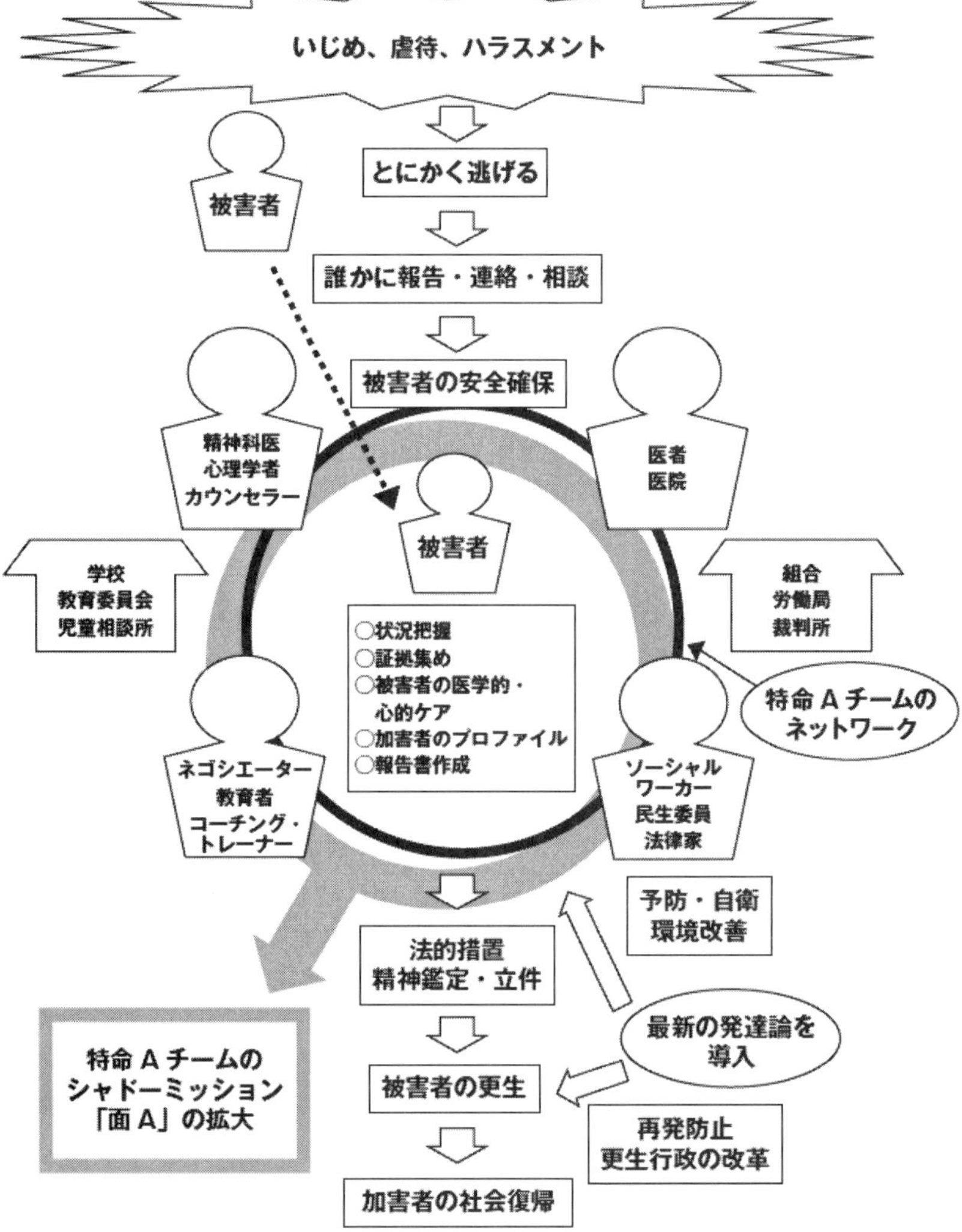
いじめ、虐待、ハラスメント
被害者
とにかく逃げる
誰かに報告・連絡・相談
被害者の安全確保
精神科医
心理学者
カウンセラー
医者
医院
被害者
学校
教育委員会
児童相談所
組合
労働局
裁判所
○状況把握
○証拠集め
○被害者の医学的・
心的ケア
○加害者のプロファイル
○報告書作成
特命Ａチームの
ネットワーク
ネゴシエーター
教育者
コーチング・
トレーナー
ソーシャル
ワーカー
民生委員
法律家
予防・自衛
環境改善
法的措置
精神鑑定・立件
最新の発達論を
導入
特命Ａチームの
シャドーミッション
「面Ａ」の拡大
被害者の更生
再発防止
更生行政の改革
加害者の社会復帰

害者の危険度を診断する作業もある程度やっておく。加害者がどのような態度に出るかを先回りして知っておく必要があるからだ。

○「餅は餅屋」で、法的な対処は法律家。証拠や証言を集める役目もあるだろう。社会的な対処はそれにふさわしい専門家や専門機関（右下象限）だろうし、組織ではなく個人だからこそできるケアもある。必要に応じ、学校、教育委員会、児童相談所、労働局、家庭裁判所、自治体の相談窓口などと連携する。

○意外に重要なのに見落とされがちなのは、コミュニケーションのプロ（左下象限）だ。一般に、医者や法律家は、コミュニケーションの専門訓練を受けているわけではない。行政組織の職員も、組織の統制やバイアスがかかっていたりして、思うようにコミュニケーションが取れない場合がある。できれば、ネットワーカーあるいは交渉の専門家を、この人的ネットワークの中心に据えたい。ネゴシエーター、教育者、セミナーなどの講師、講演者、コーチング・トレーナーなど。冷静でありながらも、場面によって緩急をつけられる人がいい。

○特定の組織や専門機関だけで対処することは避けるべし。この問題の対処には、縦型組織は向かない（それこそが問題の温床）。横型ネットワークこそが向いている。

3. 必要に応じた法的措置

○刑事・民事を問わず、裁判による係争の対象事案なら、然るべき法的措置を取る。
○法律家だけでなく、証拠や証言を集める都合上、関係者全員が協力する。
○加害者の精神鑑定などが必要な事案なら、もちろん精神科医などの専門家が必要。

4．加害者の更生と社会復帰

○実は、これがいちばん難しい問題なのだが、凶悪な事案であればあるほど、加害者の更生（矯正）は、大きな社会問題になる。

○注意すべきなのは、精神科医（医者）は、診断・治療のプロではあっても、必ずしも犯罪者更生（矯正）のプロとは限らないということだ。更生事業は、どちらかというと医学の分野ではなく、教育学の分野。どうも更生担当者の人選には偏りがある。教育の一分野と見るなら、とたんに発達論が問題となる。発達論という観点は、いじめ、虐待、ハラスメントの予防や自衛のための環境改善、また加害者の更生から社会復帰までのプロセスを改革するのにも役立つ。本当はこの論考にも最新の発達論の観点を導入したかったが、今回の直接のテーマではないので、またの機会に譲るが、匂わせる程度には導入している。

○加害者の更生を四象限にてらして見るなら、教育学者、心理学者、哲学者、社会学者、コミュニケーションの専門家、場合によっては宗教家といった人たちの方が向いているかもしれない。

そもそも犯罪者の更生に携わる人たちは、自分たちの仕事が、公費で賄われる公的事業である、という意識を本当に正しく持っているのか、疑わしい現実がある。彼らは私たち市民社会の代理人のはずだ。もし犯罪者の更生に失敗して、不運にもその（元）犯罪者が社会復帰後に再び罪を犯し、新たな被害者を出してしまったとしたら、それは私たち市民社会が犯罪者更生に失敗し、その結果、自分たちの仲間をその不手際の犠牲にしてしまったことを意味する。

二度と同じ過ちを繰り返さないためには、貴重な事例から多くを学び、その学びの成果を更生行政の場そのもの、および対策ネットワークにもフィードバックし、改善のための共有資源にする必要がある。「犯罪者の更生」というテーマでも本一冊分になってしまうので、今回は詳しく取り上げない。

■特命Aチームの「シャドーミッション」

それぞれ異なる専門分野やスキルを持った人たちで構成されるこのネットワーク型のチームを、ここでは「特命Aチーム」と呼ぶことにする。「A」には、「第一」という意味と、「切り札」という意味の両方がある。この特別なチームには、被害者の保護、支援、救済という本来の目的のほかに、次のようないわば「シャドーミッション（影の使命）」といったものもある。

○このチームは、それぞれの専門的な立場から、いじめ、虐待、ハラスメントの問題に携わり、現場のことを誰よりもよく知るチームということになるので、やがてこのチームが、いじめ、虐待、ハラスメントを事前に予防するという重要な社会的任務に就くことが期待される。

○このチームが、いじめ、虐待、ハラスメントの事例から多くを学べば、その学びは直接、加害者の更生や社会復帰、人間性の回復といった場面にも応用できるし、そうしたサブ的なミッションに成功できれば、それをまた、いじめ、虐待、ハラスメント対策の現場にもフィードバックできる。

こうした、有意義なフィードバックループを作り出すことも、このチームの使命である。これは後進の育成にもつながる。

○特命Aチームが、いじめ、虐待、ハラスメント対策の中心に位置することによって、学校や教育委員会、児童相談所、警察や司法当局、あるいは地方行政などは、いわば特命Aチームの外郭組織という位置づけにできるため、それぞれの組織の負担も減る。

○「必ず民間でチームを組め」と言いたいのではなく、各組織から、四象限のそれぞれの専門家が、この特命Aチームに出向いてもかまわない。チームのメンバーが、いったん自分の属する組織の外に出て、組織の拘束から少しでも自由になった状態で活動できることに意味があるのだ。

○組織の枠を超え、それぞれの専門分野の知識と経験をチームの場で共有し、それを結集して事態に対処することは、チーム自体の成長にもつながる。
○この「特命Aチーム」は、いじめ、虐待、ハラスメントに限らず、DV、あるいは汚職などの職業倫理に関する問題に至るまで、家庭、学校、職場と様々なシーンで発生する問題に幅広く対応できる汎用的なチームになっていくだろう。
○実は、この特命Aチームの、もっとも重要な、そしていちばん隠れた裏の使命とは、実務を通した「面A」の拡大である。これができれば、いじめ、虐待、ハラスメント以外の分野にも応用できる有意義なノウハウを持つチームとなるだろう。やがてこのチームが、社会全体の「常識」を二一世紀型に拡大するリーダー役になることも夢ではない。

二―二　被害者および関係者全員へ送るメッセージ

■被害者へ「とにかく逃げなさい」

あなたが、いじめ、虐待、ハラスメントの被害者だとする。そんなあなたに、まず言っておくべきこと。
○もう二度と相手から被害にあわずにすむよう、直ちにその場から退避すべし。その場所が学校（教室）なら、学校を休むべし。職場なら、仕事を休むべし。家庭なら、とにかく家を出るべし。「まず逃げる」、これが真っ先にやるべきこと。
○絶対に自分一人で抱え込んだり、我慢したり、解決しようとしないこと。
○次に、信頼できる相談相手を（必ず複数）探すべし。一人に相談して安心しないこと。

●相談相手を選ぶときの注意点

○加害者と直接の利害関係がある人はふさわしくない。

教室でいじめが起きているなら、担任教師は加害生徒も大事な教え子になる。

家庭で、たとえば父親が子どもを虐待しているなら、母親も被害者ないし「怯える傍観者」「消極的加担者」あるいは「はっきりとした共犯者」の可能性がある。

職場なら、加害者の直接の上司は、自分にとって「かわいい部下」になる。被害者の上司が、加害者の上司と同僚という可能性もある。

○なるべく外部の人を選ぶ。公的機関や組織にだけ相談して安心するのは避けたい。個人で親身になって話を聞いてくれる人を探すべし。

○あなたが学校でいじめられているなら、真っ先に親に伝えるのはいいが、親に過大な期待をしないこと。親に問題の解決を頼むのではなく、単に報告をするつもりで伝えること。

○家庭で家族から虐待を受けているなら、最初の相談相手は学校、児童相談所、民生委員、「児童（子ども）家庭支援センター」、「主任児童委員」、スクールカウンセラー、ソーシャルワーカーあるいは警察などになるかもしれないが、それも過剰な期待は抱かないこと。

○職場で被害にあっているなら、労働組合、労働基準監督署、地方自治体のハラスメント相談窓口、弁護士などになるかもしれないが、それも一箇所で安心しないこと。

○できれば、それぞれ専門分野の違う四人の人を選ぶ。

職業としては、教育関係者、医者（精神科医）、心理学や社会学関係者、福祉関係者、カウンセラー、宗教関係者（街の駆け込み寺など）、あるいは地域でボランティア活動などをしている人・・・。

○様々な分野に人的ネットワークを持っていて、連携して動ける人がふさわしい。

○ベストな相談相手は、自分も被害者になった経験があって、今は被害者の何らかの支援・救済に携わっている人。
○いずれにしろ、「この人はどうも信頼できない」と思ったら、すぐに相談相手を替えるべし。

〈相談相手としてふさわしい人〉
○とにかく親身になって話を聞いてくれる人
○あなたに説教臭いことを言わない人
○二人目の相談相手を紹介してくれる人
○すぐに具体的に動いてくれる人

〈相談相手としてふさわしくない人〉
○いじめ、虐待、ハラスメントの場（学校、家庭、職場）にあなたを戻そうとする人。
○「あなたにも悪い部分、反省すべき点がある」などと言う人。
○「とりあえず、相手とよく話し合ったら？」「相手も人間なんだから、多少のことは我慢しなさい」などと言う（あなたに説教する）人。
○ちょっとでも無責任なことや過度に楽天的なことを言う人。（あなたを慰めようとしているのか、それとも事態を甘く見ているのか、それはあなたが判断できるはず）
○自分一人で何とかしようとする人。
○すぐに動かない人。
○狭くて偏った価値観・世界観の持ち主。たとえば、宗教家はいいが、自分の信仰を押しつけてくるような人はダメ。

■被害者の保護・支援・救済にあたる人全員に・・・

もしあなたが、被害者から相談を受け、被害者を何らかのかたちで助ける立場なら、次の点に注意していただきたい。もちろん被害者自身にも知っておいていただきたい。

○いじめ、虐待、ハラスメントの現場である学校、家庭、職場に共通することは、部外者がなかなか立ち入れない閉鎖空間、治外法権、独自のガバナンスが効いている場であるということだ。したがって、その内部で起きている問題を、内部の人間が解決することは難しい。加害者とも利害関係がある場合があるからだ。だからこそ、外部の人間が問題を表に引きずり出す必要がある。

○まず真っ先にやるべきことは、被害者の安全・安心の確保である。被害者を二度と再び行為の場に戻してはならない。

もしいったん出て行った被害者が再び現場に舞い戻ったら、加害者は味を占め、ここぞとばかり行為をエスカレートさせるだろう。それは、加害者にある種の「免罪符」を渡してしまうことである。

もしあなたが何らかの被害者支援組織の一員で、組織が被害者をいったん戻す決定を下したら、あなたはその案件から離れ、第二の相談先、避難先にバトンタッチすべきだろう。事態を決して甘く見ないこと。さもないと、あなたは第二の犯行に加担することにもなりかねない。

○被害者をかくまうことで、あなたは加害者と直接対峙することになるかもしれない。しかし、あなたには交渉や説得の権限もノウハウもなかったとする。

そこで次にあなたがやるべきことは、考えられる限りの「味方」をかき集めること。

○何より重要なのは、単独で事にあたらないこと。連係プレーが不可欠。しかも、ひとつの組織内や偏った分野の専門家同士でチームを組むことは逆効果だと思うべし。できるだけ異なる機関や組織に属する人（あるいは個人）で、異なる専門分野を持つ専門家がチームないしネットワークを組むのが基本。

たとえば、次のような異なる四つのジャンルの専門家を集めるとよい。

・医学の分野（医者、看護師）

・司法・行政の分野（法律家、議員、警察官、行政機関の職員など）

・人の心の分野（精神科医、心理学者、カウンセラー、セラピスト、宗教家など）

・対人関係、コミュニケーション術の分野（ネゴシエーター、教育者、セミナー講師、コーチング・トレーナーなど）

○なぜひとつの組織内でチームを組むことをお薦めしないかと言うと、まずその組織内で同じチームの人員に上下関係があると、そのチームはとたんに統制的になったり「忖度」が働いてしまったりするからだ。利害を超えて事にあたらなければならないチーム内に利害が発生すると、まともな対処はできない。

○ひとつの専門機関が事に乗り出したとなると、外部は安心してしまい、任せきりになってしまう、という不都合もある。公にすべき事態が、かえって「密室化」してしまう。

○そもそも、病院、警察、学校および教育委員会、児童相談所、その他司法や行政の窓口など、相談相手としてもっともふさわしいはずの専門機関、関連機関などは、組織上の問題を抱えている。その組織内にハラスメントがあったりもする。

○公的機関になればなるほど、「お役所体質」「事なかれ主義」「保身」「形骸化」「責任逃れ」「事態の矮小化」「隠蔽」などが横行していたり、職員の力量・認識・仕事への意欲などに明らかな格差があったりして、被害者の保護・救済機関として機能しない場合さえある。
○協力者が集まったら、被害者への聞き取りも含めて、犯行の客観的証拠（メモ、日記、ＳＮＳなどへの書き込み、録音物、録画物、第三者の証言など）を揃えること。
○いじめ、虐待、ハラスメントの直接の加害者だけではなく、周りの人間にも、こんなことを言う人がいるかもしれない。「いじめの原因は被害者にもある」「多少のいじめは心の抵抗力をつけるのに必要なことだ、社会勉強だ」などなど。そんな言い分に耳を貸してはいけないし、こんなことを言う人間をチームに加えてはならない。
○このチームないしネットワークは、あくまで被害者の味方になることが目的だが、加害者にも救済や支援が必要なら、別のチームやプログラムが必要かもしれない。同チームで対処する場合にも、必ず場面を分けること。
○加害者を告発するか・しないかは、被害者側の自由。ただし、被害者が声を挙げないなら、加害者は次なる被害者を物色するだろう。

■加害者とはどんな人間か？

いじめ、虐待、ハラスメントをしようとする加害者とはどのような人間なのか、その人物像を大まかに把握しておくことは、対処法を考えるうえでも、ある程度必要なことだ。

いちばん重要なポイントから言うと、加害者がどのような目的でそのような行為をしたかにはいっさい関係なく、行為そのものが「不道徳」であり、人権侵害だということだ。子どもを虐待する親は「しつけ」だと言う。ハラスメントをする上司は部下への「指導・注意」あるいは「目をかけてやっている」「かわいがっている」などと言う。子ども同士のいじめでは「戯れているだけ」などと言う場合もある。加害者は様々な言い訳を用意して、自分の言動を正当化しようとする。したがって、加害者に事情聴取する場合にも、「なぜ?」と問うてはならない。被害者の訴え通りのことを加害者がやったのか、それがいじめ、虐待、ハラスメントのいずれかに該当するかだけが問題。

次に列挙したのは、私が考える典型的な加害者像である。すべての加害者に共通にあてはまるとは限らないが、あてはまる項目が多いほど、その加害者の危険度は増す。

○口がうまい
○一見明るい性格で、社交的で、人気者だったりする
○人の注意を引いたり、自分の世界に人を巻き込む(周りを味方につける)のがうまい
○リーダーシップがあり、面倒看がよかったり、ボス的存在だったりする
○自信家で、人の上に立ちたがり、支配欲が強い
○自分より立場が上の人間に対しても強気で、うまくあしらう
○悩みや弱さ、葛藤などないように見える
○昨日は「悪」だったが、今日は「善」という具合にスイッチする
○自分の都合で平気でウソをついたり、言い逃れがうまい
○他人の迷惑や痛みよりも、自分の欲望やエゴを優先する
○被害者だけでなく、他人はすべて自分の利害のための道具だと思っている
○一見冷静に見えるが、行動が大胆(無謀)だったり、キレやすかったりする

○笑いながら「悪（不道徳）」を成す

これらの特徴に共通して言えることは、加害者の心理の「表層」と「深層」に乖離がある、ということだ。言葉を換えると、加害者は上辺を取り繕うのがうまい。その上辺の下に、バレたらまずい（あるいは本人も気づいていない）不都合な意図や欲求を隠している、ということだ。

そうした加害者の多層構造的な心理を見抜くには、あなたは人間の無意識に精通している必要がある。心理学者や精神科医が必ずしもそれに長けているとは限らない。もっと言えば、自分の無意識と向き合った経験がない者に、人の無意識を見抜くことはできない。

いかんせん、そうした心の多層構造は、レントゲンにもＭＲＩにも映らない。もちろん鏡にも映らない。脳を解剖したところで、原因は見つからない。もし映るものがあるとしたら、「人の心の鏡」だけだ。言い換えれば「主観」だ。「主観」は非科学的だと退けていたら、左上象限がごっそり抜け落ちることになる。

■加害者に対するときの注意事項

○加害者には、悪いことをしている自覚がほとんどまったくないと思うべし。だから、被害者が我慢したり、言いなりになったり、加害者に取り入ろうとしたり、加害者を説得しようとしたり、反省を促したりすることは、極めて危険である。

○多くの場合、加害者は「手練れ」である。巧みに物事を運ぶ。あなたがこういう相手やこういう問題の対処に慣れていない限り、単独で事にあたろうとしないこと。

○加害者は「いじめているのではない、悪いことをしているのではない」という体を装うのがうまい。もしかしたら、被害者の方が「自分が悪い、自分に原因がある」と思い込まされているかもしれない。そのようにして、加害者は被害者を、知らず知らずのうちに、蟻地獄に引きずり込む。
○たいていの場合、加害者は、社会的・心理的・肉体的に言って、被害者より有利な立場にいる。その立場を巧みに利用し、被害者をオモチャにし、自分の隠された願望を満たしたい（鬱憤を晴らしたい、楽しみたい、権力を誇示したい、人を支配したい）のだ。
○いずれにしても、加害者は何かしらの心理的あるいは人格的な問題を抱えていることに間違いはない。それがどの程度のものなのか、「言い聞かせればわかる」レベルか、「言っても無駄」なレベルか、あるいは持って生まれた性格か、それとも何らかの原因でねじ曲がったのか、そこは大きな判断の分かれ目となる。
○特に注意が必要なのは、加害者がサイコパス（反社会性パーソナリティ障害）、重度の統合失調症、重度のアスペルガー症候群など。この場合、素人が対処しようとしないこと。こういう人たちに対し、我慢したり、抵抗したり、言いなりになったりすると、事態がどんどんエスカレートする。
○加害者が「病気」か「性格」か、もし病気なら「重篤」か「軽微」かが見抜けない（断言できない）なら、まずは疑うこと。「疑わしきは罰せず」は法の原則だが、「疑わしきは疑え」が市民社会の鉄則である。用心に越したことはない。第二の犯行、第二の被害者が出てからでは遅いのだ。
本当は「疑わしきは早期対処せよ」と言いたいところだが、残念ながらそう言えるためには、私たち一般市民の認識（特に加害者に対する認識）がもっと深まる必要がある。

この本が、その一助になればと願う。

■加害者の動機の三レベル

加害者はなぜ、いじめ、虐待、ハラスメントをするのか、その動機には、三段階のレベルがある。

レベル一：加害者自身が受けている抵抗し難い力からのストレス、自分が感じている抑圧や葛藤、鬱憤のはけ口として
レベル二：自分のアイデンティティ（存在意義）の確認行為として（権力誇示、社会的立場の保持、支配欲の充足など）
レベル三：加害行為が習慣化し、快楽となっている（嗜癖している）

レベル二からレベル三へのボーダーライン上に暴力がある。もちろんレベルが上がれば上がるほど、犯行の手口は悪質化する。悪質化すればするほど、（自殺も含め）被害者が命を落とす危険性が増す。

レベル三まで達している加害者を説得したり更生させたりすることは極めて難しい。

■究極の予防策とは

いじめ、虐待、ハラスメントの加害者になることも被害者になることも、ある程度は予防できる。おそらくすでにある様々なプログラムを積極的に利用することで、事例の九九％は予防ないし正しい対処ができるだろう。

残り一％に関しては、何とも言えないのが辛いところだ。

たとえば、衝動的で突発的で無差別な犯行は、出会いがしらに起こるため、それを未然に防ぐことはなかなか難しい。それと同じだ。

そういう犯行を起こす人間には、ためらいも罪の意識もないと思った方がいい。自分が心理的・人格的な問題を抱えているという自覚もないため、自ら医者やカウンセラーにかかろうとも思わない。そういう人間の首に縄をつけて診療所に引っ張っていくわけにもいかない。

たとえば、サイコパスは、自分自身や世の中に対して不満を持っているわけではない。完全に満足している。そ

れでも凶悪な犯罪を犯すサイコパスもいる。それが彼らの「自分らしい生き方」だからだ。そんな重犯罪サイコパスに、「いかなる更生の方法を用いても効果は期待できない」と言う専門家もいる。サイコパスだけでなく、たとえば統合失調症に関しても、「治るなら統合失調症ではない（本当の症例は治らない）」と断言する専門家もいるという。

ではどうするか？

そういう人間と偶然出会う確率を減らすことは、ある程度可能だろう。

そういう人間は属さないだろうと思われる生活圏、文化圏に身を置くことだ。

通常の生活圏、文化圏には、最低でも一％は重犯罪を犯すような人間がいることを覚悟しなければならないだろう。そういう人間は、普通の市民生活の場に普通にいる。たとえば、サイコパスは都市部を好んで潜伏しているという統計もある。

では仮に、自分のことよりも他人のこと、地域のこと、地球全体のことを考えて、利他的に生きる人たちの共同体に、自分も身を置いたらどうだろう。当然、そういう共同体に極端に利己的な（あるいは自己愛的な）人間がいることは考えにくい。そういう人間は、いずれそのような共同体にはいづらくなる。そういう共同体に身を置くことは、あなたにとって、生き直し、人生のやり直しを意味するかもしれない。端的な話、隙あらば他人を蹴落としてやろうとするような極端な競争社会に身を置くことそのものが、あなたにとっても極度のストレスになるはずだ。

私もある時期、生き直しを強いられ、思い切った人生の方向転換をした。そのおかげで、以前とはだいぶものの見方が変わったし、付き合う相手も変わった。自分が身を置く環境そのものが変わったのだ。だからこそ、今こうしてこのようなテーマでこのような内容の本を書いているのである。

二―三　学校の校長先生へ

■校長先生のしがらみ

あなたは、毎日こう考えているだろう。

「とにかく今日一日、何事もなく無事であってほしい」

子どもたちに怪我や病気、事件や事故、いじめなどがないように・・・

あなたは毎日祈るような思いだ。学校という組織の管理・運営を任されている立場としては当然だ。

そこへ、政治的な問題も絡んでくる。リベラル派の教員たちからは、あなたが保守的だと批判されているかもしれない。管理責任者としては、対立を避け、事を荒立てない方向へ持っていきたいが、聞き分けのない部下に対しては、ついつい高圧的に振る舞ってしまう。ますますあなたの評判は悪くなる。

一方、教育委員会やＰＴＡからは、あなたの管理者としての適性が常に問われる。教育委員会の委員は、かつてのあなたの上司あるいは先輩だ。あなたが校長職に就くときに、すっかりお世話になった人間でもある。そうした立場上、人事面などで多少の融通をきかせるよう言われれば、考慮しないわけにはいかない。また逆に、持ちつ持たれつでやっておけば、こちらの融通も聞いてもらえる。そうして入ってきた教員が、極め付きのトラブルメーカーだったら、もうお手上げだ。学校の現場はすっかり引っ掻き回され、やりたい放題やられてしまう。そういう人事があなたの「肝いり」なだけに、あなたはトラブルをなかなか認められない。

ついに、ある教室で「いじめ」が発覚した。被害児童の親からは抗議され、きちんとした説明責任を求められた。担任教員に事情を聴いても、いじめの事実はないと主張している。担任にしてみれば、加害児童も被害児童もともにかわいい教え子だから、両者を対立させたくないという気持ちもわかる。しかも、どうやら加害児童は、ＰＴＡ会長の子どもらしい。やっかいだ。

もちろん、本当にいじめがあったなら、事実をしっかり確かめなければならない。ところが教育委員会は「事態を何とか丸く収めろ」と言ってくる。日頃はあなたを支持してくれていたＰＴＡも、加害児童側と被害児童側に真っ二つに分裂してしまった。

あなたは、加害児童も被害児童も、その親も、担任教員も、教育委員会も、ＰＴＡも、誰も悪者にできない。あなたはすべての板挟みだ。

そして、ついにマスコミが嗅ぎつけた。もう「隠蔽」も「揉み消し」もできない。その場を取り繕うような記者会見をすれば、あなたがすっかり悪者にされる。

学校という社会は、言わずと知れた「治外法権」「閉鎖社会」だ。

そこには、教育委員会をトップに据えたヒエラルキーが厳然とある。その末端組織である「教室」という「密室」に、いわゆる「スクール・カースト」と呼ばれる目に見えない階級制が施行されていたとしても、何ら不思議ではない。そこでは「力の論理」が働き、肉体的、精神的、能力的に強い者がトップに君臨する。以下構成員たちは、計算づくの利害関係で結束し、このカーストの最下層の者は「友だち家畜」と化す。

そうした環境において必然的にいじめが起きても、今度は「原子力ムラ」と構造的に同じ「教育ムラ」(学校と教育委員会、保護者や地元住民も巻き込んだムラ社会)の原理が働き、「隠蔽」「揉み消し」「矮小化」「責任逃れ」「事なかれ主義」によって、いじめの事実は水面下に葬られる。そこへ、マスコミの「報道祭り」が、油を注いだり、水を注いだりして、いわば「マッチポンプ」を演じる。

※この項執筆にあたっては、内藤朝雄「いじめ加害者を厳罰にせよ」（ベスト新書）を参考にした。

■「学校解体論」は拙速

では、学級という「密室」も学校という「牢獄」も直ちに解体し、「奴隷解放」すれば問題は解決するか？

ケン・ウィルバーは、次のような例を引いている（註三）。

アパルトヘイト制度解体後の南アフリカ共和国の混乱の裏には、「ヨーロッパ型の文明　対　サブサハラアフリカ型の文明」という異なる文明間の水平的な衝突だけでなく、「部族主義的で封建的な社会体制　対　合理的で秩序的な植民地主義の社会体制」という異なる社会階層間の垂直的な衝突の両方が同時に起きている、とウィルバーは指摘するのだ。

支配型の階層構造に基づく社会体制は、西洋であれ東洋であれ、いまだに存在している。南アフリカ共和国もそうだった。この社会構造の基礎の上に、白人たちが資本主義国家を作り上げた。こうした特殊な国家体制には、通常の西洋社会の自由主義的資本主義体制とはまた違う独自の発展形態が必要だった。それが充分に構築される前に、アパルトヘイト制度が突然に廃止されたことで、南アフリカ共和国は混乱の中へと投げ出されてしまったのだ。もちろんアパルトヘイト制度は撤廃すべきものである。しかし南アフリカ共和国は、もう少し時間をかけて、ヨーロッパ型の社会構造ではなく、自分たち独自の社会構造を成長させていく必要があった、とウィルバーは言う。

もし今、学校制度をいきなり解体させたら、子どもたちは南アフリカ共和国と同じ混乱へと投げ出されるだろう。もちろん「スクール・カースト」制度は、アパルトヘイト同様、廃止すべきものである。しかし、いきなりではなく、段階を踏む必要がある。西洋社会的な「答え」を押しつけても、問題は解決しない。

子どもたちの社会は、もちろん未熟だ。彼らは成長・発達の一段階にある。だからこそ、その段階に固有の取り組み課題というものがある。それを無視して先へ進むことはできない。

課題の見つけ方と、それへの対処としては、次のような共通の手順を踏むことになるだろう。

■人や組織が成長するときの四つのステップ

学校制度に限らず、ある企業の体制でも、家庭という最小単位の共同体の体制でもいいのだが、そうしたひとつの社会体制を「脱・構築」しようとするなら、ただ解体すればいいという話ではなく、その組織なり制度なりを無理せず一段ずつ上の段階へ上げていくしかない。そのためには、まずその社会体制の現状がどのレベルにあるのかを分析するところから始める必要がある。その場合のポイントは「何に不満を抱いているか」ということ（註三）。

1. 教室内で、子どもたちは何に満足し、何に不満を抱いているのかを、まず調査して突き止める。（これは、いじめがあるのかないのかの調査ではない）つまり、彼らの発達のレベルが現在どのあたりにあるかの意識調査である。単純な話、たとえば飢餓地域の学校と、食べるものに不自由しない地域の学校では、子どもたちの不満レベルはまったく違う。
2. 不満があるなら、それをどう満たすかを考え、実行する。
3. 不満がひとつ満たされれば、そこに新たな不満、違和感、不協和、矛盾、行き詰まりが生じる。そしてまたそれを、「含みつつ超える」かたちで「脱・同一化」していく。
4. この繰り返しによって、成長・発達という「心の登山」のルート上での眺めが変わる。より狭い範囲の眺めから、より広く・遠くを眺められるようになる。

二―四　児童福祉司の方へ

■児童福祉司の厳しい立場

あなたは、福祉の専門家でもなく、児童心理学や教育学の専門家でもない。何の資格もなく、専門の訓練も受けないまま児童相談所に配属され、簡単な講習を受けただけで、「児童福祉司」という専門職に就いた。

その日から、とてもさばき切れないほどの案件を抱え、毎日乗り切るのに必死だ。子どもには駄々をこねられ、親からは文句を言われ、場合によってはマスコミに叩かれ・・・

正直なところ、面倒な案件にはかかわりたくない。誰も青あざだらけの幼い子どもの姿など見たくない。酷い虐待案件であればあるほど、さっさと終わらせたい。下手に客観的な証拠などを集めたら、余計やっかいなことになるので、見た目の印象でさっさと報告書を書くなり、会議でプレゼンするなりして終わりにしたい。本音を言うと、子どものことは、学校や保育園に任せたい。

常識では理解できないような激しい暴力を自分の子どもに振るうような親を「指導しろ」と言われても、そんな特殊な訓練など受けていない。あなた自身が身の危険を感じることもある。「しつけで叩くぐらいは、自分も子どもに対してやることがある」「私自身も叩かれて育ったから」と自分に言い訳しつつ、多少のことには目をつぶる。

子どもが「家に帰りたくない」と言えば、それはよっぽどのことだから、保護してやりたいのはやまやまだが、一時保護所はいつも満員。しかも、一時保護所というところは、刑務所のような場所であることを、あなたは知っている。子どもは規則でがんじがらめ。職員は一日中怒鳴っている。被害者であるはずの虐待を受けた子どもが加害者のように扱われる。一時保護所自体がセクハラ・パワハラの温床なのだ（その事情は児童相談所も同じこと）。それでも、入所できる子どもはラッキー。子どもが入所したら、本来あなたは頻繁に様子を見に行かなければならないところだが、ついつい安心してしまい、足が遠のく。

子どもを手厚くケアしてやりたいところだが、あまりに忙しすぎて、ついつい説教口調になってしまったり、さっさと家に帰したいという気持ちになってしまい、子どもからは「虐待する親の味方なのか」と思われているに違いない。「虐待する親の方が悪いと、あなたが言ったんじゃないのか?!」という子どもの声なき声が聞こえてきそうだ。

親は親で、自分が加害者のくせに、子どもを奪われそうになると、必死に抵抗し、あの手この手で取り戻そうとする。場合によっては、親から訴えられてしまうこともある。

児童相談所は親の許可なく独自の判断で子どもを保護（職権保護）できるが、親と争いたくないから、あなたはなるべく職権保護したくない。親があまりにも非協力的だったら、家庭裁判所に申し立てをしなければならないが、そうすると余計な仕事が増える。

家庭裁判所決定で、子どもが施設に入ったら入ったで、その日から子どもの家庭復帰に向けてのプログラムを作らなければならない。しかも、裁判所決定は二年ごとに更新だから、昨日まで全面戦争だった親に今日は同意を求めるべく交渉しなければならない。矛盾しているじゃないか?!

最悪の職場だ。でも二年も我慢すれば、どこかへ異動になる。何しろ自分たちは一般地方公務員だから・・・。

■組織の外へ出るご提案

さて、そんなあなたの最大の問題は、職務上の権限もリスクもあなたひとりに集中しすぎていることだ。役割の分担、リスクの分散をしなければならない。これは、職業上の構造改革になるが、同じ組織の中でこれをやっても、おそらく解決にはならない。チームで行動することになるので、逆にチームのリーダーとしてのあなたの責任や手間が増えかねない。

そこで私は、児童相談所の組織の外に協力体制を作ることをご提案したい。

たとえば、警察や家庭裁判所などに「児童虐待特務班」のようなセクションを新たに作り、虐待関連の通報が入ったら、まずその職員が家庭訪問する。そして、虐待の事実を調査する前に、親に法的な権利と義務をしっかり説明するのだ。

つまり、親には「親権」という権利があると同時に、それを濫用したら当然法的罰則があることも理解させる。悪質な場合、段階的に「管理権喪失」「親権停止」「親権喪失」ということもあり得ることを説明し、これから事実関係を調査する旨を伝える。

真っ先に「司法」が動いていることを、親に印象づけるのだ。法的処罰こそが、虐待の抑止力のはずだ。この時点で、きちんと危機感を持ち、充分反省して虐待をやめる親も出てくるだろう。

この初動の場に、もちろん児童福祉司であるあなたが同席してもかまわない。その場に同席するにせよ、後日訪問するにせよ、あなたが真っ先にやることは「親の支援」である。問題が発覚したときこそが、実は最初の支援のチャンスなのだ。ここで、あなたは親の味方であることを印象づける。

「私は、あなたを責めるつもりはありません。家庭の問題を解決するお手伝いをしたいだけです」という具合だ。これで、司法当局との立場の差がクッキリする。

さらに、家庭訪問、情報収集などの調査は、「児童（子ども）家庭支援センター」や「主任児童委員」などに任せてしまってもいいかもしれない。様々な立場の人が入れ替わり立ち替わり訪れれば、親は自分が「衆人環視」のもとにあることを認識し、襟を正そうという気になるかもしれない。

さらに、「職権保護」の対象になる事案だったら、さっさと家庭裁判所へバトンタッチすれば、あなたの負担はさらに減り、親と子の支援に専念できる。もっと言えば、親への支援と子どもへの支援を、違う担当者に分けた方がより効果的だ。

まだ実現できていないが、激しい虐待をする親には、再教育プログラムの受講を義務づけるよう法制化しようという動きもある。ますます司法の介入が重要となるわけだ。

さらに、役割分担、リスク分散の観点から言うと、同じような職種や専門分野のメンバーでチームを組むより、なるべく異なる分野の専門家でチームを組んだ方がいい。

親と子どもの心理的なケアは児童心理司あたりがやるとしても、それだけでは偏りがある。心理的ケアだけでなく、医学（精神医学）的ケア、社会学的あるいは社会制度面でのバックアップ、文化的（間主観的）側面などでのサポートと、偏りのない専門的支援体制を導入することをご提案する。さもないと、たとえば親がサイコパスだったりすると、振り回されるばかりで、事態を悪化させかねない。

そういう意味から、私はやはり、児童虐待に関しても「特命Ａチーム」を中心に据えることを提案したい。

※この項執筆にあたっては、山脇由貴子「児童相談所が子どもを殺す」（文春新書）、岡本茂樹「反省させると犯罪者になります」（新潮新書）、森田ゆり「虐待・親にもケアを」（築地書館）などを参考にした。

二―五　企業のハラスメント対策担当の方へ

■企業のハラスメント対策担当者とはこんな仕事

あなたの会社で、新しく社内ハラスメント対策セクションが立ち上がり、あなたにそこへの配属が命じられた。新しいセクションといっても、それ専任というわけにはいかず、あなたは自分の今までの部署での仕事と兼任ということだ。

あなたは嫌な予感がしている。刑事ものの映画などで見る限り、いわゆる内部監査官という立場は、一般の職員から嫌われ者扱いされるのが相場だ。自分の新しい役職もそういう類ではないか。同じ会社の社員を調べて、場合によっては悪者扱いしなければならないのだから・・・。

ハラスメントの加害者になるのは、たいていの場合、お偉いさんだ。被害者はその人の部下だ。あなたはどちらの味方にもなるわけにいかないが、最終的にはどちらかに軍配を挙げなければならない。もし被害者の主張が正しいとなれば、上司である加害者は処罰される。ポストを失うかもしれないし、会社から追い出されるかもしれない。もし加害者の主張の方が正しいとなれば、被害者が会社にいづらくなってしまうだろう。たとえ双方に和解が成立したとしても、気まずさは残り、元のさやにはなかなか納まらない。そうしたわだかまりを、自分が作り出すことにもなるのだろうか。

ハラスメントの内容があまりにも酷い場合は、被害者が鬱になってしまうようなこともあるという。自分はそんな場合に、適切に対処できるのだろうか。人の心をケアする訓練など、自分は受けていない。

実際にハラスメント案件が発生したとき、あなたの予想は的中する。加害者として告発されたのは、ある部門の責任者で、被害者はその責任者の部下だ。被害社員は、上司からパワハラを受けたと主張し、加害者として告発を受けた責任者は「注意・指導の範囲内だ」と主張した。双方の主張は真っ向から対立した。

あなたはさっそく、双方からよく事情を聴いたうえで、情報収集を始める。同じ部署の職員に事情を聞くのだが、みな一様に口が重い。誰もどちらの味方もできないのだ。たいていの職員が「知らぬ、存ぜぬ」を決め込んでいる。あまりしつこく事情聴取すると、あなた自身への不信感や不快感が募り、徐々にあなたは疎ましがられるようになる。しかも悪いことに、加害者はある派閥のトップで、被害者は別の派閥の構成員だったのだ。職員に証言を求めても、加害者側の派閥のメンバーは、加害者に有利な証言をし、被害者側の派閥のメンバーは、被害者に有利な証言をする、という具合だ。

まったく白黒つけられない。あなたはすっかり、社内のパワーゲームに巻き込まれる羽目に陥る。

そんな中で、ついに被害者が心理障害になり、会社を休むようになってしまった。自分は個人の秘密を守らなければならない立場だが、社員が急に欠勤すれば、当然噂になる。守秘義務があるため、あなたは事の次第を誰かに聞かれても答えられない。

そのうち、自分の預かり知らない水面下で何らかの交渉が行われたのか、加害上司が左遷された。その理由はもちろん誰にも知らされていない。また噂が流れる。あなたにも白い目が向けられる・・・。

あなたは、ハラスメントが加害者にも被害者にも決して得にならない結果を生むことを思い知らされ、しかも、自分が損な役回りを仰せつかったことも身に染みる。同時にまたあなたは、社内ハラスメントの問題は、社内だけではどうにも解決できないことも思い知らされるのだ。

あなたは、自分の新しい役職経験をきっかけに、すっかり人の心の卑しさを見せつけられ、本当に世の中から、いじめ、虐待、ハラスメントがなくなってほしいと思うようになり、その撲滅に自分が一役買いたいと思うようになった。ならば、あなたはその会社の外へ出るべきなのかもしれない。

そう、あなたこそ「特命Aチーム」のメンバーにふさわしい人材だろう。

■職場のハラスメント問題を相談できる公的機関

次にご紹介するのは、あくまでご参考まで。

一般に職場でハラスメント問題が起きたとき、外部の相談機関としてまず真っ先に思い浮かぶのは「労働基準監督署」だが、この「労働基準監督署」というところは、どんなところなのか。

※これ以降の情報に関しては、厚生労働省の「あかるい職場応援団」、「労働問題弁護士ナビ」「埼玉労働問題相談所・春日部」などのインターネットサイトを参考にさせていただいた。

「労働基準監督署」というところは、企業活動において、労働基準法、労働安全衛生法、労働者災害保険法などの法令が守られているかどうかを監督する機関である。

一方、日本の現行の法律では、ハラスメントを単独で取り締まる法律はまだ存在しない。したがって、たとえば言葉の暴力によるハラスメントなどの場合、法令違反とはなり得ないため、労働基準監督署は介入しないのが原則。

ただし、各都道府県の労働基準監督署や労働局の中には「総合労働相談コーナー」という窓口があって、そこでは職場でのトラブル全般に関する相談を受け付けている。

この窓口も、相談には乗ってくれるものの、解決までは関与しないのが基本。

総合労働相談コーナーでは、次のような流れで相談に応じてくれる。

○相談者から事情を聴き、社内で自力で解決できるかどうか判断する。
○当事者間での解決が困難で、第三者の介入が必要と判断した場合は、都道府県の労働局長による助言・指導、あるいは「紛争調整員会」による斡旋のどちらか、ないし両方を提案する。
労働局長による助言・指導とは、個別の労働紛争について、労働局長から、労使双方に具体的な助言や指導を行い、話し合いによる解決を促す制度。

紛争調整員会による斡旋とは、弁護士、大学教授、社会保険労務士など、労働問題の専門家が第三者的立場で労使間に介入し、話し合いによる解決を目指す制度。裁判ではないため、無料で申請できる。

※労働相談コーナーで最初に相談に乗ってくれる担当者は、ほとんどの場合、労働基準監督官ではない。臨時の外部職員だったり、新人の社会保険労務士の場合もある。相談者の話を形式的に聴き、記録を残し、労働基準監督官につなぐ役目をするだけの担当者もいる。
話は聞いてくれるものの、具体的な助言を求めても何も得られなかったり、法律的に間違ったことを言われたりするケースもあるようだ。

あとで問題になる場合もあるので、相談相手の名前や、日時、相談内容に関しては記録を残しておいた方がよさそうだ。

●その他の相談機関
○ハラスメントによって労働条件が引き下げられたり、長時間労働を強いられたり、といった実害を受けた場合は、厚生労働省が運営する「労働条件相談ほっとライン」に相談することもできる。
○各都道府県の労働委員会が、「労働相談情報センター」、「労働センター」、「総合労働事務所」などの名称で労働相談窓口を設けているので、そこへ相談することもできる。
○法テラス（日本司法支援センター）
法テラス・コールセンターや全国の法テラス地方事務所が、問題解決に役立つ法制度や地方公共団体、弁護士会、司法書士会、消費者団体などの関係機関の相談窓口を案内してくれる。

○みんなの人権一一〇番（全国共通人権相談ダイヤル）
差別や虐待、ハラスメントなど、様々な人権問題についての相談を受け付ける電話相談窓口。電話は、最寄りの法務局・地方法務局につながる。
○かいけつサポート
法務大臣の認証を受けて、労働関係紛争に関し、当事者と利害関係のない公正中立な第三者が介入し、話し合いによって柔軟な解決を図るサービスを行っている民間事業者を紹介してくれる。


もしこれでも解決に至らないなら、弁護士に相談して、法的手段に訴えるしかない。

いずれにしても、公的機関を動かすには、「動かぬ証拠」が何より重要。ハラスメントの事実を立証する客観的な記録（録音・録画物）なり第三者の証言なりがないと、告発するのは難しいだろう。相談には乗ってくれるものの、最終的な解決には至らないケースも多いようだ。

そういう職場はさっさと辞める、という決断も必要かもしれない。それは被害者の考え方次第だ。

二―六　心理的ケアのプログラムを実施なさる方へ

あなたが、児童心理司、臨床心理士、精神科医、犯罪者の更生担当者、カウンセラー、セラピストなど、何らかのかたちで人の心のケアをしなければならない立場なら、その難しさはイヤというほど味わっているだろう。

たとえば、サイコパスなどとは違って、心ならずも自分の子どもを虐待してしまう親などは、やり方次第では救済できるかもしれない。できれば救済したい。

ところが、よかれと思ってやったことが、かえって相手の症状を悪化させてしまった、ということも起こってくる。

相手を心理的に自立させるつもりでやったことが、かえって相手を自分に依存させる結果になってしまったり、あるいは「マインドレイプを受けた」と相手から非難されてしまったり・・・。

あなたが単に相手の心理状態を検査するだけの役目なら、既存の心理テストの手法をいくらでも駆使して、それなりの報告書や診断書が書けるかもしれない。

しかし、「回復」と呼べるところまで、相手の心をケアしなければならないとなると、通り一遍のノウハウでは通用しない、という事態も起きてくる。

■心理検査はどこまで有効か

一例を示そう。

児童心理司が虐待を受けた子どもの心理状態を検査したり、あるいは犯罪者を精神鑑定したりするときなどによく使われる手法に「樹木画」というのがある。

検査対象者に自由に樹木の絵を描かせる。対象者は自己イメージを樹木の絵にシンボル化して描くため、それを読み解くことで、そのときの対象者の心理状態や自己イメージを大雑把に把握できる。

しかしこの場合、まず樹木というシンボルは、あらかじめ与えられたものである。描くべきシンボルが決まっていて、いわばそのシンボルをどう描くか、という部分に自己イメージが反映されるわけだが、もし対象者に自分の無意識を意識してほしいなら、その無意識を象徴するシンボルをあらかじめ限定してしまうのはいかがなものだろう。

「自分は樹木の絵など描きたくない。自分は、今の自分を、ある一匹の動物のイメージで表現する方がしっくりくる」という人もいるかもしれない。

たとえば、グループ・セッションなどで「樹木画」の手法を用いる場合、描く対象があらかじめ決められているなら、その描き方の違いによって個別性が表現されることになり、他者との比較による自己イメージ、つまり「私とあなたは違う」が強調される。「同じ木の絵を描いたのに、人によってこんなに違うのか」となるわけだ。

一方、それぞれ異なるシンボルを描いたにもかかわらず、それを見せ合ったとき、そこに何らかの共通性を見出したなら、「私とあなたは深い部分でつながっている」となる。つまり、シンボルの裏にある「意味」の部分での共感が生まれるのだ。

実は、シンボルによる自己認識のもっとも重要なポイントは、自分がそのときその瞬間に、どのようなシンボルを選んで自分を表現するか、というところにある。選んだシンボルそのものに、隠された「意味」が内在しているのだ。

樹木のイメージ自体に、自己回復あるいは問題解決の「答え」があるわけではない。

しかし実は、そのとき本人が描く絵自体が、自己イメージの反映であると同時に、求めている問題の「答え」でもある、という描画法もあるのだ。これは、自由画療法ともまた違う。

■自己回復プログラムに求められる条件

それを紹介する前に、そもそもこの手の自己回復なり自己変容を目的としたワークなりセッションなりをプログラム化する場合、どのような条件を満たす必要があるかを、私なりにまとめておこう。

○指導者からの自立性：プログラム修了後も、継続して自分でできる。

自己成長は一生かけてやるもの。解きたい問題が変わっても、自分で答えを出せる手法が必要。「飢えている人に魚を一匹与えるのでなく、魚の捕り方を教えるなら、その人は一生食べていける」（中国の諺）

○個別対応性：マニュアル的な「答え」（一般化された結論）に導かない。最終的に必要なのは一般的な処世術ではなく、「自分取り扱い説明書」。
○主体性の尊重：参加者の自主的意欲を最後まで保てる（押しつけではない）。
○自己肯定意識の育成：否定的、懲罰的でない。
○共有性・共感性：個人が自分と向き合うと同時に、特にグループ・セッションでは、その場で全員で思いを共有し、共感し、シンクロニシティやシナジーを生み出せる。
○自分の無意識への集中：自分の問題を、相手の問題にすり替えない。
○データ依存型でない：対象者の個人的背景をすべて把握しなくても効果が期待できる。
○「他者との関係改善」を目的としない：たとえば、親子間に虐待などがある場合、親子がそれぞれ自分としっかり向き合った結果、必然的に関係が改善されるのであって、結果として一緒に生活しない方がいい親子もいる。
○即効性・単発性：長期的、定期的に参加できない対象者の事情も考慮。
○永続性・柔軟性・汎用性：人生のステージや課題はどんどん変化し、深くもなっていくため、様々な問題の種類や深度に柔軟に対応できる。
○プログラムの提供者・受容者の垣根を超える：プログラムを受ける側、施す側という役割分担がはっきりしている方法では、参加者のプログラムへの依存度を高めてしまう場合もあり、向き不向きがある。

これらの条件は、対象者の心的回復プログラムだけでなく、たとえば児童福祉司や児童心理司の養成プログラム、犯罪者の更生プログラムなどを考える場合にも役立つはずだ。

これらの条件をすべていっぺんに満たすような方法があるだろうか。

私はひとつだけ知っている。それは「ドリームワーク」だ。

※この項執筆にあたっては、山脇由貴子「児童相談所が子どもを殺す」（文春新書）、森田ゆり「虐待・親にもケアを」（築地書館）などを参考にした。

第三章　すぐに役立つ対策ツール

三―一　ドリームワークの全貌

■相手の心の奥を知りたければ相手に聞くしかない

明らかに普通でない精神状態にあったり、いじめ、虐待、ハラスメントなどの逸脱行動を起こしたり、あるいはさらに殺人などの凶悪な犯罪を犯すような人と、あなたが向き合わなければならない立場にあるなら、あなたは否応なく相手の無意識と向き合わざるを得なくなる。表面的・表層的な向き合い方で、問題の原因やその対処法にたどりつけるはずもない。

たとえば、あなたが精神科医、精神療法士、臨床心理士、カウンセラー、セラピストだったとする。心理的に問題を抱えた相手が目の前にいる。無意識の奥底に隠れている症状や行動の原因、意図、動機、目的といったものを、都合よくペラペラとしゃべってくれるクライアントなどいない。

どれだけレントゲンを撮っても、相手の無意識は映らない。どれだけ脳を解剖しようが、無意識を映すカメラが手に入るわけではない。ラジオを分解しても音楽の出所がわからないのと同じだ。

あなたは、相手から話を聞くしかない、粘り強く。聞く、考える、また聞く、その繰り返しだ。

■「医原病」という専門家エゴ

あなたがもし、既存の心理学理論こそが唯一の正解であり、その理論通りにしていけば、クライアントは回復に向かうはずだと思うなら、答えをクライアントに押しつけることになるだろう。我田引水だ。

クライアントがそこに着地すれば、その療法は成功、着地しないなら失敗・・・その結果、もしクライアントの症状が悪化してしまったら？

実際にそういうことはままある。それを「医原病」と呼ぶらしい。つまり医学が病気を作り出してしまう、ということだ。医者の性格が「医原病」の原因である場合さえある（註五）。

「我田引水」法しか知らない治療者は、知らず知らずのうちに、自分の中にある唯一の答えの方へ、クライアントを導きかねない。まさに「点X」を「面A」の内側に移動させてしまうやり方だ。これこそ「専門家エゴ」である。

ここで紹介するわが師のところには、「カウンセラーからマインドレイプを受けた」と言って、夢の読み解きを自己回復の最後の砦として訪れる人がときどき現れるという。

あなたが今までどれだけフロイトやユングを勉強してこようと、目の前のクライアントこそが唯一の「答え」だ。人は心理学の理論通りに心を病んだり犯罪を犯したりしてくれるわけではない。理論は臨床によって後づけされたにすぎない。昨日の正解が今日通用するとは限らない。人の心を扱う科学は、実験科学でも再現性科学でもない。一回限りの現象を対象にする定式化できない分野だ。したがって、扱う人間によって結果はまったく変わってくる。

私の知り合いの精神科医はこう言っている。

「診療はライブだ」

■あなたは自分の無意識と向き合った経験があるか？

あなたが相手の無意識と向き合う準備がどれだけできているか、それを推し量る方法はたったひとつ。あなた自身が自分の無意識とどれだけ向き合っているか。自分の無意識と向き合った経験が一度もない人に、他人の無意識の扉をノックすることはできない。

クライアントが、重い心理的症状を呈していたり、常人には信じられないような逸脱行動を取る人間であればあるほど、その原因は、それだけ深い無意識の底に眠っている可能性がある。

無意識の井戸の底は、深くて見えづらいが、掘り起こせないわけではない。では、どうやって？　治療者がどれだけ問診しようが、そう簡単に掘り起こせるわけではない。

■クライアントこそが唯一の教科書

もっとも端的に相手の無意識を掘り起こす方法は「夢」である。

夢を扱う科学は、一回限りの現象を扱う「非再現性科学」だ。答えが載っている教科書などない。目の前のクライアントこそが唯一の正解だ。

「夢」は、あらゆる学問的ジャンルを超越している。心理学的であり、医学的でもあり、社会学、宗教学、文化人類学、自然科学など、あらゆるジャンルが混然一体となったものだ。夢の出所である無意識の領域には、「分野」という概念など存在しない。もっと言えば、夢には「時間」という概念すら存在しない。過去も未来も「今」である。

こうした「分野」の教科書を作るなら、正解を載せるのではなく、正解にたどりつくための道順（地図）を示す以外にはない。

夢を扱う「非再現性科学」は、「面A」を踏まえはするものの、そこに答えを見出そうとするのではなく、それをいったん脇に置き、あくまで「点X」を対象にする試みである。いわば、「点X」の扱い方を、研究者の方が「点X」の持ち主から学ぶのだ。研究者は、「点X」からもたらされた新しい認識をもとに、「面A」を徐々に拡大させていく。

カウンセラーとクライアントのこうした「共同作業」によって、カウンセラーもクライアントもともに成長する。ここがもっとも重要な点だ。

■人間性回復運動から生まれたドリームワーク

夢を自己成長の契機として活用しようとする「ドリームワーク」という手法がある。

わが師、大高ゆうこ氏は、日本における「ドリームワーク」の（唯一と言ってもいい）スペシャリストだ。

ドリームワークは、一九六〇年代にアメリカで起こった「人間性回復運動（ヒューマン・ポテンシャル・ムーヴメント）」がきっかけになって発達してきた。

いわゆる心理療法としての夢分析は、フロイトやユングに端を発しているが、フロイトやユングの時代の夢分析は、もっぱら精神疾患の患者に施す治療法という扱いだった。それが、「人間性回復運動」により、一般の個人の幸福追求や自己実現や創造性の発揮に夢を活かそうという動きが出てきて、そこからドリームワークの手法も生まれてきた。

師は、精神療法としての夢分析に惹かれたのではなく、一般の人が、単眼的な発想や凝り固まった価値観から脱却し、多角的なものの見方を獲得するのに夢が役立つ点に着目した。また、夢を学ぶにつれ、誰しもが無意識の中に善と悪、男性性と女性性の両方を兼ね備えていることもわかってくる。

■夢は無意識からの手紙

そうした夢の学びの有用性に注目した師は、夢の意味内容を読み解く独自の方法論を開発してきた。フロイトやユングの理論を踏まえてはいる。しかし踏まえているだけで、師は既存の理論を唯一の拠りどころにはしていない。師が方法論の開発に使った材料は、膨大な臨床データである。しかも自分自身の夢の臨床データだ。

師は毎日夢日記をつけ、その夢をもとに読み解きの技法を自ら開発し、それをもとに自分の夢の意味を読み解き、その意味を実生活に活かし、またその結果をもとに技法を改良していくという作業を何十年と続けてきた。自分の夢を臨床データとした「定点観測」だからこそ、広がりと同時に深みもわかり、そこへ時間的推移も加わる。技法の開発にあたっては、東洋的叡智も取り入れている。

そうした技法をもとにデザインした「夢解き日記帳」は実用新案を取得している。そのノウハウはすでに本家アメリカを超えているとも言える。

師はいつもこう言う。

「夢は、毎夜あなたに宛てて書かれた無意識からの手紙のようなもの。それはラブレターであり、厳しい叱咤激励でもあり、深い癒しのメッセージでもある、たとえ悪夢であろうと。共通しているメッセージは、『あなたが今ここでこうして生きていることには、重要な意味がある』ということ。

ただしその手紙は暗号で書かれていて、それを読み解けるのはあなただけ。私は読み解き方を伝授するだけ。あなたの無意識には、あなたの人生の答えが眠っている。その無意識からのせっかくの手紙を、封も開けずに放っておくのは、人生を半分しか生きないようなもの」

■夢はなぜ「象徴」なのか？

夢は「シンボル」によってメッセージを伝えてくる。夢に登場するものは、人であろうが動物であろうが、景色、出来事、乗り物や建物などの人工物、果ては単なる色や形や音や匂いや味に至るまで、すべて何らかのシンボルである。

シンボルとは「象徴」という意味だが、象徴とは「それでしか表現できない別の何か」ということだ。夢はなぜそんな回りくどいことをするのだろう。

たとえば、キリスト教の宗教画に「聖母子像」というのがあるが、それは「母性」だったり「神の愛」だったり、「信仰心」「慈悲の心」といったものを、幼いイエスを抱いた聖母マリアの姿を借りて「象徴化」したものである。人はその絵を通して、人間にとって何が大切かを繰り返し学ぶ。「聖母子像」を見て、「悪徳」を学ぶ人間はいない。つまり、象徴という伝達手段には誤謬が起こりにくい。だからこそ、夢はメッセージを象徴に置き換える。

象徴とは、一種の暗号だ。暗号は、解き方を知っている者だけに通じるコミュニケーション手段だ。そういう意味でも、夢はそれをみた（※）本人だけに重要なメッセージを間違いなく伝えるための手段なのだ。ただしその意味はひとつではなく、多様な読み取りが可能だ。どれも間違いではない。夢にはそれだけ柔軟性がある。その多様性・柔軟性も重要で、ひとつの夢を今読み解いたときの答えと、十年後に読み解いたときの答えは違っていたりする。それは、その十年間でのその人の変化を物語っている。昨日も今日も明日も、重要であることに変わりはない。

（※）師は、「夢をみる」というときに、「見る」と漢字で綴らない。夢は視覚的な体験だけでなく、五感全部（プラス第六感）で感じるものだからだ。そこで夢に関しては、「みる」をあえて平仮名で表記する。

師によると、実験・実践によって効果が確認できているドリームワークの手法は、最低でも二十はあるという。たとえば、誘導瞑想によって夢（特に悪夢）の続きをみて、その夢の核心についての知見を得る手法、再現ドラマ仕立て、エンプティチェア手法、夢のシンボルを現実に探す手法など。なかでも描画を用いる手法は、実験回数が多く、その効果も高い。ドリームワークは、描画法とよく馴染むのだ。

■ドリームワークとはどんな手法か

ドリームワークの最中、ドリームワーカーの念頭に「答え」はない。答えに至る「道筋」だけがある。ドリームワーカーは、クライアントが答えに近づいたか、遠ざかったか、理解が深まったか否かだけを判断している。ドリームワーカーには「今、登山の何合目か」がわかるのだ。

夢は、他人のものではあり得ない。あくまで自分がみた夢だから、言い訳はいっさいきかないし、本人は言い訳したいとも思わないはずだ。たとえば虐待をした親がどれだけ子どもに責任を振り向けようとしても、ドリームワークでは「それはあなたがみた夢ですよ、あなたのお子さんがみた夢ではありませんよ」となる。

ドリームワークによって、最終的な答えに至ったかどうかは、クライアント本人が自然に感じ取ることができる。そのとき、「今まで黒だと思い込んでいたものが、実は白だった」という大きな発想の転換、逆転現象が起きることさえある。たったひとつの夢が、一瞬にして人生を根底から変えるのだ。

ドリームワーカーもそれに共振する。感動の瞬間である。答えを押しつけないからこそ、一緒に発見したという深い共感が生まれる。ドリームワークのグループ・セッションの場合も基本的な構造は同じだが、共感性はよりダイナミックになり、シンクロニシティやシナジーも多様に起きる。

夢は、その人の人生の取り組み課題を、優先度、緊急度の高い順に提示してくる。悪夢であればあるほど、緊急度が高いことを表す。あなたの無意識が「早く気づいてくれ！」と叫んでいるのだ。できればみなかったことにしておきたい「悪夢」にこそ、人生の大きな答えが隠れていたりする。夢には、あなたが抱える問題の本質とともに、その解決策まで提示されているのである。

■繰り返しみる悪夢の正体

一例を示そう。

あるとき、師の主催するワークショップに三十代の女性が参加した。その女性は、鬱病を患っていて、仕事も辞め、一歩も外に出られない状態だったという。そんな状態でワークショップに参加したのは、小学生の頃から何度も同じ悪夢をみて、悩まされていたからだという。自分の勉強部屋のドアの隙間から、黒い影がじっとこちらを見ている、という夢だ。

その女性は、師の指導のもと、その悪夢をワークしてみた。するとその影は、「自分は気づかずにいるが、ずっと自分を守ってくれている存在」だとわかった。何と彼女にはその存在に心当たりがあったのだ。まさに「黒」が「白」に引っくり返った瞬間だった。

その後彼女は、鬱病がすっかりよくなり、「ドリームワークに参加して、こんなふうに私は変われた」という体験記をＳＮＳに載せ、ビジネス系セミナーの講師になり、人前で喋れるほどになったという。

たった一回のドリームワークが彼女の状況を一変させてしまったのだ。いったい他のどんな心理療法がこのような解決策に導くことができよう。

■クライアントに訪れる「天啓」

もうひとつの例。

あるとき、師のもとにひとりの女性がやってきた。彼女は、悪夢ではないのだが強烈な夢をみて、その意味を知りたいという。師は彼女を相手に、ありとあらゆる読み解き技法を用い、その夢の意味を一緒に読み解こうと試みる。しかし彼女はなかなか「これだ！」という答えにたどりつけない。夢の読み解き作業にとって、まず第一に、カウンセラーがどれだけ「これが正解じゃないの？」と思っても、夢をみた本人がピンとこなかったら、それは正解ではない。

通常の精神療法なら、クライアントはいくらでもウソやでっち上げを話すことができる。カウンセラーに気に入ってもらえるような自分を演出するクライアントさえいる。

しかし、自分がみた夢を歪曲することも、なかったことにすることもできない。自分がみた夢だから、言い訳や操作はいっさいきかない。ときどき、みてもいない「偽りの夢」をでっち上げるクライアントもいるそうだが、そのウソは簡単に見破れると師は言う。そもそも、ひとつの夢だけではなく、毎日みる夢を読み解きの対象にするなら、夢をみた本人がそのいちいちに操作をかけることなどできようはずもない。継続して複数の夢にかかわるなら、操作された夢を見破ることは難しいことではない。

さて、彼女は粘り強く師のもとに通い、その悪夢の意味を読み解こうとする。師は、あらゆる技法を用いて、夢のメッセージの答えにたどりつこうと導く。それは、ひとつの山に登るのに、様々なルートを試すようなものだ。

二人のセッションは、ついに半年に及んだ。たったひとつの夢に対してである。

そしてある日のセッションのある瞬間、突然彼女に天啓のようにして「答え」がもたらされた。彼女は椅子から崩れ落ち、涙を流し、床に突っ伏したまま、しばらく身動きがとれなかったという。まさに「面A」の拡大、あるいは発想の転換が起きた瞬間だ。辛抱強く付き合ってきた師の方にも、「これが、求めていた答えだったのか！」という予期せぬ感動が湧き上がる。そこには、いかなる「診断名」も不要だ。

カウンセラーから押しつけられる療法では、このようなことは起こり得ない。

師は、いわゆる「夢のシンボル辞典」なども、ほんの参考程度にしか使わない。辞書に載っている意味が、唯一絶対の「答え」ではない。あるクライアントのある夢に登場したあるひとつのシンボルの意味を読み解いてみた結果、辞典に載っている意味とはまるで違う意味、いわばそのクライアント個人にとっての意味が出てきたら、迷わずその個人的な意味の方を正解にする。

たとえば、犬が夢に登場した場合、そのクライアントがペットで犬を飼っていてかわいがっているか、それとも過去に犬に噛まれた経験があって、犬を恐れているかで、「犬」というシンボルの意味はまるで違ってくる。どのみち、辞典に載っていないシンボルの意味を知りたければ、自分で読み解くしかない。

■「自分取り扱い説明書」こそが最終目標

ひとつのシンボルの意味を読み解いて終わりではない。自分の夢に登場したシンボルひとつひとつの意味を読み解いていく、という作業を延々と繰り返し、最終的には自分だけに通用する一〇〇％オリジナルの夢辞典を編纂する。「私の夢に登場する〇〇というシンボルの意味は□□です」という辞書だ。この辞書は随時更新される。

そのうち、「〜〜時代の私の夢に登場した〇〇というシンボルの意味は□□です」という多義的な辞書が出来上がるかもしれない。それは、その人の成長の記録でもある。「最近〇〇という意味の夢をみていない」というのも、成長のバロメーターとなる。

これこそまさに、クライアントが自分の無意識と向き合い、そこに何が眠っているのかを読み解き、自分の無意識からのその貴重なメッセージを実生活に活かしていくための、いわば「自分取り扱い説明書」にほかならない。そんじょそこらの、やれ血液型だのやれ星座占いだのという「自分取り扱いマニュアル」とはわけが違う。

このような方向へクライアントを導くことができるのは、もちろん師が毎日夢を通して自分の無意識と向き合っているからにほかならない。

非再現性科学にとっての普遍的な方法論というものがあるとしたら、こういうやり方だろう。

「ドリームワーク」には、個別性、自立性、共感性、即効性、永続性、柔軟性、汎用性のすべてが備わっている。

「ドリームワーク」こそ、二一世紀における「人間性回復」のための重要なツールなのだ。

三―二　エンパワーメント・シナリオ

ここで、「エンパワーメント・シナリオ」というのをご紹介したい。

発案者は、クリスト・ノーデン―パワーズという人で、オリンピックの代表選手や大企業を対象に、人材育成のトレーニングに長年携わってきた人だ。

以下で紹介するシナリオは、彼の著書「エンパワーメントの鍵」（実務教育出版）がもとになっている。

このシナリオは、人の意識状態を一段上のレベルに引き上げるのにも、大いに役立つだろうと、私は考えている。

ドリームワークなどと同様、このシナリオも、「問題を抱える当人の中にこそ解決策が眠っている」という考えに基づいているため、シナリオの運用者が、どんなジャンルの専門家か、ということを問わない。シナリオの流れとその運用法を知ってさえいれば、あらゆるジャンルの問題に対応できる汎用性の高い問題解決技法なのだ。

■エンパワーメントとは何か

ここでの「パワー」とは、肉体的な力ではなく、精神的な力あるいは意志の力を表す。それは、何か物事を成すときの権限、意欲、動機づけ、積極性、責任感、「やめない、諦めない力」ということだ。

「エンパワー」とは、相手にそれを成す「パワー」を与えることを意味する。

逆に「ディパワー」とは、相手にそれを成す「パワー」を（充分に）与えない、あるいはパワーを奪うことを意味する。

以下に、「エンパワーメント」という概念について、その対極にある「マネジメント」との比較において説明してみよう。

○「エンパワーメント」は、二一世紀の組織運営において、「マネジメント」に取って代わる基本理念である。
○人は、マネジメント（管理）によってディパワーされることはあっても、エンパワーされることはない。したがってマネジメントとエンパワーメントは相対立する概念である。
○エンパワーメントは、融通のきかないステレオタイプな方法ではない。柔軟性があり、しかもダイナミックで大きな影響力を持つ「心的プロセス」である。
○エンパワーメントの原則は、適用対象を選ばない。業界、扱う商品、組織の規模や形態などに関係なく適用できる。また、企業に限らず、個人、学校、家庭などにも効果的に取り入れることができる。
○マネジメントは、「正しい答えは常にマネージする側にあり、それをいかに巧みに効果的に対象者に伝える（理解させ、従わせる）か」を考える（一種のマインドコントロール）。一方、エンパワーメントは、「唯一の正解は常に対象者の内側にあり、それをいかに引き出すか」を考える。
○マネジャーが人を指導する場合、自分の意見や価値観の押しつけ、お説教、有無を言わさぬ命令などの方法を用いる。この方法は、ひとつの選択肢を示すことにはなっても、相手をエンパワーすることにはならない。むしろディパワー状態を助長させる方向に働く。エンパワーメントでは、ディパワー状態の根本原因に本人が自分で気づくため、同じ原因で二度とディパワー状態にはならない。
○マネジャーは、人がパワーを得て自分より成長することに、ある種の恐れを抱くが、エンパワーメントの場合、人がパワーを得て、自分を越えていくことに喜びを見出し、自分が人をうまくエンパワーできたことに、大きな達成感と充実感を覚える。
○マネジメントの根本にあるのは、一種の人間不信であり怖れであるが、エンパワーメントの根本にあるのは、深い人間理解にもとづいた信頼感である。

■エンパワーメント・シナリオとは何か

エンパワーメント・シナリオとは、簡単に言うと、ある事情によってディパワー状態にある人を、ある特殊な質問による誘導によってエンパワーすることを目的としたシナリオのことである。

このシナリオの特徴を列挙する。
○まず第一に、シナリオの実践者（相手をエンパワーする側）は、個人的な助言やアドバイスなどをいっさいせずに、ただ流れに応じた質問をタイミングよく相手に投げかけ、その質問に解答者（エンパワーされる側）自ら答えてもらうという点である。なぜなら、質問をし続けることによって相手を巻き込むことは、相手をエンパワーし続けるための最善の方法だからである。
○その際、解答の内容や問題の原因よりも、むしろ解答者の意識の状態（ものの考え方や行動を支配している基盤）に注目し、それに応じてシナリオの進行をコントロールしていく。なぜなら、そうした意識の状態こそが、パワーを失っていると感じさせる原因になっているからだ。
○意識の状態とは、大きく分けると、拡散しているか収縮しているかのどちらかだ。拡散しているならば、その意識に適切な方向性を与えて、その方向へと集中させる。収縮しているならば、意識をより高いレベルへと拡張させる。それによって、解答者は自分の抱えている問題の本質的な原因に気づき、同時に適切な解決策を自分で導き出し、行動へとエンパワーされる。
○したがって、このシナリオがどの時点で完結するかの判断基準は、解答者がディパワー状態からエンパワー状態になったかどうかということである。少しでもディパワー状態が残っている場合は、何度でもシナリオを繰り返す。
○このシナリオを成功へと導くポイントは、解答者に自分の置かれている現実をいかに的確に認識させるかということ。また同時に、解決策は未来のことなので、認識した現実をいかに超越させ、想像力を働かせた自由な発想を促すか、ということ。
○その際、重要となるのは、現在のことであろうが未来のことであろうが、解答者の五感（特に視覚、聴覚、運動感覚）に訴えるということである。なぜなら、不安や怒り、欲求不満といった感情に対するには、感覚的な情報をうまく扱う方法を見つけ出す必要があるからだ。

■エンパワーメント・シナリオの適用例

次のようなケーススタディを、エンパワーメント・シナリオにあてはめるとどうなるかをシミュレーションしてみよう。これはあくまでひとつの例であり、可能性は他にも無数にあり、したがって結論もひとつではないということをつけ加えておく。

〈ケーススタディ〉
あなたはある部門の責任者だ。ある女性従業員に金曜日の午後までに報告書を提出するよう頼んだが、彼女は報告書の提出を忘れてしまった。月曜の朝、あなたは彼女の行動を絶対に容認できないと指摘し、彼女をひどく叱責した。ところが彼女は、そんなあなたの態度に不満を述べた。彼女は報告書の目的と重要性を知らされていなかったというのだ。もし知らされていれば、木曜日に残業するか、家に持ち帰ってそれを仕上げたはずだ、と主張した。

さて、あなたならこの問題にどう対処するだろうか？

このシナリオの第一ステップとして重要なことは、質問者（エンパワーする側）と解答者（エンパワーされる側）の間に信頼関係が成立しているということだ。付き合いが短かったり初対面である場合は、ボディランゲージなどの非言語コミュニケーションや軽い会話などの方法で相手に安心感を与え、次のようなメッセージを相手に送る。

「私はあなたの敵ではありません」
「私にはあなたを非難したり攻撃したりする意図はありません」
「私はあなたの問題を一緒に解決したいと思っています」

第二ステップからは、いよいよ具体的な質問に入っていく。

※責＝責任者（エンパワーする側）
従＝女性従業員（エンパワーされる側）

責「あなたは、私が頼んだ報告書を期限までに提出することができなかったわけですが、それはどんなことが障害になっているからだと思いますか？」

従「私のところには、作成すべき書類が殺到していて、しかもそれらの目的や重要性がはっきりしていないため、優先順位をつけてうまくさばくことができないのです。それに、新人に仕事を教える役目も押しつけられていて、自分の仕事をこなしつつ、さらに新人の面倒も看るということは、とても私には両立できません」

責「なるほど。あなたがそうした事柄を面倒に感じたり、自分の手にあまると感じるのは、具体的にどのようなことが起きているからなのですか？」

従「私のところには、“作ってほしい”と頼まれる書類が毎日のように発生しています。それをこなしながら、さらに仕事をまだ覚えていない新人にあれやこれやの指示を出す手間も発生していて、うまくコントロールできずに、毎日がパニック状態なのです」

責「そうですか、それは大変ですね。あなたがそうしたパニック状態に陥るのは、具体的に何を目にするからなのですか？」

従「私の机の上に積み上げられた未処理の書類の山を目にするからです。私にはそれらがすべて重要な書類に見えるのですが、提出期限や優先度がはっきりしていないものもあるため、スケジュールもうまく管理できないのです。就業時間内に処理できないときは、家に持ち帰って続きをやることもあります」

責「なるほど。では、あなたがそうしたパニック状態に陥るとき、あなたの耳には具体的にどんなものが聞こえますか？」

従「『これ、頼むよ』と言って気軽に私の机の上に書類を置いていく上司の声です。それと、わからないことがあると、すぐに『これはどうすればいい、あれはどうすればいい』と私に聞いてくる新人の声です」

責「もし可能なら、上司があなたに書類を頼むとき、あるいは新人が仕事の質問をするとき、あなたに何と言っているのか、聞いたままを具体的に教えてくれませんか？」

従「上司は私に書類を頼むとき『これ、いつものやつだから、いつものやり方で頼むよ』といった必要最低限の言い方か、あるいは『これは重要な書類だから、なるべく早く頼むよ』といった曖昧な言い方かのどちらかです。私がその書類の目的や重要度や意義に関して上司に質問しても、たいてい『そんなことは、君が知らなくてもいいことだ』といった答えが返ってきます。

また、新人の方は、マニュアルを読めばわかるようなコンピューターの操作に関する質問か、あるいは逆に『この書類は、どんな項目を網羅してどんな形式でいつまでに作ればいいんですか』といったような、私にも的確に答えられないような質問かのどちらかです」

責「あなたは、そうした状況から、どんな感覚や気分を抱きますか？」

従「上司から書類の処理を頼まれるたびに、『ああ、またか』とうんざりした気分になり、うまく処理できるかと不安にもなります。また、新人からの質問ははっきり言って私には、自分の仕事の集中を妨げる雑音にしか聞こえません」

責「それでは、改めてあなたに質問します。あなたが見たり聞いたりしていることすべての結果、あなたの身に起こっていることは、一言で言うと何ですか?」

従「そのように改めて質問されて、今はっきりわかったことがあります。それは、何が問題なのかと言えば、何か私の望まないことが起こっているというよりも、私の望むことが起こっていないということです。つまり、仕事のやり方や意義に関して、私は上司に対しても新人に対しても、もっと本質的なコミュニケーションを取る必要を感じているにもかかわらず、それが充分ではないということです。結局のところ、私だけでなく、上司にもそれがはっきりしていないのだと思います」

責「なるほど、その通りかもしれませんね。
それでは、今までのところをまとめておきます。あなたの抱える問題は、書類の処理にしろ新人の指導にしろ、自分のところに仕事が山積みになっているにもかかわらず、仕事のやり方や意義に関してうまく把握することができないため、効果的に処理することができない、ということでいいですか」

従「はい、まさにその通りです」

責「それでは、自分のところに仕事が集中しているにもかかわらず、仕事のやり方や意義に関する情報が得られず、効果的に処理することができない代わりに、あなたが望むことは具体的に何ですか?」

従「仕事のやり方や意義に関する的確な情報を得ることです」

責「もし仮に、その情報をすでにあなたが持っているとしたら、その結果あなたは何を見ることになると思いますか？」

従「的確な項目を網羅し、的確な形式で期限内に作成された書類を見ることになるでしょう」

責「それでは、もし仮に、仕事のやり方や意義に関する的確な情報を得ることができたら、あなたは何を聞くことになると思いますか？」

従「上司がこう言うのを聞くでしょう。『君の作る書類はいつも完璧だ。君に任せておけば安心だね。この書類のおかげで、本当に仕事がやりやすくなるよ』」

責「そのようにして、必要な情報を得たとしたら、あなたは何を感じるでしょうか？」

従「皆のお役に立てて、充実した気分で仕事に打ち込めるでしょう」

責「それでは、もしそうしたあなたの望みがすべて満たされたとしたら、どんな結果になると思いますか？」

従「私は書類の目的や重要度に応じて優先順位をつけてスケジューリングができるため、まず期限に遅れるということはなくなるでしょう。また、場合によっては、新人に仕事を振り分けることもできるでしょうから、私自身に余裕ができ、その分新人の指導に時間を費やすこともできるでしょう」

責「それでは、あなたが期限内に的確な書類を作ることができ、余裕をもって新人の指導に時間をかけることができたとしたら、その結果どうなると思いますか?」

従「その質問をされて、思い出したことがあります。うちの会社の経営計画の中に『あらゆる社員がお互いにメンター（指導者役）であり、常に相手から潜在能力を引き出して、それを発展させることを支援し、活気あふれる職場にすること』というのがあります。それを自分の仕事を通して実現できると思います」

責「すばらしいですね。それでは、今までのところをまとめてみます。あなたの仕事の真の目的は、自分の仕事を通して、あらゆる社員のメンターとなり、相手から潜在能力を引き出し、活気あふれる職場にすることです。そして、そのためのひとつの方法が、仕事のやり方や意義に関する情報を得て、それに基づいて的確な書類を期限内に作成することです。それでいいですか」

従「はい、そうです」

責「それでは、他にどうやったら、あなたは自分の仕事を通して、あらゆる社員のメンターとなり、相手から潜在能力を引き出し、活気あふれる職場にすることができると思いますか」

従「えっ？ そんなこと考えてもみませんでした」

責「そうですか。それでは、今考えてみてください」

従「書類の作成以外の方法で、ですか？」

責「どちらでもかまいませんが、あなたの問題は、頼まれた書類が期限内に間に合わないということでしたので、一応この場合は書類の作成を通して、ということにしぼってみましょう。いずれにしろ重要なことは、あなたの想像力が日常のしがらみから解放され、自由な発想を獲得することです。そこで、あなたに改めて質問します。もし、まだあなたが考えたこともないような解決策があるとしたら、それはどのようなものだと思いますか？」

これ以降、解答者（女性従業員）がそれまで考えてもみなかった解決策を（ひとつではなく複数）見つけ出せるまで何回もこの質問を繰り返す。

そしてそれらの新しい解決策の中から、解答者に最善の解決策を選ばせ、それを具体化させる方法の詳細、手段、情報、解決策へのサポートシステム、協力者、それらの解決策によって影響を受ける人々が解決策に対してエンパワーされるためのいくつかの方法の確認、行動のための計画、そして最後にそうした解決策がうまくいくように解答者自身が責任をもってあたれるかというコミットメントなどについての質問が続くが、ここでは長くなるので省略する。おそらく、必要な解決策のヒントは、すでに上記の問答の中にすべて含まれているはずだ。

いずれにしろ、上記までのステップでも、解答者の意識が、八方塞りに思える限られた狭い範囲から、より広い範囲の自由な領域へと拡張され、より高い視点から問題を眺めることができるようになっていることが、ご理解いただけるだろう。

この解答者の場合、書類の件だけでなく、新人の指導についても不満を持っているため、必要ならばその問題に関しても、上記のプロセスをたどってみてもいいだろう。また、書類の作成以外で「自分の仕事を通して、あらゆる社員のメンターとなり、相手から潜在能力を引き出し、活気あふれる職場にする」方法についてもシナリオで導き出すことができる。ただし、どちらの問題もその本質は同じところにありそうだ。つまりこの解答者の場合、「新人からの質問が自分の仕事の集中を妨げる雑音にしか聞こえない」という状況は、裏を返せば「新人からの質問が気になって仕方がない（新人を指導したくて仕方がない）」という心境を物語ってもいるからだ。エンパワーされることにより、この女性は書類作成を通した新人教育へと積極的に向かっていくに違いない。

意識の力動過程を数段高いレベルに引き上げ、その視点から問題を捉え直すことによって、それまでの狭められた思考からは想像もできなかった解決策が導き出されると、人は失っていたパワーと自信を取り戻し、もはや自分の選んだその解決策を行動に移すのに物理的にも精神的にも障害はなくなる。人に答えを押しつける「面A」方式の手法では、こうはならない。これがエンパワーメント・シナリオの真髄である。

最後に、エンパワーメント・シナリオの全体像をまとめておく。

■エンパワーメント・シナリオ（要約）

1．信頼関係の構築
相手の心理状態に関する洞察
行動反射などのボディランゲージを観察

呼吸や声を相手と同調させる
共通の興味や現実の話題で信頼を得る
共感や肯定的フィードバック（相槌ち）を相手に返す

2．不満に感じていることを明確にする
あなたは何に不満を感じているのか？
あなたが不満を感じるのは、具体的にどんなことが起きているからなのか？
あなたが不満を感じているとき、何を見、聞き、感じているか？
これらすべての結果、起こっていることは何か？
※今起きている「ドラマ」に「タイトル」をつけてもらうような感覚で答えてもらうといい。

3．その代わりに、望むことを明確にする
その代わりに、あなたが具体的に望むことは何か？
もしそれらがすべて満たされたとしたら、何を見、聞き、感じることになるのか？
もしそれらがすべて満たされたとしたら、どんな結果になるのか？
※新しく起きてほしい「ドラマ」に改めて「タイトル」をつけてもらう要領。

4．既存の解決策を超え、望むことを実現するための様々な選択肢を考える
あなたはどのようにしてそれを実現できるか？
他には？（何回も質問を繰り返す）

もし〜さんがあなたにアドバイスしたとしたら、それはどのようなアドバイスだと思うか？

もし、まだあなたが考えてもいないような別の解決策があるとしたら、それはどのようなものだと思うか？

他には？（何回も質問を繰り返す）
※何回繰り返せばいいかの基準は、相手が発想のリミッターを外したか外さないか。外せたということは、意識の拡大が起きたということ。
この時点で、出されたアイデアが実現可能かどうかは、いっさい問わなくていい。

5．選択肢の中から最善のものを選ぶ
あなたが望む結果を得るためには、どの解決策が一番だと思うか？

二番目によいと思う選択肢はどれか？

三番目によいと思う選択肢はどれか？

あなたの選択によって影響されるかもしれないことは何か？

あなたの選択によって影響されるかもしれない人は誰か？

それぞれの選択をさらによいものにするために何ができるか？

6．既存の人や資源を超え、助けてくれる人や役に立つ情報・資源を見定める
助けてくれる人で、特に誰を知っているか？
助けてくれる可能性のある人で、特に誰を知っているか？
他に誰か？（何回も質問を繰り返す）
他の組織は？（何回も質問を繰り返す）

今あなたは、特にどのような情報やデータを持っているか？
あなたはそれをどうやって知ったか？（情報源、有効性）
あなたはそれを見、聞き、感じたか？ あなたは何を見、聞き、感じたか？
他にどのような特別な情報やデータが必要か（あると助かるか）？
あなたはそれがどこにあるかを知っているか？
他には？（何回も質問を繰り返す）
今あなたは、特にどのような資源を持っているか？
あなたはどのような資源を調達できるか？
他にどのような資源が必要か（あると助かるか）？
他には？（何回も質問を繰り返す）
あなたはそれをどうやって獲得できるか？（何回も質問を繰り返す）
他の方法は？（何回も質問を繰り返す）
※思いついたアイデアを実行に移す時点で足踏みしてしまう原因は、何でも自分一人でしようとしたり、実行の手掛かり・足掛かりが見出せないこと。

7. 行動する（自分の実行できることに焦点をあて、コミットする）
それを成し遂げるために、あなたは直接何ができるか？
それを成し遂げるために、あなたは間接的に何ができるか？
他には？（何回も質問を繰り返す）
それを成し遂げるために、あなたが必要とすることは他にあるか？

それらを実行するにあたって、責任を取る準備ができているか？
いつ実行するか？
※アイデアを実行に移すことを阻害する要因を予め取り除いておく。

ここまでシナリオが進むと、解答者はすっかりエンパワーされ、シナリオをすぐにでも実行に移したくて仕方なくなるだろう。これが、エンパワーメント・シナリオの醍醐味である。

私は、このシナリオを、学生から社会人に至るまで、様々な場面で様々な対象者に適用してきた。その結果、速い人なら一五分、遅い人でも三〇分から一時間で、問題解決の最終的な「答え」（解答者がエンパワーされるポイント）にたどりつくことがわかった。

もうお気づきだと思うが、このシナリオは、職場であろうと、学校であろうと、家庭であろうと、いじめ、虐待、ハラスメントの被害者に対しても、加害者に対しても、とにかくその人がディパワー状態であることが問題の発生に関与しているなら、効果が期待できる。

ごく稀に、まったくどこへもたどりつけずに行き詰まってしまう人がいる。しかし、その場合でも、質問者の方は、解答者の解答を通して、その人の根本的な問題に気づく。おそらくそういう人は、長年のディパワー状態により、そうとう根深い病理を抱えるに至ってしまったと推察できる。こういう人には治療なりセラピーなりが、まず必要だろう。

そういう意味から、このシナリオも、適用できる範囲は、全事例の九九％ということになる。

なお、サイコパスにこのシナリオを適用すると大変なことになるので、ご注意を！（もっとも、サイコパスはディパワー状態にはならないので、そもそも対象外だが・・・）

三―三　学校のいじめ予防および環境改善チェックリスト

次に、学校でのいじめを予防するのに、どのような環境改善をしたらいいかを、四象限ごとにチェックリストにしたものを紹介する。

〈右上（物理的）象限〉

●低レベル

○備品・設備に足りないものはないか？

○あっても、壊れている、欠陥がある、危険があるなど、不適切な点はないか？

○環境は安全・衛生的・快適・効果的か？

○生徒の安心・安全を確保するための保険に加入しているか？

●高レベル

○学習環境は、集中力、落ち着き、目の疲れ、正しい姿勢などに支障がないか？

○給食の内容は、適切な学習効果に寄与しているか？

○学習環境は、生理学的・脳科学的に適切か？

〈右下（社会的）象限〉

○学校の運営構造に厳格なヒエラルキーがあることで、現場が硬直したものになっていないか？

○職員の間に不正はないか？

○他の組織（たとえば教育委員会など）との癒着はないか？

○職員の人事や処遇など、学校運営上に不公平はないか？

○立場が上の人間に対する「忖度」が働いていないか？
○職員同士の派閥・学閥はないか？

〈左下（先生と生徒の関係）象限〉
○先生が生徒に対して高圧的・強迫的な態度を取っていないか？
○体罰や懲罰主義はないか？
○えこひいきはないか？
○偏狭な価値観（イデオロギー）の押しつけはないか？
○学習評価に関して偏見はないか？
○生徒の自尊心を傷つけるような言動はないか？
○低次の意識レベルにある生徒への配慮に欠ける言動はないか？
○その他、自由意思への妨害、無知や認識不足、心の偏狭さ、不寛容などはないか？

まずは、こうした三象限に関して改善点をチェックした上で、改めて生徒ひとりひとりと向き合うこと（左上象限の取り組み）をしていただきたい。

上記の項目で、ひとつでも該当するものがあるなら、そこがいじめの温床にならないとも限らない、と思っていただきたい。

もし複数該当するなら、ぜひ優先順位をつけて、ひとつひとつ解消していただきたい。

■個人の内面を扱う七段階のモード

ちなみに、今回の論考のポイントは左上象限、つまり個人の内面にあるわけだが、個人の内面、ここでは具体的に、教室における生徒の内面を、先生がどのように取り扱うか、という問題になる。

それには様々な手法があるが、ここではそのいちいちを挙げる代わりに、取り得る「モード」について挙げておこう。おそらく、使用するモードが多ければ多いほど、より高い効果が期待できるだろう。

たとえば、教室において、ある生徒が、ボーッとしている、落ち着きがない、学習成果が上がらない、などの問題を抱えているとする。

そういう生徒に対応する場合、先生が取り得る意識のモードあるいはコミュニケーションのモードとして、次の七段階が挙げられる。

要は、その生徒に自分の問題をいかに意識させるか、言い換えれば、自分の内面にある「鏡」に、いかに自分を映して見させるか、という命題になってくる。

これはもちろん、職場で上司が部下を支援する場合にも、家庭で親が子どもを教育する場合にも、また犯罪者に対して更生担当者が更生指導する場合にもあてはまる。

○私（生徒）は、私について考える
「私は、内的な鏡に映った自分を見る」
一人称（主観）について、一人称の（主観的な）手法を用いて見る

○私（先生）は、この人（生徒）が自分を鏡に映している姿を見る（客観的に観察する）
「私は、この人が自分を内的な鏡に映している姿を見る」

一人称（主観）について、三人称の（客観的な）手法を用いて見る

○私（生徒）は、私自身について、この人（先生）に話す（それを記録する）
「私は、内的な鏡に映った自分の姿について、この人に話す」
一人称（主観）について、二人称の（間主観的な）手法を用いて言語化する

○私（先生）は、この人（生徒）が自分のことを話すのを聞く（それを記録する）
「私は、この人が内的な鏡に映った自分の姿について話すのを聞く」
一人称（主観）について、二人称の（間主観的な）手法を用いて言語化する

○私（生徒）は、私自身について、この人（先生）と話し合う（それを記録する）
「私は、内的な鏡に映った自分の姿について、この人に話し、この人からも話を聞く」
一人称（主観）について、二人称の（間主観的な）手法を用いて言語化する

○私（先生）は、この人（生徒）について、この人と話し合う（それを記録する）
「私は、この人が内的な鏡に映った自分の姿について話すのを聞き、自分も話をする」
一人称（主観）について、二人称の（間主観的な）手法を用いて言語化する

○私（先生）は、この人（生徒）と自分について、この人とともに話し合う（それを記録する）
「私は、この人が内的な鏡に映った自分の姿について話すのを聞き、自分も自分のことを話す」

二人称（間主観）について、二人称の（間主観的な）手法を用いて言語化する

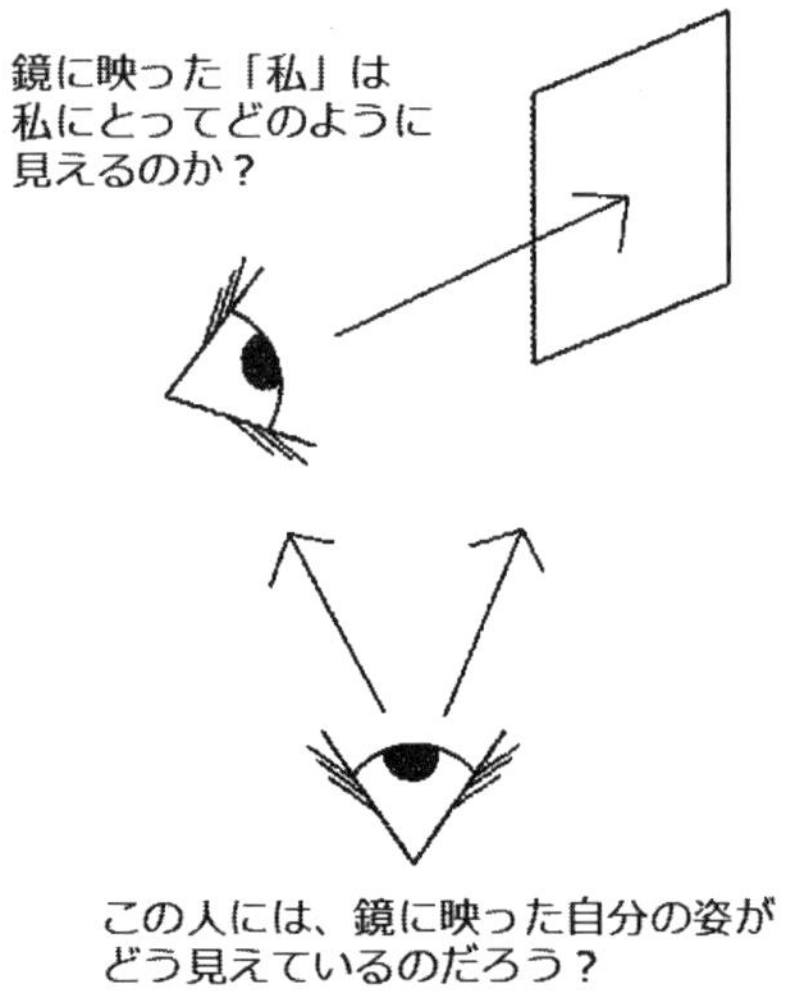
鏡に映った「私」は
私にとってどのように
見えるのか？
この人には、鏡に映った自分の姿が
どう見えているのだろう？

三―四　職場のハラスメント予防および環境改善チェックリスト

ハラスメントの予防のため、職場の環境改善をするにあたっても、学校での取り組み同様、左上象限（個人の内面）を扱う前にチェックすべき項目を列挙してみる。

改めて確認しておくが、ある組織において、全象限におけるサポート体制がない限り、欠けている部分がハラスメントの温床となっても不思議ではない。

なお、左上象限への取り組みに際しては、学校でのチェックリストの項も参考にしていただきたい。

〈右上（物理的）象限〉
○社員の給与は必要十分か？
○職場の物理的環境は万全か？（衛生面、快適さなど）
○社員の福利厚生は万全か？
○職場環境や仕事のやり方は、生理学的・脳科学的に合理的か？

〈右下（社会的・制度的）象限〉
○労働条件は、労働基準法に準拠しているか？
○社員の褒賞制度（金品に限らず）はあるか？
○収益、営業成績、努力目標などは適切か？
○人事面に不正はないか？
○企業の理念、ビジョン、ガバナンスはサステナブルか？
○極端なヒエラルキー構造はないか？
○現場の声を管理サイドに吸い上げるシステムはあるか？
○マイノリティを排除するようなシステムはないか？
○会社が扱っている商品やサービスは、顧客の意識レベルを健全にするのに役立っているか？
○会社は、人類全体、地球全体に貢献しているか？

〈左下（間主観的）象限〉
○特定の社員が不当に過大（過小）評価されていないか？
○仕事上の成果だけでなく、人間性に対する評価はあるか？
○体罰や懲罰主義がはびこっていないか？
○無理な成長や、高すぎる・不可能な・過剰な負担や要求はないか？
○特定のイデオロギーの押しつけはないか？（迷信、非論理性、行き過ぎた儀礼など）
○個人の努力目標をサポートするような文化はあるか？
○社内競争や派閥争いなどが業務の妨げになっていないか？
○助け合い、思いやり、友愛、上が下の面倒を看る、多様性を許容するなどの文化はあるか？
○特定の能力だけでなく、様々な能力が平等に評価されているか？
○意識の低次階層に対するサポートはあるか？（抑圧か、抑圧からの開放か）

三―五　被害者のケアおよび加害者の更生に四象限を応用する

いじめ、虐待、ハラスメントに関するプロジェクトにおいては、いわば被害者の心のケアが入口であり、加害者（犯罪者）の更生が出口ということになる。その入口と出口にあたっても四象限での取り組みが基本である。ケン・ウィルバーは、政治、医療、ビジネス、教育、意識研究、スピリチュアリティ（霊性）、エコロジー、マイノリティへの支援などの分野に、四象限の枠組みを取り入れた例を紹介している（註三）。

これにならって、被害者ケアおよび加害者更生の分野に四象限の枠組みを取り入れた例を以下に示してみよう。

<心理的介入> ・カウンセリング ・内的独白（セルフ・モニタリングとして） ・交換日記 ・ドリームワーク ・発達プロセスのセルフチェック ・瞑想	**<物理的介入>** ・CTスキャン、MRI ・投薬 ・行動療法、生活指導 ・食生活の改善や運動療法 （テストステロン的ではなくオキシトシン的） ・動物療法
<文化的（間主観的）介入> ・私はあなたをどう見ているか ・コミュニケーションがどうなっているか （単なるスキルアップではない） ・他の人（世間）はあなたをどう見ているか ・間主観的相互作用 ・人類学、記号論的解釈	**<物理的・経済的・社会的・政治的介入>** ・このプロジェクトにどれだけ費用が 投入されているか？ ・プログラム全体の説明 ・社会、政治体制の説明 ・物理的環境がどうなっているかの説明 ・インフォームドコンセント ・すべてがシステムの中にある

このような取り組みによって、たとえば学校や病院、児童相談所、一時保護所や養護施設、虐待をする親の回復プログラムの実施環境、犯罪者更生施設などの抜本的な改善が見込める。

●右上象限（物理的介入）について

たとえば、ポルトガルの刑務所で、重犯罪を犯した囚人たちに「マクロビオティック（玄米菜食療法）」を実践したところ、性格や行動、ものの考え方まで改善されてしまった、という報告がある（註六）。

また、運動療法をやる場合も、単に筋肉の増強のためなのか、あるいは肉体的な健康維持のためなのか、それとも運動感覚を内面的な改善の目的で養うのかで、結果はまったく変わってくる。

ただ単にテストステロン（攻撃性や性衝動を司る男性ホルモン）を増やすだけの食事や運動なのか、それともオキシトシン（共感や信頼感を司る女性ホルモン）の不足を補う効果を考えるのか、など。

●右下象限（経済的・社会的・政治的介入）について

この象限はいわば、ケアや更生の対象者本人は言うに及ばず、その家族、犯罪者の更生の場合は、更生完了後に社会復帰したときにそれを受け入れる側である一般の市民社会に対する、担当者側からの「インフォームド・コンセント」（充分な説明に基づく合意形成）と言える。

つまり、どのような効果を狙って、どのようなプログラムを実施するか、それに必要な経済的・政治的・物理環境的体制は万全かの説明である。

たとえば、心の平安を目的とした施設の物理的な造りが、興奮を助長するようなものであっては意味がない。

もちろん、この説明がきちんとできるのは、すべてが適切なシステムの中にあってこそだ。

●左上象限（心理的介入）について

ここでの方法論は無数にある。

重要なことは、「点X」を無理矢理「面A」に移動させない方法である。「点X」に合わせて「面A」を拡大する方法を用いるなら、療法の対象者も担当者もともに成長することができる。

ここでもし、ウィルバーが紹介しているような最新の発達論などを導入するなら、その全体像を対象者にきちんと説明することができ、その効果に関しても対象者自らがセルフチェックできるようになる（註二・註三など）。

●左下象限（文化的・間主観的介入）について

ここで重要なことは、まず対象者と担当者の間の信頼関係の構築である。そのもっとも優れた方法論は、対象者と担当者（随伴者）がともに、様々なルートによる成長の「登山」を経験することである（註三）。

コミュニケーションがどうなっているかの検証は、単なるスキル論ではない。コミュニケーションで重要な事柄をリストアップし、それがどのくらいできるようになったかで、プログラムの効果が評価されるわけではない。

また、犯罪者の更生の場合、更生対象者に、自分が犯した犯罪が、文化的（記号論的）な文脈においてどのように扱われるのかの認識を持たせることも、更生のための重要な手掛かりとなる。

すべてのプロセスや体制が、被害者の心のケアや加害者の更生に役立つものになっているなら、そのプロジェクトは、極めて公共性の高い事業となる。担当者は、市民社会の代理人としての責務を全うできるし、市民社会に対しての説明責任も果たせるはずだ。すべての情報が開示されてこそ、その情報は犯罪予防や問題解決の分野への共有資源として活用できるのである。

さて、そろそろ全体をまとめよう。

いじめ、虐待、ハラスメントの問題を一言で言うと、「ヒエラルキーからの卒業」となりそうだ。これは、加害者も含めたあらゆる関係者にとっての共通の課題だろう。そのために「特命Aチーム」というネットワーク型の組織を新たに構築することをご提案してきたわけだが、それが最終的な答えではない。

確かに「特命Aチーム」は「脱・ヒエラルキー」のための新たな組織編制には違いないが、新しい体制の出現は、必ず旧体制との間に軋轢をもたらす。この軋轢を解消するためには、大きく分けて二つの観点を導入する必要がある。ひとつは、新体制によってゆさぶられた既存のヒエラルキー型組織が、いかにその「面A」を拡大・拡張させていくか、ということ。もうひとつは、ネットワーク型組織にも、いずれ必ず独自の問題が顕れるはずであるから、それをいかに解決するか、ということ。

この二つの取り組み課題を乗り越えたとき、私たち市民社会全体の成長・発達という「登山」に、新たな展望が開けるだろう。

参考文献（註）

（註一）ケン・ウィルバー「万物の歴史」（春秋社）
（註二）ケン・ウィルバー「インテグラル・スピリチュアリティ」（春秋社）
（註三）ケン・ウィルバー「万物の理論」（トランスビュー）
（註四）ロバート・D・ヘア「診断名サイコパス」（早川書房）
内藤朝雄「いじめ加害者を厳罰にせよ」（ベスト新書）
山脇由貴子「児童相談所が子どもを殺す」（文春新書）
森田ゆり「虐待・親にもケアを」（築地書館）
岡本茂樹「反省させると犯罪者になります」（新潮新書）
（註五）岩波明「精神科医が狂気をつくる」（新潮社）
クリスト・ノーデン—パワーズ「エンパワーメントの鍵」（実務教育出版）
（註六）久司道夫「地球と人類を救うマクロビオティック」（文芸社）

著者プロフィール

●高林あやか

昭和2年（1927年）　栃木県芳賀郡芳賀町高橋村生まれ

昭和23年　栃木師範学校卒　卒業と同時に県内の新制中学校の教員となる。

昭和27年　結婚して上京。以後は都内の小学校にて、国語の教師。二人の子どもを設ける。

昭和57年　姑の介護のため退職（通算34年間の教員生活）

平成23年（2011年）3．11の災禍を目の当たりにして一念発起。自身の波乱万丈の人生を後世に伝えるべく、自伝を執筆（本書はその抜粋）

現在は、読書三昧の平穏な余生を送っている。孫四人、曾孫二人。

●アンソニーK（Anthony K.）

昭和33年（1958年）　東京生まれ　早稲田大学法学部卒

テクニカルライティング（技術文書作成）分野にて独自の基礎理論を構築（同分野の著・訳書多数）。

トランスパーソナル心理学の研究者・大高ゆうこ氏に師事し、ドリームワーク（夢の読み解き法）などを修得。

ケン・ウィルバーやジェイムズ・ヒルマンらの心理学理論の研究・実践者でもある（同分野の自費出版書あり）。

作詞家・音楽プロデューサーとして、2004年、ビクター主催の楽曲オーディションにてグランプリ受賞。現在、インディーズレーベル主宰。

実体験サバイバーと巻き込まれオブザーバーがジャッジを下す
いじめ現象の全貌と脱却戦略

2020年8月18日　第1刷発行

著　者　アンソニー K　高林 あやか
発行者　日本橋出版
〒103-0023　東京都中央区日本橋本町 2-3-15
共同ビル新本町5階
電話 03(6273)2638
https://nihonbashi-pub.co.jp/
発売元　星雲社（共同出版社・流通責任出版社）
〒102-0005　東京都文京区水道 1-3-30
電話 03(3868)3275

ISBN978-4-434-27646-0　C0095

定価はカバーに表示してあります。
落丁・乱丁本はお手数ですが小社までお送りください。送料小社負担にて
お取替えさせていただきます。